AF278083

Melina

JUAN RAMÓN LUCAS

Melina

TUBOLSILLO

Primera edición en TuBolsillo: enero de 2026

Diseño de cubierta: Estudio Sandra Dios
Fotografía de cubierta: © Aimee Marie Lewis / Arcangel Images
Adaptación para esta edición: REGA

PAPEL DE FIBRA
CERTIFICADA

Copyright © Juan Ramón Lucas, 2023.
Autor representado por la Agencia Literaria Dos Passos
© de esta edición: TuBolsillo (Grupo Anaya, S. A.), 2026
Valentín Beato, 21
28037 Madrid

ISBN: 979-13-87739-18-8
Depósito legal: M-18979-2025
Printed in Spain

A mi madre, Lucrecia Fernández Lebrato,
cuya infancia puebla estas páginas.
Ha sido y es inspiradora para mí y para todos
los que la conocemos y amamos

Dos veces dos has tenido
ocasión para jugarte
La vida en una partida
Y las dos te la jugaste
PEDRO GARFIAS. Asturias

Ignoramos nuestra estatura
hasta que nos ponemos de pie.
EMILY DICKINSON

Pero nada es aún definitivo
mañana he decidido ir adelante,
y avanzaré,
mañana me dispongo a estar contento
mañana te amaré, mañana
y tarde,
mañana no será lo que Dios quiera
ÁNGEL GONZÁLEZ

La cuna

—*Cogéi una cuerda y afogáila.*

No hubo determinación en la sentencia, tan solo rabia. Pero la marca de la condena por haber nacido mujer le ha perseguido desde entonces.

Amelia Fernández Agüeros vino al mundo cuando no debía y sufrió para vivir un tiempo que no era suyo.

Amelia, a la que todos llamaron siempre Melina, ha sido capaz de cumplir sueños y beber sorbos de felicidad al precio de superar una barrera tras otra mientras entrena una fe en sí misma que aún sigue construyendo.

Tiene la tez oscura, el pelo de un azabache que brilla como el carbón recién lavado y unos ojos negros que ha aprendido a sombrear con fina coquetería.

Se mira al espejo.

Militante de lo perfecto, no termina de gustarse aunque se reconozca hermosa.

Un tocado suave, discreto, con encajes a juego con el vestido blanco, adorna su figura de novia, lista para la liturgia del amor que es para siempre en este tiempo y en este lugar porque lo dicta la ley y lo exige el rigor de la fe católica. No la tiene, aunque la conoció y en algún momento de su vida llegó a atravesarla. Pero no puede sustraerse a sus ceremonias so pena de que la fiesta de la boda no sea ni una cosa ni la otra.

Ni siquiera su padre, el hombre que saludó su nacimiento con una sentencia de muerte, escapa a esa necesidad del rito. Los ritos son las ofrendas que los hombres han hecho siempre a los dioses o a sus propios miedos.

Pepín Fernández, el viejo carpintero, aguarda a la hija que no quiso para llevarla al altar en el que no cree.

Ella lo observa desde su ventana, en la habitación en la que Madre ha terminado de componerla. Está impaciente, como nervioso. Daría Melina su sangre por saber cómo se siente, qué se dice a sí mismo ante lo que está viviendo.

Aparta los dedos del visillo que había retirado para observarle, cuando súbitamente reconoce tras él una figura lejana y familiar. Como le sucedió durante el viaje que cambió su vida. El velo ha caído, ha recuperado su posición, pero a través de su tejido leve Melina confirma una presencia tan inesperada como perturbadora. Muy lentamente, con el pulso disparado y una agitación interior de dimensiones incalculables, vuelve a levantar el visillo.

Es él. Está ahí. Bajo su ventana el día de su boda.

Cierra los ojos mientras se recoloca el ánimo para no derrumbarse. Ojalá la visión haya desaparecido.

Vuelve a abrirlos. Ahí sigue. No alcanza a definir su rostro pero sabe que es él.

Completamente ajeno a la tempestad, Pepín mira el reloj. Fuma impaciente. Es hora de ir saliendo.

Hoy iba a resolverse todo, a empezar un tiempo sereno.

Intuye Melina que ya no va a ser así. Sabe con la certeza con que los marinos se adelantan a las grandes tormentas que esa inesperada visita va a darle la vuelta a su vida.

Completamente.

Porque no habrá tercera vez.

I

Esta no es ni quiere ser una historia de duelos e infortunios. Pero conocer la vida de Melina Fernández, en lo que tuvo de entrega y victoria, compromete a contemplar con cierta perspectiva dónde y cómo empieza. Desde antes incluso del origen.

Sin hurtar los filos ni escapar de las tragedias. Todo cuenta. Todo influyó.

Asturias, año 1934. República española. Mieres del Camín, en la cuenca minera del río Caudal.

En la casa de Pepín Fernández y Chayo Agüeros, en un septiembre lluvioso y triste que esa mañana volvió a iluminarse, acababa de nacer Amelia, que así la iban a llamar, como la que años antes se negó a hacerlo.

Don Sebas y la partera no lo habían tenido fácil. Parecía la criatura venir de nalgas, y se temió el médico lo peor, pero quién sabe si por la Providencia o por la suerte misma, al final se debió de girar la niña, y después de muchas contracciones y dolores que Rosario no recordaba de los otros partos, terminó deslizándose hacia fuera casi como un pez.

—Es niña —informó el doctor.

La partera limpió a la recién nacida y la depositó sin mucho miramiento sobre el pecho de Chayo, que sonrió serena llenándose del tibio calor del cuerpecito que acababa de alumbrar. Niña, también. Y de piel sorprendentemente oscura. Por un instante venció a la memoria reciente e inevitable de las pérdidas. Casi fue feliz.

—Baja a la carpintería —había ordenado entonces el médico a su ayudante— y díselo a Pepín, que *ta* con su gente preparando la revolución. Vaya día para cambiar el mundo —añadió mientras metía los brazos en el aguamanil.

Cuando la partera entró en la carpintería había un bullicio de voces masculinas amontonadas que su llegada cortó de cuajo, como un disparo.

—Chayo *ta* muy bien. Y la cría también.

Un silencio repentino espesó el aire de la carpintería.

El grupo de hombres allí reunidos, gente curtida en las revueltas y dispuesta a llegar a todo por su causa, se plegó por un momento a la oportunidad de la feliz noticia.

—Bien —alzó la voz alguno.

—Enhorabuena, Pepín —felicitó otro con franqueza.

Mineros del sindicato minero SOMA de la UGT, socialistas como Pepín, algún ganadero, el hijo de Julián, que era anarquista, y Aníbal, picador y comunista, habitaban a esa hora aquel lugar en el que lo mismo se armaban muebles que revueltas, se montaban y encolaban armarios que se organizaban estrategias de revolución.

Pepín Fernández no respondió. Cerró los ojos, desnudó de cualquier expresión su rostro y emitió la sentencia:

—*Cogéi una cuerda y afogáila.*

Hasta Nolo Carrizón, su amigo más cercano, enmudeció asombrado.

Insistió Pepín.

—*Afogáila.*

A lo lejos, un juramento siguió al violento chirrido de un freno de carro. Algo se había roto fuera. Dentro, hasta el tiempo aguantó la respiración.

Se sintió Nolo en la obligación de rasgar el silencio.

—*Ye* tu hija, Pepín, no jodas.

Rubio y recio, altivo, con el recuerdo perenne de una cicatriz de bala que le dejó un lance mal calculado, Nolo Carrizón fijó sus ojos azul aguaclara en su amigo, que le sostuvo la mirada.

—Por eso.

Coged una cuerda y ahogadla.

Justo sobre la carpintería, con apenas un entarimado de simples tablas separando las estancias, Chayo escuchó con claridad a su hombre, el silencio de después y las palabras de Nolo recordándole lo obvio.

La frase le provocó una intensa quemazón que acabó con la balsámica placidez del contacto con la piel de su hija. Apretó a la niña contra sí hasta hacerla llorar.

Sabía que aquello era más ira que voluntad, que no había deseo ni intención, sino la amarga ironía de una decepción. Pero dolió.

E intuyó que esas palabras se iban a quedar entre ellos de una u otra forma. Quizá también en la vida de esa niña recién nacida.

Si hay algo para siempre, sería eso.

II

Ya hubo otra Amelia cuatro años antes, pero nació muerta.

Fue la que llevaron al altar cuando se casaron por «les prises» como decía Lita, la hermana de Rosario.

Les prises, les prises. Pepín y Rosario —Chayito entonces— matrimoniaron a las pocas semanas de que ella le revelara el embarazo.

Estaba de verdad enamorada el día que se le entregó rompiendo su hasta entonces firme determinación de no hacerlo. Había descubierto junto a él el amor que no tuvo en casa.

—*Dejásteme preñá*, Pepín.

—¿Cómo lo sabes?

—*Les muyeres* lo sabemos siempre —su reacción, contra lo que esperaba, fue amable. Le pareció que hasta amorosa—. Tengo miedo de decirlo *al mío padre*.

—Lo haré yo. A mí no me pondrá la mano encima.

Y así fue. Lo contó Pepín primero en La Cuestona, donde Nieves, su madre, lo saludó feliz, y después subió a El Regatu a ver a los de su Chayito. Caras largas en casa de los Agüeros, pero ni un gesto, ni una voz más alta que otra. Pepín se mostró seguro y respetable, y lanzó el compromiso que salvaba la vergüenza.

—Nos casaremos.

—Por la Iglesia —exigió, la madre.

—En la iglesia —concedió él tras unos instantes de silencio.

Treinta años él el día en que se casaron. Ella diecisiete.

Siempre le pareció apuesto y listo. Además, con posibles. Trabajaba la madera y solo entraba a la mina a entibar. O sea, que podía vivirle más años que aquellos que se morían dentro o se sacaban la muerte para encontrársela fuera con la silicosis y el agotamiento. ¿A qué más podía aspirar?

A Rosario le gustaba su serena compostura.

Claro de pelo, como ella, de vivaces ojos grises y expresión a menudo risueña, interpretaba los planos y medía de cabeza como si fuera un aparejador. Era callado y miraba mucho, pareciera que dotado de la facultad de hacerlo dentro de las almas. Una vez le dijo que era mejor dejar que los demás hablaran porque los silencios son de uno y las palabras ya no. Jamás le levantó la voz ni le puso una mano encima, pese a que los hombres solían otorgarse esa licencia, pero sus largos silencios cuando algo le contrariaba, o las inesperadas desapariciones que llenaban muchas noches de Chayo de velas ansiosas, le traían dolorosas soledades. Esas a las que acaso debiera acostumbrarse, porque las mujeres como ella siempre estaban solas. No como las del Partido Socialista, el de Pepín, que eran fuertes y capaces de medirse a los hombres, o las señoras de los burgueses, que en vez de servir eran servidas.

A su lado se sentía poca cosa, a veces hasta tonta, como cuando se quedaba absorta oyéndole hablar el día que la llevaba a una reunión del sindicato, o cuando salían a pasear con amigos en esos encuentros en los que siempre se terminaba disputando de política. Ella no entendía, y nunca quiso ir más allá, pero sabía lo que era justo y lo que no. Había tenido que dejar la escuela para levantar con sus manos, y las de los hermanos que aún no habían sido enviados a América, la casa de El Regatu.

Con todo, la niña espigada y frágil se descubrió una voluntad de hierro.

Pero sucede que la voluntad no manda en el cuerpo cuando este decide rebelarse Y lo hizo. Aquel cuerpecito aún sin hacer —clara, delgada y menuda era entonces Rosario— no aguantó y la criatura se le murió dentro.

Tener una hija muerta es alumbrar en la oscuridad. Y en ella se quedó durante un tiempo.

Quedó vacía la cuna de Entrearroyos, en la montaña, en la cuadra que habían arreglado para vivir cuando se comprometieron al matrimonio. Dos plantas, recostada sobre una ladera del barrio, había desplegado en ella Pepín su mucho y buen oficio trabajando la madera.

Sujetó marcos y armó ventanas como entibaba las minas para abrir galerías. Adecentó muros, alisó tablas para el suelo, levantó escaleras e hizo de aquello una casa confortable que ocupaba la familia en el piso superior, sobre la carpintería en la planta baja. Había dos entradas independientes, una para el taller y, unos metros más arriba, doblada la curva de la carretera, el zaguán que daba paso a la vivienda, donde se dejaban los paraguas y esperaban las madreñas los días de lluvia para cobrar vida. Había que evitar meterle a la familia la viruta y el serrín y alejarla de lo que iba a seguir armándose abajo, que no eran solo armarios, banquetas o aparadores. Vendrían conspiraciones y revueltas.

Dentro, también dos mundos separados. Una escalera de caracol deliberadamente estrecha, para no dar facilidades, daba acceso desde arriba a la carpintería. En el piso alto, la calma y el descanso, abajo, afanes y tempestades. Territorios fronterizos que no deberían sucederse ni tocarse.

Fuera, rodeando la casa, dos arroyos confluían a la puerta del taller.

Chayo no quiso esconder la cuna. Se propuso que más pronto que tarde tendría que llegar quien la ocupase, y se empeñó en alcanzar ese propósito de la única forma posible.

Si algo de hermoso tenía ser mujer en aquel mundo de hombres, era poder alumbrar vidas. Realmente, lo único.

Aunque para ella y su hermana Lita, más joven, viva y apasionada, había otro provecho: padre y madre enviaban a los hombres a América con el pretexto de librarlos de la leva, de ir a filas como casi le tocó a hacer a él en Cuba. Se libró porque el día que esperaba el embarque se paró la guerra.

No respiró su mujer, más bien al contrario.

—Mala suerte tuviste —le anunciaron a Aurorina—, tu hombre vuelve a casa.

Fernando, el carnicero, que luego mandaría a sus hijos con su hermano a Montevideo con la excusa de la milicia para no tener que alimentar más bocas de las necesarias, regresó para desgracia de su mujer, que había acariciado el sueño de librarse de las palizas con aquella oportuna marcha a Cuba.

El primero que embarcó fue Ludivino, que había crecido trotando la calle junto a Pepín. Después Aurelio, Eladio, Sebastián y, cuando fuera mozo, Joaquín, el más pequeño. Tenían todos impuesto su futuro en América, según había escrito su padre en el libro de su destino, ese que se moldea mejor en manos ajenas que en las propias.

Chayo y Lita también, pero en trazos más suaves. No por benevolencia o afecto, sino por interés: si los hijos tenían que aligerar la carga aquí y traer dinero de allá, las hijas deberían salvaguardar la vejez de quienes las habían puesto sin preguntar en este mundo.

Rosario jamás pudo quitarse de la cabeza la imagen de su hermano mayor, Ludivino, dieciséis años, en el puerto de Gijón, llorando desconsolado, casi a gritos, los ojos abiertos, el rostro tensionado por el terror y el abandono, asido a la cintura de su madre, mientras el padre trataba de desaferrar sus dedos rojos de apretar y le hablaba de hombría o dignidad.

Cuando muchos años después volvieron a encontrarse, ya no era su mirada doliente o temerosa. Desprendía una turbadora luz de ambición que anticipaba el daño que aquel niño asustado convertido en hombre feroz haría a su propia familia.

III

El primer hijo vivo llegó con la Segunda República. Hombre y sano, su nacimiento borró en Chayo la frustración del que no fue y alumbró un tiempo para ella y Pepín de esperanza.

Lo parió en casa, con don Sebas, que recorría la Güeria, el valle de San Juan, a caballo con su maletín de instrumental y remedios urgentes a la grupa. A veces lo armaba en una serré. En ocasiones cobraba, y las más no.

—Todo va a ir bien, Chayo. El chaval está fuerte y tú también. Tienes que engordar un poco, eso sí; para darle de mamar has de ponerte más recia.

Era de Salamanca, y guapo. Decían que había caído allí por haberse enamorado de una asturiana, pero vivía solo en Mieres, muy cerca del río, con sus perros y su caballo.

—Gracias, doctor, ya arreglamos cuentas en unos días.

—Descuida, mujer. Lo resuelvo con Pepín, como siempre.

Esperaba fuera el carpintero.

Escuchó Rosario voces quedas y le pareció que un abrazo, pero quizá se equivocase, porque su marido no tenía al médico en demasiada estima: le desconcertaba no saber de qué pie cojeaba en política.

—Es un hombre bueno, nos cuida y siempre está —le decía ella entonces.

Pepín se había quedado unos segundos bajo el marco de la puerta, como dudando si entrar. Lo hizo con una sonrisa que sugería algún temor.

—No hace nada —bromeó Rosario mirando al bebé—, *nun* muerde.

—Es que no quiero alterarle ni molestarte a ti.

Su respuesta fue una sonrisa tan abierta que lo contagió a él mismo.

—Acércate. —Lo hizo. Dos pasos—. ¡Más, *ho*!

Se sentó en un extremo de la cama, a los pies de ella.

—Así *nun* vas a verle.

Se incorporó Chayo un poco y estiró los brazos ofreciéndole al niño. Él lo pensó un instante y aceptó.

—El parto ha ido muy bien, Pepín. Ese doctor no solo nos cura, sino que sabe traer vidas al mundo. —Él la miró sin responder—. *Ye* buena gente, muy buena gente, Pepín.

Guardó silencio durante un rato mientras miraba a los ojos de su hijo. Rosario vio en él admiración y ternura. Estaba descubriendo, creyó adivinar, la emoción inesperada que se experimenta cuando por primera vez se tiene a un hijo en brazos.

No esperaba ya respuesta, cuando llegó.

Había levantado la vista de su hijo.

—Veremos dónde está tu médico cuando empiece la fiesta.

Aquel era un año agitado que venía de otros de tensión y violencia.

Pepín se había enfrentado a Manuel Llaneza, al que llamaba «minero blando» porque era más partidario de hablar que de armar gresca. Ni su acta de diputado —ni el hecho de ser el primer minero que la consiguió— le parecía respetable a Pepín, que siempre pensó que los socialistas no se habían plantado lo suficiente ante Primo de Rivera. Estuvo el carpintero a punto de irse con los comunistas, pero no le gustaba que tuvieran tanta ligereza a la hora de empuñar las pistolas.

Eso se lo dejaba a Nolo Carrizón, socialista como él, y más amigo de los fuegos artificiales y la caza. Por eso lo detuvieron tras la muerte de aquel chico en el congreso de UGT, pero le soltaron pronto porque aquello había sido cosa de los comunistas.

Nolo podía ser peligroso, pero no para Pepín. Era leal y le hacía sentirse seguro.

—No tienes que temerle —le decía a Rosario—. Solo dispara cuando lo acorralan o si se emborracha.

Con el tiempo llegó a convertirse en su hombre de más confianza. Y en el ejecutor de algunas órdenes difíciles que otros no hubieran sido capaces de obedecer. También de los excesos.

Un día, paseando al borde del Caudal, con Nolo y su novia Etelvina, algo mayor que Chayito, se encontraron con Esteban Granda, que era uno de los que siempre rodeaban al diputado Llaneza. Pepín lo saludó con un gesto. Respondió el otro:

—Cuídate de las compañías, *carpinteru*, que la razón de los pistoleros *ye* la fuerza, no la verdad.

Nolo se encaró con él, enfurecido, y soltando a su moza se acercó a Granda, lo tomó del cuello y a cuatro dedos del suelo, le escupió una amenaza.

—Cuídate tú, politicucho, de decirnos quién *tien* la razón. A ver si vamos a tener que buscar la tuya y la de tu señorito en el culo del rey.

No fue a más. Esteban Granda se alejó recomponiéndose la camisa mientras Nolo invitaba a los demás a seguir al paseo rumiando palabras que no llegaron a escuchar.

Algunos años después se batirían juntos en el Mazucu. Cuando hirieron a Esteban fue la resolución de Nolo, que lo arrastró bajo el fuego cruzado hasta lugar seguro, lo que le salvó la vida.

Rosario vivió aquellos años sin entender la dramática disputa entre obreros, mineros y agricultores, con los anarquistas, comunistas y socialistas cada uno por su lado. Si había un enemigo común, que era la burguesía y los explotadores, y una meta también de todos, como la igualdad y la democracia, ¿a qué la gresca entre los débiles?

—*¿Qué te paez el críu?* —le preguntó a Nolo con su bebé en brazos un día de aquel abril republicano en que fue a verla.

—*Préstame* mucho que lo llaméis como yo —respondió él con una sonrisa abierta y franca.

El parto inminente había dejado en casa a una Chayo agotada y débil la mañana del 14 de abril cuando Pepín partió con Nolo, Somohano y otros dos del sindicato a

Gijón, para sumarse a la celebración de un tránsito político que, si para la prensa burguesa era un envidiable ejemplo de cambio pacífico, para ellos era el primer paso de una revolución que traería tiempos de igualdad y justicia.

En Gijón encontraron, junto a la plaza de la Constitución, otro grupo que venía, como ellos, de la cuenca del Caudal. Mineros de Turón y de Ujo portando banderas tricolor de la República y algunas rojas del SOMA. Pepín vio a gente de Llaneza.

—¡Camaradas! —una voz femenina les gritó al reconocerles—. ¡Sumaos a la marcha, hay que apretar para que no den un paso atrás...! ¡El rey fuera, y la República de todos!

No la reconoció Pepín hasta que Somohano saludó puño en alto diciendo su nombre.

—¡Salud, Carmen!

Carmencita era una amiga de Rosario. De la infancia, de muchos años. De juegos y de escuela. Nunca la había visto en el sindicato ni tenía noticia de que estuviera en esto. Y no le gustó. Porque la lucha revolucionaria no era para las mujeres, lo suyo estaba en retaguardia, en el apoyo. En la organización, las más despiertas; nunca en la calle, que eso era cosa de hombres.

—Hola, compañera —saludó, no obstante.

—Salud, Pepín. Y, por fin, república.

—Eso si no lo paran.

—Para eso estamos aquí, ¿no? Para que nadie pare al pueblo.

La miraba sorprendido. No conocía de ella el arrojo, el carácter que dejaba ver. Llevaba prendida una escarapela con los colores de la bandera republicana. Parecía feliz, como si estrenara una nueva vida. Quizás era lo que les estaba pasando a todos.

Estuvo a punto de decirle que su amiga volvía a estar preñada. Pero calló.

Riadas de hombres y de mujeres recorrían Gijón entre eufóricos y expectantes. Abrazos, cánticos, sudor, entusiasmo. Una pancarta en la esquina de Libertad y la plaza del Carmen pedía calma: «La República es inminente, recomendamos serenidad». Se oían gritos. Se repetían consignas.

—¡Viva la República!

—¡Viva la clase obrera!

Cuando por la tarde el comité revolucionario consideró llegado el momento de izar la bandera republicana en el ayuntamiento, un silencio turbador tanto como era consistente, casi sólida, la emoción que revelaba, llenó aquel espacio que de repente estalló en un júbilo atronador. La multitud que había enmudecido pasó al estrépito de la celebración como el país había recorrido en unas horas el camino de la monarquía a la república.

Sin saber cómo, Pepín se vio abrazado a Carmen. Sintió en el cuello la cálida humedad de sus lágrimas y una intensa punzada, como de alfiler candente, que le hizo hervir la sangre en un instante.

Pensó en Rosario, en lo que vendría.

Quién sabe si para defenderse, le gritó, en medio de la algarabía.

—Chayito está a punto de parir. Tu amiga va a ser madre.

Lo miró entonces despacio, dibujó una lenta sonrisa en el rostro, y le dijo.

—Nunca olvidarás este día. Ya empieza la República a hacernos bien.

Dos días después de que naciera el crío, Carmen fue a visitar a su amiga. Pepín trabajaba en la carpintería cuando la escuchó hablar con Rosario. No subió a saludarla. Fue ella quien, asomada a la escalera, reclamó su atención.

—¡Pepín! Vaya *guaje* que parió Chayito…

Le pareció ver un brillo en sus ojos que los hizo aún más luminosos, más intensos. Estaba guapa. Lo era, aunque nunca hasta aquel 14 de abril en Gijón hubiera visto en ella más que a una muchacha bien parecida amiga de su Rosario.

Volvió a sentirse incómodo.

—Me da que será revolucionario, como el padre.

—Mala cosa si cuando crezca tiene que seguir revolviendo por ahí.

Se quitó con un paño el polvo amarillento de las manos y subió a casa.

—Me ha dicho que os encontrasteis en Gijón. No me dijiste nada —deslizó Rosario en un tono de leve reproche.

—Pasó tanto aquel día —respondió como siempre despacio, como colocando cuidadosamente las palabras— que ni sé lo que te conté y lo que no.

—Fue maravilloso, Chayito —terció Carmen—: la gente en la calle, sin pan pero con esperanza. Fue maravilloso, ¿verdad, Pepín?

Él asintió mientras la miraba de arriba abajo. Había tenido el valor de ponerse pantalones como si fuera un hombre, de vestirse de mozo para subir al monte a ver a la amiga. O a él, pensó, cualquiera sabe. Le incomodaba ese arrojo tan poco femenino. O quizá fuera la atracción que volvía a despertarle.

—Me alegro de que hayas venido. Así recuperáis las amistades.

—Claro que sí —respondió Carmen, y mirando a su amiga, que en una vieja silla amamantaba al crío, dijo algo que inquietó de verdad a Pepín—, que tenemos que hablar de muchas cosas, y si ella quiere, trabajar en cambiar muchas otras. ¿Verdad?

Sin descuidar su casa, pensó él. Pero se guardó sus palabras. Con un gesto leve se despidió de las dos y regresó a la carpintería. La idea de Chayito metida en revoluciones consiguió irritarle.

No sabía cómo, pero no lo permitiría.

Pronto la naturaleza vendría en su ayuda. Volvió a quedarse embarazada.

IV

Fue niña y la llamaron Aurora. Como el nuevo tiempo recién alumbrado al que venía.

A Pepín le pareció que tenía un aire a su madre.

Su mundo volvió a llenarse de parabienes.

Voces de felicitación, saludos, una algarabía de buena nueva se escuchaba otra vez en la casa y en la carpintería los días que siguieron al nacimiento de Aurora Fernández Agüeros. Hasta el médico, don Sebas, y la maestra, doña Lucrecia, se acercaron en algún momento por Entrearroyos.

—Estoy deseando verla ya por la escuela, Chayito —declaraba con esa intención que le ponía a todo la jovencísima Lucrecia, de cuyas inclinaciones feministas tenía noticia todo el pueblo.

—Cuando toque, doña Crecía, cuando toque.

—Cuídate de que así sea, no vayamos a tener como siempre el reparo de llevarla por ser cría que con los *guajes* no se tiene.

Lo decía con la amable firmeza con que todo lo hablaba esa mujer hermosa y tozuda. No estaba en política, pero iluminaba desde las clases un camino en el que hombres y mujeres eran iguales. Lo siguió haciendo incluso en los años oscuros que vendrían más tarde.

—A mí me parece valiente —dijo tía Lita cuando la maestra emprendió el regreso a Mieres carretera abajo—, aunque no sé si se arriesga demasiado.

—No es bueno que una mujer moleste como ella hace. No creo que deba meter sus ideas a las crías, que bastante tienen con aprender las lecciones —protestaba Rosario menos condescendiente.

Ante aquel nacimiento se juntaban en Entrearroyos tanto oficios como clases sociales. Pepín se había hecho un nombre como artista de la madera y, con su popularidad, entre mineros y patronos, guardias o militares, se extendían un afecto y un respeto que le procuraban pedidos y dinero. También una confianza que blindaba el secreto de lo que se hablaba y conspiraba en la carpintería.

Alrededor del banco de trabajo se celebraban las reuniones. Barrenas, taladros, el cepillo o la azuela se amontonaban en la mesa auxiliar o las estanterías de la pared para dejar espacio a notas, planos y debates en los que se ponía en cuestión al Gobierno republicano y a los propios comités a los que alguno de los reunidos pertenecía.

Solo unos pocos sabían de aquellos encuentros.

Ni siquiera el trabajo de mantener la clandestinidad o los temores a que alguna vez alguien desvelara el secreto nublaron la serena calma, casi felicidad, que la llegada de Aurora trajo a la casa.

Manolín había ocupado la cuna que Chayo guardó cuando se le murió dentro Amelia, y para Aurora ya había hecho otra Pepín.

Meses después de la llegada de su hermana, el crío ya se movía entre la carpintería y la casa, haciendo suyos los dos mundos de Entrearroyos a base de subir y bajar, bajar y subir por la escalera de caracol, ajeno a su destino de frontera.

Desde lo alto habló por vez primera cuando aún no había cumplido los dos años.

—*Ehín, ehín.*

El sonido fue alto y perceptible.

El padre, inclinado sobre el listón de una puerta a medio hacer, levantó la mirada hasta encontrar la de su hijo, que comenzó a reír celebrando el descubrimiento. Se acababa de escuchar a sí mismo por primera vez, con el resultado gozoso de provocar una respuesta en su padre. Este se limitó a observar. Y esperar. Volvería a hablarle, seguro.

—*Ehín, ehín* —repitió.

Más risas. Le nombraba a él, intuyó Pepín contento. Pero no se movió. Ni siquiera cuando el niño emprendió escalera abajo un veloz descenso, atropellado, pero sin perder el equilibrio, agarrado con fuerza a los barrotes que solo soltó cuando puso un pie en el suelo de la carpintería y corrió hasta abrazar las piernas de su padre.

Se agachó él y lo sentó sobre el banco de trabajo. Reía su hijo. Sonrió Pepín Fernández.

—Pronto empiezas —le dijo al fin—. Yo a tu edad casi ni andaba.

Asomó Chayo en lo alto de la escalera.

—¿Pasa algo? Me pareció oír jaleo por las escaleras. ¿*Ta* contigo Nolito?

Oyó el niño a su madre y girándose hacia ella le mostró su feliz hallazgo.

—*Ehín... eín... ín.*

—Virgen de Covadonga —fue la respuesta de Chayo—. Si ya hablas así, *ye* que serás más listo que tu padre.

—Mucho más, Chayo... mucho más.

—Y *llámate* a ti, no a su madre.

—Como tiene que ser, ¿verdad, *guaje*?

Lo abrazó mientras lo alzaba del banco para ponerlo en el primer peldaño de la escalera.

—Ve con tu madre, mi *críu*. Ve con tu madre, y ahora subo.

Mientras regresaba al banco pensó un instante que esa vida tranquila, que esa promesa de futuro que el niño les hacía era el alimento de sus ganas de cambiar las cosas, de empujar el nuevo tiempo.

Si la vida tenía un lado bueno, si sonreía, debía de ser algo así.

V

Cuando cumplió los dos años, Pepín le hizo a Nolito un caballo de madera. Puso ruedas en lugar de un balancín para que lo moviera por la casa y jugara en la explanada frente a la carpintería.

Corría entre los muebles, bajaba rodando sobre él a velocidad de riesgo hasta rozar la carretera, y cuando se cansaba, lo dejaba pastando o lo llevaba al agua para que bebiera.

A veces se atascaba en el barro o en la hierba, y había que acudir en su socorro. Lo reclamaba de inmediato con gritos impacientes que empezaban a apuntar algo de su carácter.

—Qué mal *geniu tien,* Pepín —se quejaba Chayo—. *Nun paez* que vaya a tener tu pachorra.

En poco tiempo se conducía con el caballito por Entrearroyos como si en sus manos cobrara vida.

La mañana en que todo empezó a despeñarse había cabalgado unos metros camino abajo. Se dejó caer por la pendiente primero y, a fuerza de piernas después, viajó desde la puerta de casa hasta el muro que encauzaba el agua unos metros más allá de la explanada de la carpintería.

Pepín pulía con el cepillo los bordes curvos de una silla esculpida con la sierra de calar. Un encargo del sargento del puesto de la Guardia Civil.

Arriba, Chayo trasteaba en la cocina, alerta también ante el reclamo de Aurora, hambrienta y exigente.

Todo en orden.

Casi sin atender, más pendiente del agua hirviendo y de la niña, paseó Chayo la mirada por la ventana. Al fondo, Nolín se había bajado del caballo y trepaba al muro del arroyo.

En el instante en que iba a abrir la ventana para pedirle al niño que se bajara, el muro comenzó a tambalearse, cobró vida para deshacerse, y un estruendo de derrumbe lo acompañó hacia el cauce del agua. Como una pieza más de la pared que se desmoronaba, el cuerpo de Nolín se precipitó entre las piedras hasta quedar casi enterrado a la orilla misma del arroyo.

Chayo enmudeció. Sintió un cristal abriéndole el pecho y se negó a sí misma la verdad de aquella imagen. Sus manos quedaron aferradas como metales al alféizar de la ventana.

—¡Pepe! ¡El *nenu*! —logró gritar al fin, mientras abría la ventana que en su mano temblorosa parecía a punto de desencajarse—. ¡¡¡En el muro!!!

Y la estela de aquel lamento desesperado fue un alarido que viajó como un eco negro entre los árboles y por las laderas de la Güeria de San Juan.

Pepín ya corría hacia el desastre cuando Chayo consiguió abrir la ventana. Apenas unos metros que se le hicieron interminables. Llegó cuando algunas piedras aún rodaban. El cuerpo de su hijo yacía boca abajo, la cabeza en el agua, deformada por un enorme canto cuadrado que tardó siglos en poder apartar.

Con la delicadeza con que se alza un tesoro y la decisión de quien se atreve a plantarse ante el destino, tomó el cuerpo de su hijo y corrió carretera abajo tan veloz como pudo, sin apenas mirar aquel cuerpecito palpitante que parecía que iba a deshacerse entre sus manos. Aún respiraba cuando inició la carrera. Cinco kilómetros hasta la Casa de Socorro. Uno dos, uno dos... a Pepín le pareció escuchar en algún momento leves gemidos, un jadeo. Apretaba entonces el paso cuidando de no mover al niño... Uno, dos, tres, cuatro... Pasos acompasados, un ritmo constante y lo más rápido posible en feroz batalla contra una muerte que rondaba el camino, que notaba él dispuesta a cobrarse su pieza.

Llegó su victoria a la altura de Los Pontones. Supo que se había hecho ya con su hijo cuando un espasmo brutal seguido de lo que le pareció un tibio lamento de despedida dio paso a una rigidez de madera helada. Se le fue entre los brazos. Uno, dos, uno... Uno. Detuvo su carrera cuando quedó claro que había sido derrotado.

Sin soltar a Nolín, se dejó caer en el tronco de un árbol y, mirando el rostro frío de su fracaso, lloró como no recordaba haberlo hecho nunca.

Ya era de noche cuando llegó a Entrearroyos con el cadáver de su hijo en brazos. Contra la luz mezquina de la carpintería se recortaba la figura de una Chayo que negaba con la cabeza. Una sombra negra, aplastada por una pesada penumbra de cuerpo y alma que pudo con ella hasta derribarla.

Rezó para que su hombre volviera solo, con la nueva de que había dejado al niño entre los médicos para salvarse. No soportó verle llegar con su hijo muerto en brazos, y cayó desmayada.

★ ★ ★

Despertó tiempo después en la cama, con su hermana Lita a los pies y el llanto de Aurora.

—Tienes que darle el pecho, Chayito.

Creyó por un momento salir de una pesadilla. El rostro sombrío que la escrutaba diluyó esa leve esperanza.

—*Ta muertu, Nolín ta muertu,* ¿verdad, Lita?

Lo confirmó sin palabras. Chayo pensó que no podría soportar tanto dolor. Volvió a llorar la niña.

—Te necesita —casi rogó su hermana, paciente y vigilante junto al lecho—. Y tú a ella más que nunca.

—No puedo, Lita. No tengo fuerzas.

Sin cálculo ni defensa posible, todo se había venido abajo con el muro que mató a Manolín.

Enterrar un ataúd blanco es sepultar con él a quienes amaban a esa criatura.

No estuvieron Pepe y Rosario solos en la despedida, pero tampoco hicieron recuento. No se puede, con tanto dolor.

Él se refugió en la carpintería. Busco la soledad alejándose también del sindicato. Ella comenzó a dejar pasar los días en una rutina desprovista de emociones fuera del dolor inabarcable. Solo la presencia de Lita, ejerciendo una suerte de intermediación entre Chayo y la pequeña Aurora, salvó a esta de un abandono mortal.

Un día Rosario le dijo a su hermana que bajaba al pueblo a por algo.

—Dime qué es y veré si te lo traigo yo.

—No, tú no puedes. Ya lo verás si lo consigo.

No volvió hasta la noche.

La esperó Pepín en la puerta de casa. Lita dentro, con la niña. Y fuera, Amable, su cuñado, haciéndole compañía.

Venía cansada.

—¿Dónde estuviste? —preguntó su marido.

No hubo respuesta.

—*¿Nun vas decime adónde fuiste que llegues a estes hores? ¿Nun pué tu marido saber a qué o con quién anduvisti?*

Entró en casa sin decir palabra. Preguntó a Lita si le había dado de comer a la niña y se metió en su habitación.

Durmieron separados. Él en la carpintería, sobre un camastro que utilizaba para descansar cuando los plazos de entrega apretaban y tenía que hacer horas de madrugada, o cuando las conspiraciones se prolongaban.

A la mañana siguiente ella volvió a salir pronto y a regresar de noche.

La tercera vez que salió, la siguió Amable.

Chayo caminó decidida hasta la estación de tren. Compró un billete a Oviedo. Tras ella, su cuñado recorría una hora después la calle Uría, donde giraron a la derecha por un pasaje empinado, «Gil de Jaz» leyó Amable en la placa, hasta la plazoleta en la que un hermoso caserón del siglo XVIII albergaba el Hospicio Provincial.

No entró tras ella en el edificio. Pensó que sería mejor esperar. Dejó correr el tiempo en que se consume un cigarrillo y al cabo se atrevió a seguir sus pasos. Era una construcción hermosa de dos plantas. Siete arcos en su fachada bajo otros tantos balcones, con un enorme escudo sobre la entrada principal. Olía a lejía y a hospital, y estaba oscuro, aunque apenas se traspasaba el primero de los arcos el edificio se abría a un amplio patio techado, con casetones de madera y galerías sobre columnas coronadas por capiteles de piedra. Tras él, otro patio abierto de similares dimensiones.

—¿Viene a visitar a alguien? —le preguntó una mujer con un uniforme que le pareció de enfermera.

—Buscaba a una persona que entró hace un rato ya.

—¿Alguien de la casa? ¿Es usted familiar?

En ese momento vio a Chayo caminar presurosa por una de las galerías de la parte superior.

—A ella. —La señaló ante la enfermera sin que su cuñada se percatase de su presencia.

—Espere aquí, por favor.

Voces infantiles se escuchaban de fondo. Y sonidos amortiguados de conversaciones. Algún grito lejano. La mujer subió a la planta superior por la escalera situada en una de las esquinas y en pocos segundos alcanzó a Chayo. La detuvo y señaló a Amable mientras intercambiaban palabras que no parecían cordiales. Bajó con ella, que parecía ajena a todo.

—Si usted la conoce, llévesela, por favor. Dice que ha perdido un hijo y quiere sacar un niño de aquí para darle mejor vida. Es el tercer día que viene. Y no podemos hacer nada por ella. Aquí no va a encontrar ni a su hijo ni a quien ocupe su lugar.

—Descuide. Vamos, Chayito.

De vuelta a la estación, Rosario le contó cómo había suplicado que le dejaran adoptar a uno de los niños de aquel hospicio. A ella, le explicó, aquello le permitiría llenar el inmenso vacío de la muerte de Manuel. Y al crío le daría una vida mejor de la que le esperaba allí. Consiguió hablar con algunos, hurtó abrazos y dio besos. El segundo día, cuando descubrieron que no acudía allí a buscar caridad, le pidieron amablemente que se fuera. La tomaron por loca. Hoy estaban a punto de avisar a la autoridad.

—No estoy loca, Amable. Solo desesperada.

★ ★ ★

El tiempo no cura los dolores, pero alivia sus filos.

Tardaron Chayo y Pepín en volver a dormir juntos, y si recuperaron la rutina fue por sentirse menos solos, sin nada que celebrar.

Ella abrazó a su niña para limpiar su pena. Él volvió a la otra pelea: decidió subirse a la espuma de la ola que preparaba, por fin, la revolución.

Le auparon a ella, en realidad.

Nolo Carrizón le llevó una tarde la noticia de lo que se estaba preparando.

—Por fin haremos algo juntos. Comunistas, anarquistas y nosotros. La revolución está aquí, Pepín. Ni el sindicato ni el partido se pondrán de lado ante los militares y las derechas. Lo ha dicho Indalecio Prieto en Madrid: vamos a desencadenar la revolución.

Tres años de República habían decepcionado a quienes, como Pepín Fernández, pensaron que abriría las puertas a una España libre y socialista. Ahora, un movimiento revolucionario que creían firme y consistente estaba a punto de estallar.

Estaban, se sentían, cabalgando hacia ese cambio inminente. Empujando, dándole vida y energía.

—Ahora, con los fascistas de la CEDA apoyando al Gobierno y ese Gil Robles que se caga en la democracia exigiendo que se libere a golpistas, tenemos la excusa para ir todos de la mano.

La revuelta minera resucitó la rutina de Entrearroyos. Volvió la carpintería a alternar cola y revoluciones al tiempo que Aurora iba sin saberlo iluminando los rincones que la muerte de su hermano había oscurecido.

Y sin habérselo propuesto, un día de aquel tiempo de heridas cerrándose y esperanzas reabiertas, Chayo Fernández supo que volvía a estar embarazada. Que en pocos meses tendría lo que en su locura había ido a buscar a Oviedo.

VI

—*Cogéi una cuerda y afogáila.*

Nació Melina en el momento equivocado.

Le pusieron el nombre de Amelia, que Rosario guardaba desde que la hija se le murió dentro. Pepín, enfrascado en sus revueltas y ebrio de frustración porque la naturaleza no se dignó a devolverle a su hijo, tardó más de tres días en asomarse a verla. Y lo hizo más por curiosidad que por afecto.

Jamás se sintió comprometido. Se volcó en cambio en la causa que iba a transformar el mundo. Marcó distancias con Chayo y con Aurora, ignoró completamente a Melina, como pronto empezaron a llamar a la recién nacida, y se entregó a la revolución socialista que debía parar el ascenso de las derechas, del fascismo.

—La CEDA va a entrar en el Gobierno —anunció Pepín a finales de septiembre en una de las reuniones en la carpintería—. Llega el momento de hacer valer el acuerdo de marzo en Gijón y sacar a la calle la Alianza Obrera.

—Faltan los comunistas.

—Eso es cosa mía —alzó la voz Nolo Carrizón—. Esto es Asturias, y aquí sí que iremos todos juntos.

La noche en que Nolo trajo las armas, Chayo esperaba inquieta en la puerta de la carpintería. Acunaba en brazos a una Melina de semanas, mientras Aurora se escondía tras su falda, asustada por las luces de los faros.

—Con tus dos hijas aquí, Pepín, ¿sabes lo que estás haciendo? —Su marido apenas la miró y no abrió la boca.

Él, Nolo y media docena de hombres a los que Chayo nunca había visto descargaron del camión una ametralladora y cuatro cajas de fusiles Mauser de la fábrica de Trubia que escondieron en un falso tabique de la carpintería.

Aquella noche Pepín no regresó a casa. Ella durmió con sus niñas y la angustia espesa de hacerlo sobre un polvorín.

Poco después del amanecer llegaron los guardias preguntando por su marido.

—Acaba de salir —mintió—, tenía que terminar un mueble en Mieres.

Saludó el más alto llevándose la mano al tricornio.

—Dígale, por favor, que se pase por el cuartel.

—¿Algún encargo? —preguntó Chayo tratando de disimular su ansiedad.

No hubo respuesta. El otro guardia permaneció un rato observando el suelo frente a la carpintería.

—¿A qué ha venido un camión por aquí? —preguntó, mirando fijamente a Chayo.

—No lo sé —respondió de inmediato—. Vienen muchos a traer madera y llevarse encargos.

—Descuida —terció el alto—. Pepín es de fiar. Es el carpintero que arregla los muebles del cuartel. No está en el lío.

—Si usted lo dice.

La confianza de la Guardia Civil era la llave que aseguraba la tranquilidad de la familia. Pero se estaban avivando llamas de violencia que podrían llevarse por delante esa barrera. Pensaba en ello Chayo cuando los guardias, que ya se iban, se detuvieron. Se volvió el alto:

—¿Podría abrirnos la carpintería? —A ella se le puso el corazón en la garganta. No podía negarse—. Es que el chaval nunca ha visto una —aclaró.

—Voy por las llaves.

Se fija mucho en su primera vez, pensó Chayo mientras observaba inquieta cómo el guardia civil recorría lentamente la carpintería, se detenía en el banco y estudiaba en detalle las herramientas. Reparó en que miraba mucho al suelo.

Cerraba la carpintería cuando llegaron Pepín y Nolo Carrizón. Este se recolocó de inmediato el cinto para dejar la pistola a la espalda.

—Buenos días, agentes —saludó afable el carpintero—. ¿A qué debo el placer? ¿Algún mueble que reparar en casa? Los del sargento quedaron muy bien…

—No, no, descuida, Pepín —el guardia más alto se quitó el tricornio—, es solo por si has visto movimientos raros o gente por aquí que no sea de la zona… O mineros aquí arriba.

—Hombre —respondió él—, a casa suben. Amigos mineros tengo muchos y además sigo haciéndoles algunos trabajos. Están las cosas complicadas, ¿no?

—Mucho, Pepín, y guárdate —miró a Nolo mientras lo decía— de la gente que arma barullo. ¿Verdad, Carrizón?

—Sí, sí, ya lo creo… —respondió Nolo.

—¿Es verdad —tanteó entonces Pepín— que hay por ahí armas y los mineros están sacando explosivos?

—Es posible —respondió el guardia ante la mirada de estupor del compañero—. Pero yo solo puedo decirte que estés atento y te guardes de líos. Que tienes dos crías y la gente como tú no se complica. ¿Nos vamos? —preguntó al compañero.

—Lo que usted diga.

—Pues digo que sí.

No le preguntó Pepín a su mujer por qué había abierto la puerta de la carpintería. Ni cuánto tiempo había estado allí la Guardia Civil. Se limitó a ordenarle antes de encerrarse de nuevo con Nolo Carrizón.

—Haz comida *pa* los dos y bájala luego.

VII

Chayo se sintió con sus dos hijas como un combatiente solitario en tierra hostil. Se oían ecos de revuelta y la agitación parecía haber devuelto a Pepín a su ser, aunque veía en sus ojos una tristeza que ella no podía permitirse. Las niñas la necesitaban entera.

El movimiento en la carpintería se había hecho más intenso ya mucho antes de que llegaran las armas a finales de septiembre. Solo la suerte o una desidia negligente explicaban que la Guardia Civil no hubiera irrumpido en aquellas reuniones que ahora eran casi diarias.

—Cuéntanos, Fabián. ¿Qué se *diz* del movimiento revolucionario? ¿Qué informa el sindicato?

—Se sabe poco. Hay algo de lío en Barcelona, pero en los demás sitios está siendo un fracaso.

—¡Coño! —terció Nolo—. En Barcelona han declarado la independencia… ya será algo más que lío.

—Como si cantaran, camarada…

—No soy tu camarada, soy socialista.

—*Ta* bien… socialista. Pero son papeles políticos, no hay revolución.

—Y aquí vamos *facela*…

—*Pa* eso estamos aquí.

Escuchaba desde arriba Chayo el recuento de armas, los planes de asaltos o el sobrio regocijo porque los mineros andaban sacando toneladas de explosivos de las minas. Un barco estaba por llegar desde Cádiz con armas que iban a ser para los portugueses pero se quedaban en Asturias.

—Y Prieto en persona va a venir a por ellas.

—El *Turquesa,* se llama… y lo llevarán a Navia.

Eran cada vez más las noches que Pepín no dormía en casa. Entonces ella se arropaba el cuerpo y el ánimo con sus dos niñas. Adoraba la curiosidad incansable de Aurora y la risa de Melina. Siempre sonreía, siempre respondía: hablaba ya con el alfabeto alegre de carcajadas de niña.

Poseía además un rasgo singular que la diferenciaba. Lo anotó con un deje de desprecio su padre la primera vez que se acercó a ella, tres días después de nacer.

—*Esta cría paez una negrona. Nun será mía…*

Su piel era más oscura y su pelo negro carbón acentuaban la diferencia con sus hermanos. «Negrona», le dijo. Y con Negrona se quedó, porque así la llamó hasta que se fue de casa.

Lita creía que el color le venía de La Cuestona. De la sangre del padre.

—*Paézse al güelu José.*

—Espero que no —respondía su hermana—. Valiente canalla era.

—*En lo morenu… No en lo malu.*

La noche en que asaltaron el cuartel de la Guardia Civil, Rosario escuchó las explosiones desde la cama. Lejanas, pero precisas, llegaban amplificadas por el eco del valle. Sintió miedo. Bajó veloz la escalera de caracol impulsada por un presentimiento.

A la luz de unas velas, Pepín, Carrizón y dos muchachos a los que conocía de la mina habían descolgado el tablón de las herramientas y sacaban de la pared fusiles que iban guardando en cajas alargadas.

—¿Qué haces aquí? —preguntó su marido al verla, y sin esperar respuesta, le ordenó—. Sube con las crías, que *tas mejor arriba con elles*.

—¿Qué *ta* pasando, Pepín?

Se acercó a ella y la agarró de un brazo.

—Sube, te digo… que esto *nun ye* cosa tuya.

—¿Cómo que no? ¿Y mis hijas no son tuyas? ¿Y esto no es mi casa? ¿Y no eres tú mi marido?

—¡Cállate y sube!

Tiró de ella hasta casi hacerla caer al borde mismo de la escalera de caracol.

★ ★ ★

Perdió Chayo la cuenta de los días que pasó su marido fuera de casa. Cinco, una semana. Durante dos noches escuchó los disparos y algunas explosiones. Amable le dijo que un grupo de mineros había tomado la casa cuartel y el ayuntamiento y que iban con armas y explosivos a Oviedo, a empezar la revolución contra la república burguesa.

—Es como en Rusia, va a ser la semilla de un nuevo mundo, sin clases, sin patronos, sin explotadores…

—¿Y Pepín marchó con ellos?

—Eso creo, pero ni le vi ni me dijeron dónde andaba.

Las primeras columnas de mineros llegaron a Oviedo antes de la caída del sol. Apenas encontraron resistencia. Ni siquiera la presencia de los guardias de asalto en los principales edificios frenó a los sindicalistas convertidos en milicianos.

Nolo Carrizón viajaba con la vanguardia que se iba abriendo paso a golpe de explosivos. Caían los edificios, se hundían las cloacas, la ciudad pronto se llenó de piedras y de cristales rotos, de gritos, del sonar seco y veloz de los disparos, tac, tac, tac… Los heridos gritaban por la revolución y por la patria. Uníos, hermanos proletarios. Se replegaban los carabineros y los guardias de asalto se enfrentaban a ráfagas de ametralladora con los mineros pertrechados de fusiles y explosivos.

Olía a sudor y a pólvora. Picaban los ojos y las ganas de venganza. Las cloacas abiertas despedían una peste a huevos podres y a muerto.

Nolo sintió miedo al ver gotear sangre caliente sobre una mano cuando se guarecía tras una pared a medias en la primera noche del asalto. Era un rasguño en la frente que ni siquiera había notado. «Las balas que te matan ni las oyes ni las sientes», le había dicho una vez un anarquista.

El fuego no cesaba. Ni los gritos, ni las explosiones. Vio miradas de furia y odio entre paisanos llenos de estupor que no entendían nada.

En la barricada, bajo una enorme pintada negra, «UHP» —Uníos Hermanos Proletarios—, la conversación aflojaba el miedo.

—Esto tiene que salir bien, *compañeru*. Estamos jugándonos mucho.

—Hay que seguir adelante —le alentó un minero ya mayor que no cesaba de cargar y disparar, cargar y disparar, más a la incierta oscuridad que a un enemigo preciso—. Ya sí que no hay vuelta.

Asediaban la comandancia de carabineros. Ellos, a pie de calle. En las ventanas de casas de alrededor, otros compañeros armados presionaban a fuego y a voces. Había un estrépito de disparos y de gritos.

Nolo echaba de menos a su compañero Pepín. Pero decidieron que él quedara en Mieres a cargo de las armas y alejado de cualquier sospecha de estar en la refriega, no fuera a ser que se quebrara la ventaja que la confianza de los guardias les otorgaba.

Después de varias horas de asedio, a media tarde un joven oficial salió por la puerta enarbolando una bandera blanca. El compañero de Nolo encaró el fusil y apuntó.

—No jodas, *ho* —le apartó el cañón con un gesto—. *Ta* rindiéndose.

—Ya, claro… pero mató unos cuantos antes.

Se escuchó clara una orden de alto el fuego, y empezaron los milicianos a salir de los escondites. Había júbilo y una compartida sensación de victoria. Los carabineros fueron saliendo con las manos el alto.

—¿Qué *van facer* con ellos? ¿*Matalos?* —le preguntó a Nolo un joven, apenas un crío, mirando a los prisioneros.

—Ya se verá —contestó sin convicción—. Alguno fusilarán.

Hubo pillaje y venganzas. Y faltó el júbilo aquel de calle y verdad que Nolo había vivido cuando el 14 de abril, en Gijón, saludaron alegres la República.

Cuando la tarde siguiente reventaron la Universidad, Nolo Carrizón empezó a considerar que quizá las cosas no se estuvieran haciendo bien.

Pero toda duda y resquemor se diluyeron con el anuncio, poco después, de que la revolución había vencido, que los mineros tenían el control de Oviedo: más de treinta mil hombres con mando sobre una ciudad arrasada.

Los bombardeos no tardaron en llegar.

El séptimo día de ausencia de Pepín, Chayo escuchó primero el sonido de los aviones y muy poco después los estallidos de piedra y pólvora que llenaron de fuego Mieres y Turón. Se refugió con las niñas en la planta baja, en la carpintería, aterrada por el estruendo de las bombas y los fogonazos de las explosiones. Aurora lloraba sin parar y Melina abría sus enormes ojos negros como queriendo atrapar todo aquello. Los cristales de la carpintería eran cuadrados anaranjados a punto de quebrarse cuando estallaban las bombas.

Cuando menos lo esperaba regresó Pepín.

Tras los primeros bombardeos salió del sótano de Turón donde dormía junto a los explosivos para correr hacia casa. El sonido de las explosiones y el miedo a que en el camino alguna bomba lo alcanzara acompañaron su carrera.

Se recordó subiendo ese mismo camino con su hijo muerto en brazos. Y deseó con toda su alma que las bombas no llegaran a Entrearroyos. Rebasó la carpintería y subió directamente a casa. Un fogonazo de ansiedad le quemó el esternón cuando no encontró a sus mujeres. Se dirigió a la escalera y en dos zancadas se plantó en la carpintería. Al fondo, en una esquina, abrazada a sus dos hijas, vio a Chayo, que ante la inesperada visión rompió a llorar.

—Creí que te habían matado.

—Volví para saber que tampoco a vosotras.

Y por primera vez en mucho tiempo abrazó a su mujer y se alegró de que sus hijas estuvieran vivas. Incluso la Negrona.

* * *

Los moros desembarcaron en Gijón y ya allí empezaron a sembrar muerte.

Venían altivos, seguros. Envueltos en la majestad otorgada por decreto del poder para acabar con un levantamiento que una vez sofocado exigía castigo. Y ellos eran los ejecutores.

Entrenados para el combate en África, solo tenían que ocuparse de que a nadie le volvieran a quedar ganas de rebelarse. Lo hicieron a cuchillo, con disparos, a golpes y aplicando sus hábitos de pillaje sobre la tierra y la carne de los vencidos.

—A Amable le colgaron de los pies y le azotaron hasta quedar sin sentido. Y ahora lo han llevado a no sé dónde para juzgarle.

Lo contaba Lita, llorosa, desesperada. Traía también noticias de mujeres violadas, de asaltos a casas donde no habían dejado nada en pie. Ni muebles ni dignidades.

Donde Gerardo Fernández, uno de los que armó la protesta en Sama, entraron a tiros preguntado por él a sabiendas de que estaba detenido.

—¡No está! ¡No sé dónde para! —clamaba Olvido, su mujer, mientras juntaba las manos suplicando—. ¡No nos hagan nada, por favor!

Primero la sujetaron a ella para que un soldado la penetrara con la violencia de una daga encendida. Dejaba en el aire un aroma a muerte y sudor rancio mientras rompía el cuerpo y el alma de la mujer. Se le clavaron a ella en la piel los botones del uniforme. Después, él y los otros dos regulares tumbaron a su hija sobre el suelo y la violaron hasta que perdió el habla.

—Todavía no la ha recuperado —le contaba llorando a Rosario la hermana de Gerardo.

Pepín permaneció en casa esos días, amparado en la sólida coartada de no haber levantado sospechas. Todavía no.

Una noche, luces de coche y reflejos de metal se arremolinaron frente al cementerio, a pocos metros de la casa, río abajo. Se escucharon órdenes a voces, algunas súplicas y, de repente, tras un silencio como de tumba, descargas de fusil, en varias tandas, y gritos y quejidos de sangre.

Abrieron una fosa común a pocos metros de donde estaba enterrado Manolín Fernández Agüeros.

Supieron de Nolo Carrizón poco después de que llegaran las noticias de que la aviación había arrasado el centro de Oviedo. Le contó a Pepín cómo en el camino de vuelta avistó, oculto, algunas columnas de prisioneros custodiados por Guardia Civil o carabineros, en penosa procesión hacia penales y cuarteles de la capital.

Muchos de sus compañeros quedaron sin trabajo.

Algunos acudieron a la carpintería a pedirlo. De otros, se supo que estaban detenidos, pero no dónde y en qué condiciones.

Todo se derrumbó.

—Solo cabe esperar —confiaba Pepín en una de las reuniones que un tiempo después, con mucho temor, volvieron a hacerse en la carpintería— que las barbaridades que están haciendo, dejando en manos de militares fascistas la venganza de la República, se la hagamos pagar en las próximas elecciones.

No llegaron los regulares hasta Entrearroyos, pero sí los ecos del dolor y de la muerte que sembraron.

Entre ellas la de Carmen.

La mataron junto a una compañera anarquista cuando, después de mucho luchar hombro con hombro, ambas se quedaron sin munición en la ametralladora con la que recibieron en el centro de Oviedo a un grupo de ellos.

Nota al margen de un destino sarcásticamente cruel y burlón: mandaba la columna un oficial ruso, de los blancos a los que derrotó la revolución que emulaban. Se llamaba Ivan Ivanov, y él personalmente las remató a cuchillo.

VIII

Fue entonces cuando llegó la difteria a Entrearroyos.

Se abrió paso casi de repente, como una plaga silenciosa y devastadora.

—Pepín, la fiebre no le baja con nada.

La pequeña Aurora llevaba dos días respirando mal y se le había hinchado el cuello hasta deformarle la cara. Chayo intentaba bajarle la fiebre con paños empapados, pero no lo conseguía. Ardía como el carbón.

No encontró ese día a su hermana Lita ni a su madre.

Pepín había salido temprano. Como siempre, sin dar cuenta de lo que pensaba hacer. La represión había bajado de intensidad y cada vez era más sonoro el clamor por la crueldad del Gobierno en el empeño de someter voluntades y sembrar miedos, pero aún había que permanecer alerta.

Y guardarse, claro. El sangriento experimento revolucionario había dejado otras víctimas, esta vez vivas: despedidos, marginados, señalados. La sospecha abría la puerta al castigo. De momento, Pepín conseguía no atraer la atención, aunque alguna llama de sospecha se escapaba a su control. El joven guardia civil que había estado en Entrearroyos preguntó y husmeó en los días posteriores a la revuelta. Un cuñado carabinero le había contado cómo sorprendieron a los socialistas cargando armas en camiones en Navia en aquella desbaratada operación del *Turquesa*.

—Si hasta el Gobierno estaba implicado y disimulaba. Yo no me fiaría de ningún socialista.

—El carpintero es socialista y de la UGT, pero lo tienen bien guardado, porque hace encargos para nosotros.

—¿Encargos? ¿Qué clase de encargos?

—No lo sé. No me lo dicen.

Nunca le quitó ojo a Pepín.

El día en que Aurora empezó a ponerse mal, Pepín Fernández y un grupo de su confianza habían estado deshaciéndose de las armas que aún conservaban. Tiraron la mayoría a una poza del Caudal, cerca de Ujo. Y allí quedaron tras hundirse con un burbujeo de agonía como negándose a un fin que en ningún lugar estaba escrito.

En Entrearroyos, la niña estaba tan débil que ni llorar podía, y su madre se angustiaba frente a aquellos ojos vidriosos y como cansados, y esa hinchazón del cuello que la deformaba como un monstruo de feria.

—Mi cría, mi cría.

Cuando Chayo escuchó abrirse la puerta de la carpintería se dio cuenta de la dimensión de su angustia, de cómo había perdido toda noción del espacio y del tiempo. Estaba como ida. El sonido que anunciaba la vuelta de su hombre rompió la lóbrega atmósfera en que el miedo la tenía recluida.

En un suspiro, Pepín se plantó arriba y entró en la habitación de Aurora. Alarmado, descifró nada más verla la sombría tensión que reflejaba Chayo en su rostro.

—¿Qué pasó? ¿Está peor?

—No lo sé, Pepín, sigue con fiebre.

Su hija estaba pálida e hinchada hasta ser casi irreconocible. Estiró una mano y al acercar el dorso sintió un calor inesperado e intenso. El rostro de la niña ardía.

—¿Llamaste a don Sebas?

—Vino esta mañana, nada más irte tú, porque andaba por aquí a otros enfermos. Vio a la cría y me dijo que le pusiera paños de agua fría… y que avisara si seguía peor.

Pepín se volvió otra vez a su hija y la acarició con una ternura que Chayo no recordaba haber visto jamás.

—Voy a buscar al *médicu* —anunció.

No hizo falta. Como si algo le hubiera puesto sobre aviso, quizá su intuición, quizá la noticia de que la difteria podía haber llegado también a la montaña, se presentó como un milagro apenas un par de minutos después. El sudor de su caballo atestiguaba urgencia. Ya había oscurecido.

Su primer gesto nada más verla no le pareció a Pepín tranquilizador. Presionó en la garganta hinchada y su rostro se contrajo en una mueca de inquietud. Miró al padre con expresión sombría.

—¿Cuánto lleva así?

Respondió la madre.

—Desde el mediodía, don Sebas.

Como toda contestación, don Sebas puso dos dedos en el cuello de la pequeña Melina, que reposaba en sus brazos.

—Ella está bien. Pero sácala de aquí.

—¿Qué pasa?

—Sacadla de aquí, llevadla donde sea, pero que no esté cerca de su hermana. Que nadie se acerque a ella. Sal, Chayo, por favor. Y cierra la puerta.

Con la madre fuera, el médico preguntó a Pepín.

—¿Ha habido alguna visita estos días, alguien que haya venido a veros o haya traído algo?

—Estos días precisamente no, doctor.

El médico sabía de las reuniones en la carpintería que iban más allá de los pedidos o de las cuadrillas del oficio.

—¿Seguro? Mira bien, Pepín, que esto puede ser muy serio.

Pero él no podía dar pistas. No ante alguien de quien nunca terminó de fiarse. Siguió mintiendo.

—Nada, doctor. Si alguien vino debe preguntárselo a ella.

Solo Lita y la *güela* Aurorina habían pasado por casa, aseguró Chayo.

—Aquí arriba no subió nadie.

—Aurora —explicó el doctor— podría tener una enfermedad muy contagiosa y de muy… Muy peligrosa: la difteria. Si mañana sigue la fiebre hay que llevarla a Oviedo.

—¿*Tien* cura, doctor? —Pepín lo preguntó despacio, como si no quisiera hacerlo por temor a la respuesta.

El médico lo miró con una expresión parecida a la lástima.

—Rezar, Pepín, rezar. Si te acuerdas, hazlo.

Apenas se fue, estalló Rosario.

—¿Cómo le dijiste que no pasó nadie?… Me hiciste seguirte el juego… ¿Y si alguno nos trajo aquí ese mal?

—No subieron a casa. Y ninguno me pareció nunca enfermo.

Al día siguiente enfermó la abuela, y dos después Chayo sufrió un severo episodio de fiebre con dolores de garganta. Se dieron algunos casos más en la Güeria. Peor aún fue en Mieres, donde la tía Elvira perdió a tres de sus hijos en una sola noche.

La niña murió sin haber viajado a Oviedo.

Pepín guardó siempre en su memoria la figura embalsamada de muerte de su hija Aurora.

Y una duda de culpa que jamás se le borró, cuando muy poco después él también cayó enfermo de unas fiebres que le tuvieron en cama dos días con sus noches.

IX

Una rutina triste se instaló en Entrearroyos.

En una casa que sangraba por las heridas de lo perdido, una vida hecha con dos hijos que apenas llegaron a vivirla, una revolución que iba a cambiarlo todo muerta también al poco de nacer, apenas destellaba la luminosa vitalidad de una niña que se hacía notar. Melina era bullicio y sonora alegría en perfecta desarmonía con el aire oscuro y de vacíos que todo lo llenaba.

—*Calla a la tu fía* —se quejaba Pepín cuando la niña lloraba.

También cuando reía ante casi cualquier gesto de afecto de su madre.

Porque Melina reía mucho. Tanto como para terminar fracturando la sólida tristeza de Entrearroyos.

Muy lentamente.

Al principio, Chayo sentía algo parecido a la culpa cuando se le contagiaba esa risa. Luego, poco a poco, la fue buscando. Y como los torrentes que se llevan o pulen hasta los cantos más firmes, terminó por llevarse el luto de su alma.

—*¿Qué quiés, mi cría? ¿Cosquillines, cosquillines?*

Y jugaba con ella, y se reían las dos.

La niña era feliz y supo hacer feliz a su madre.

No participó Pepín de la pequeña fiesta de sus mujeres. Se recluyó en la carpintería cuando se fueron apagando los ecos de la revuelta y la represión desarmó la moral y las voluntades.

Quedó en el secreto de que algunas armas no fueron destruidas.

Una culpa sutil, acaso injusta, pero inevitablemente presente, clausuró durante un tiempo la carpintería para los encuentros clandestinos. Ya no había nada por lo que luchar.

Desde luego, no esa hija indeseada y oscura que a saber de quién sería. Porque eso también se le pasó por la cabeza a Pepín. De oscura piel y ojos negrísimos, ¿a quién de la familia habría salido? No a los de El Regatu. Los de La Cuestona, quizá. Pero tampoco. ¿Qué habría hecho Chayo? Porque esa cría no era de los suyos. O no lo parecía.

Un día lo vomitó.

Discutían, sin pasión, como en un desencuentro rutinario, quizá por el refugio que estaba encontrando él en el alcohol, quizá por ese esconderse en sí mismo y en la carpintería, en ese jergón donde maldormía aplastado por el vino.

—Olvidaste tu familia, *tu muyer, tu fía… y tas tol día ahí metíu*, como escondiéndote de nosotras… Y del mundo.

—Tengo trabajo.

—También una mujer y una cría.

—*La muyer ye mía* —y lo pensó, y estuvo a punto de callarse, pero esta vez no pudo—… Pero *la fía*. Eso yo no lo sé.

—¿Qué *dijisti*?

Volvió a pensarlo. Y lo dijo. Y fue como si se arrancara una astilla clavada en el alma.

—Esa cría no se parece a ninguno de nosotros.

Recorrió un silencio helado toda la habitación.

Chayo se apoyó en el respaldo de una silla y se sentó mientras miraba a su hija a través de la puerta entreabierta del dormitorio.

—Vete. Sal de aquí. Baja a tu cubil y déjanos en paz —susurró con una voz gélida que Pepín nunca le había oído. Luego suspiró. Más para cargarse de energía para responder que para encajar lo que le estaba diciendo su hombre—. Nunca la quisiste porque esperabas un crío. Esperabas a Nolín. Pediste que la ahogaran... y ahora creo que lo hubieras hecho de verdad. Si tú no lo sabes, si tú dudas, yo no. Es nuestra hija. Pero ya la condenaste y ahora has buscado una razón.

Pepín se encogió de hombros y sin apenas mirar a Chayo bajó las escaleras de caracol buscando de nuevo el refugio de la carpintería.

No hubo tregua ni reencuentro.

Durante semanas, quizá meses, dos universos paralelos convivieron en la casa apoyada en la montaña. En la carpintería, Pepín Fernández rumiaba su fracaso treintañero con el alimento del vino condimentado con serrín y con virutas, también con el sonido del cepillo, de la lija, las bisagras y los clavos, armando armarios y encolando sillas.

Construyó muletas. A saber cuántas. Para compañeros que además de la batalla habían perdido piernas. ¿Cómo habrían de ser las que aguantasen el ánimo roto?

Arriba, Chayo iba poco a poco abriéndose y llenándose de la inabarcable vitalidad de su hija Amelia. Melina la risueña, la dulce Melina. La Negrona.

Era distinta. No solo por la expresiva luminosidad de su carácter. La madre sabía de la mentira, de la insultante duda que había incendiado Entrearroyos: era hija de Pepín porque ella solo había conocido a ese hombre, al su hombre. Pero era cierto también que la niña era diferente. A los Agüeros y a los Fernández, blanquines todos, rubios de pelo y de ojos claros. El abuelo Fernando sí era algo más prieto, pero no como Melina. A la niña le iba saliendo una pelambrera negra como el tizón y su piel no aclaraba con el paso del tiempo. Guapa también era, eso sí. Carina redonda, ojos negros grandes, grandísimos, y luminosos, con el brillo del carbón en el lavadero; boquita dibujada y siempre dispuesta, preparada para abrirse y sonreír. O comer. Porque mira que tiraba de teta la guaja.

—Hay que ver cómo chupa, Chayo. Eso *tien* que doler.

Y ella le respondía a su hermana mientras sentía el pellizco de ansiedad de aquella cría que tanto se estaba haciendo valer.

—Que todos los dolores fueran así.

A veces su padre subía en silencio y se asomaba a la puerta del dormitorio del que había desertado. La miraba sin emoción. Acaso con lástima. De ella y, sobre todo, de él mismo. Dos hijos había perdido, y una casi hecha, como él decía, y ahora únicamente había en casa una mujer alejada y una cría que no parecía de ellos.

—*Ye tu fía,* Pepín, y aquí arriba lo llena todo.

Le habló a su espalda, una tarde en que él contemplaba cómo su hija dormía en la cuna. No se giró al escuchar a Chayo, pero le agradó que su voz volviera a ser cálida.

Se acercó más a él.

—Te echamos de menos.

—Ella no se entera.

—Claro que sí. Mucho más que yo.

Abrió la niña los ojos en ese momento, como queriendo dar razón a lo que su madre acababa de decir, y regaló a Pepín, que la miraba fijamente, un burbujeo a modo de carcajada que lo atrapó al instante. Se sintió como un jilguero pillado con liga. Quería, pero no podía escapar. Sus alas eran nada ante esos ojos invencibles.

Y sin embargo se soltó.

No llenaron los ojos de Melia —nunca la llamó Melina— el inmenso erial de tanta pérdida. Se volvió hacia su mujer, la besó en los labios y en silencio regresó a la hura.

La niña seguía emitiendo sonidos de contento. Chayo entró en la habitación y cerró la puerta.

X

El febrero de 1936 en que el Frente Popular ganó las elecciones, Nolo Carrizón se plantó en la puerta de la carpintería para celebrarlo.

A gritos aporreó los cristales.

—¡Pepín! ¡Pepín! ¡Hemos ganado! ¡Los fascistas ya están fuera!

El estruendo llegó arriba, a la casa. Chayo se asomó a la ventana antes de que Pepín apareciera.

—¿Qué pasa, Nolo? ¿A qué tanta bulla?

—¡Que las izquierdas han ganado las elecciones! Que Azaña y los socialistas y los comunistas vamos a gobernar...

Salió Pepín de la carpintería con la pata de una silla en la mano, como si fuera a aporrear a su compañero. Miró arriba a su mujer, aún en la ventana, y le brotó de dentro esa sonrisa que ella había olvidado. Abrazó a su amigo como se abrazan las esperanzas. Chayo sintió alivio, pero matizado por un presagio que no supo interpretar, como de visión oscura. Sin embargo lo enterró en la luz incierta de su hombre recuperado.

—Sueltan a los detenidos en Oviedo y mandan al cabrón del general gallego a Canarias. Se hace justicia. Ahora que se joda y se exilie —celebró Nolo.

La vida volvió a la carpintería.

En las semanas siguientes hubo reuniones, comidas, se brindó por el fin del fascismo y por la España republicana y socialista.

—Hoy escancio. —Una de aquellas tardes de serrín y sidra Pepín Fernández alzó su vaso al aire—. Por los compañeros que se dejaron la vida en la revolución. Ellos sembraron lo que ahora recogemos.

Aplausos, euforia, viva la revolución, viva la República.

La tarde en que la Guardia Civil volvió a acercarse a Entrearroyos, Pepín trabajaba sobre el banco dando forma al entramado de un cabecero.

Era aquel guardia olisqueador. Venía solo.

—Muy buenas tardes, don José. ¿Todo en orden? —preguntó en tono rutinario mientras radiografiaba todo alrededor.

—Ya lo ve usted...

Hizo una pausa y dejó caer:

—Sabe que hay agitación por ahí, ¿no? Mucha violencia, muchas muertes... Su Gobierno no sabe mantener el orden. Tenga usted cuidado, que esas cosas nunca se sabe hasta dónde pueden llegar, o cuándo revientan. —Le dedicó una mirada fija, profunda, provocadora.

—Yo soy hombre de paz —respondió Pepín—, ya lo sabe. No me meto en líos.

—Ya.

—Por cierto, no sé si será o no mi Gobierno, pero el suyo seguro… ¿no?

Debió tomarlo el guardia como una afrenta, porque cambió de tono.

—Mire, carpintero —acercó sus rostro redondo y mal afeitado, ojos enrojecidos por la ira o el alcohol—, sé muy bien quién es y lo que hace. Y si pasa lo que tiene que pasar, vendremos por aquí a pedirle cuentas. Tenga cuidado. Que todavía le quedan cosas por perder.

A Pepín aquella amenaza le sirvió para tomar la medida de la situación. Llegaban al sindicato noticias de que algunos militares estaban preparando algo. El que un guardia de pueblo pareciera tener noticias le daba a la sospecha una dimensión alarmante.

En Madrid hubo varios muertos durante un desfile. En el entierro de uno de ellos, un guardia civil, Gil Robles y los falangistas habían amenazado al Gobierno.

—Casi matan a un guardia de asalto de los nuestros, un tal Castillo —le contó Evelio, uno de los presos de la revolución que había sido liberado—. Le culparon de las bombas en Madrid.

Cuando pocas semanas después un grupo de falangistas acabó asesinando al teniente Castillo cerca de su casa, y otros guardias dejaron al día siguiente el cadáver de Calvo Sotelo en el cementerio de Madrid, Pepín Fernández empezó a prepararse para lo peor.

—Hay que ir a por las armas a Ujo —advirtió a Nolo Carrizón.

—¿Qué armas? —preguntó este.

—Las que conseguimos guardar de la revolución. Las que no tiramos al río. Espero que funcionen.

Dos noches después, Pepín, Nolo y dos hombres más, Evelio y Aníbal el de Turón, que llevaba la camioneta, salieron al rescate de los fusiles escondidos en la montaña.

Estaba oscuro y no podían utilizar linternas.

Dejaron el vehículo junto a una tapia tras las vías del tren y se encaminaron en silencio monte arriba. Encabezaba la comitiva Pepín y, tras él, Nolo con la pistola desenfundada.

—Guárdala, *ho,* todavía no ha llegado el momento.

—Por si llega.

Solo se escuchaba el quebrar de las ramas con sus pasos y un lejano murmullo de ave nocturna. El aire, mediado el mes de julio, era húmedo y tibio.

Tras media hora de camino, llegaron a un tosco cobertizo de pastor. Allí no parecía haber nada. Pepín entró decidido. Tras él, Nolo. En el muro frente la puerta, Pepín se agachó para apartar lo que parecía un cubo de ordeñar. Debajo, una manta ocultaba una trampilla que abrió dejando caer restos de paja y alguna astilla. No sin esfuerzo, extrajo del escondite una caja que colocó frente a la entrada del cobertizo. Después otra, y una tercera. Cuando estaban abriendo esta última, escucharon un grito.

Preciso, imperativo, inesperado:

—¡Alto a la Guardia Civil!

Desde dentro de la cabaña, Pepín vio cómo Evelio y Aníbal levantaban las manos.

—¡Sal, Pepín Fernández! Se te acabó la suerte, hijo de puta —era él. El olisqueador. Había pasado de la amenaza a perseguirlo. ¿Cómo no se dio cuenta de que les seguían?—. ¡Sal de una vez de ahí con las manos en alto!

Pepín obedeció. Quedó Nolo en la cabaña, en cuclillas y pistola en mano. Se apretó contra el fondo, en el muro bajo el que estaban las armas.

—Falta uno…

Imprudente, crecido, el olisqueador asomó la cabeza desde el umbral. Nolo Carrizón se la reventó de un disparo. El cuerpo cayó como un saco de cebollas y una niebla de sangre llevó minúsculas gotas, espesas y calientes, a las manos y el rostro del pistolero.

La conmoción lo detuvo todo. Hasta el bosque quedó en un completo silencio de muerte.

Antes de que el otro guardia reaccionara, Evelio se tiró de cabeza contra él. Mientras caían al suelo, el fogonazo de un disparo que se perdió entre las copas de los árboles iluminó la escena. Aníbal arrancó el arma de las manos del guardia y afirmando los pies apuntó a los hombres que forcejeaban. Evelio, mucho más corpulento que su adversario, lo redujo con rapidez. Temblaba Aníbal con el arma en la mano.

—¡*Cagüen* la puta que los parió! —gritó nervioso—. ¿¡Qué hacemos ahora!?

—¡No me matéis! —imploró anticipándose el guardia.

Apenas debía de tener veinte años. Se zafó de Evelio y, de rodillas, rompió a llorar mientras suplicaba.

—¡No me matéis! ¡Por favor, por favor!

Nolo Carrizón saltaba revólver en mano sobre el cadáver a la puerta de la cabaña y en cuatro pasos llegó hasta él. Apoyó el cañón aún caliente en su entrecejo y levantó el percutor. Iba a apretar el gatillo cuando Pepín apartó el arma de un manotazo. Por un instante recordó Nolo el incidente de Oviedo, cuando él mismo había impedido que el miliciano disparase al guardia que se rendía.

—Con uno basta —aclaró grave el carpintero.

—¿Con uno basta, Pepín? —Estaba furioso y le invadía el temblor nervioso de quien acaba de matar, pero bajó el arma—. ¿Y que diga ahora que nos hemos cargado al otro? No jodas… no jodas.

No respondió Pepín porque no sabía qué hacer. Quedaron en un silencio solo quebrado por los sollozos del guardia civil.

Cinco sombras se recortaban contra la espesura. A Pepín le pareció una escena irreal, como de sueño. De pesadilla, mejor. Sí, de pesadilla. Sintió lástima por el *guaje*. Un brillo de lágrimas daba a su rostro un aspecto extraño, teatral, en la oscuridad del bosque.

—Tu *nun yes* de aquí, ¿no? —le preguntó mientras trataba de buscar cómo salvar la situación.

El muchacho negó con la cabeza. Bajó el rostro y, de rodillas, avanzó un paso hacia Pepín.

—¿Qué hacemos contigo?

Había miedo también en la pregunta con la que el carpintero respondía a la súplica. Un miedo compartido. A morir, a matar, a la certeza de que, pasara lo que pasara, todos iban a perder.

—Vamos *dejalu* aquí —ordenó, por fin.

—¿Aquí? ¿En el monte? —preguntó Nolo, e inmediatamente entendió—. *Encerrau* en la cabaña…

—De momento, sí —confirmó Pepín.

—Lo van a encontrar —se temió Aníbal—. En cuanto esta noche no vuelvan al cuartel, los buscarán...

Pepín se volvió hacia el guardia, que había dejado de sollozar.

—¿Sabía alguien dónde veníais?

—No —y movió la cabeza deprisa, como si así reafirmase la verdad de esa negativa—. El rubio te estaba siguiendo sin decir nada al comandante. Todos creen que no estás en líos. Menos él.

—Y ahora tú. Ahora tú sabes que ese cabrón tenía razón.

Alzó el guardia el rostro aún húmedo de lágrimas, con una mirada suplicante que le recordó al carpintero la de las jatas o los corderos ante la hoja de metal del sacrificio.

—No te voy a matar. *Vas quedate* aquí hasta que decida qué coño hago contigo. Si cuando suba a verte, ya veré cuándo, te pillo gritando o has intentado escaparte, te pego un tiro.

Cargaron las armas en la camioneta después de atar al guardia a una argolla del pesebre en la cabaña y meter el cadáver del rubio en el zulo de las armas.

Mientras trancaban la puerta con dos tablas, le gritó Nolo al prisionero.

—Y descuida, antes de que empiece a oler ese cabrón ya no estarás aquí.

XI

Era sábado.

Un sábado limpio y caliente. Con un sol de fuego como un presagio.

La radio de galena que había llevado Pepín poco antes a la carpintería emitía un comunicado del Gobierno de la República que anunciaba la rebelión del ejército en Marruecos.

Poco después, en el sindicato, confirmaban que tanques y soldados estaban tomando posiciones en Oviedo y en Gijón.

—Para defender la República —comentó un compañero.

—Para acabar con ella —respondió sombrío Pepín.

Con Nolo Carrizón subió hasta el lugar en el que habían encerrado al guardia. Todo seguía exactamente igual en el exterior.

Al abrir la puerta, un intenso olor a excrementos sacudió a los dos hombres. El guarda dormía encogido y empapado de orín y mierda.

Nolo cortó de un tajo la cuerda que lo ataba al pesebre.

—Puedes irte.

Incrédulo, el joven se levantó tan deprisa como pudo. Notó sus humedades y cómo algo consistente y pegajoso le caía por dentro del pantalón.

—¿No me van a matar?

—Ahora no, *guaje* —empezó a contestarle Pepín.

Y añadió el pistolero:

—… cuando tomemos el cuartel quizá ya no tengas una segunda oportunidad.

No volvieron a verle. Ni siquiera entre los guardias que se rindieron días después en Mieres o en Laviana. Tal vez huyó con los que consiguieron llegar al Oviedo «nacional».

El coronel Aranda, gobernador militar de Oviedo, y hasta entonces amigo de Indalecio Prieto, traicionó a los suyos y declaró la capital leal a los sublevados después de haber tomado el Gobierno Civil y el cuartel de Santa Clara disparando a los ciudadanos que esperaban las armas que defenderían Oviedo. «Para que podáis vivir tranquilos», como anunció en la radio.

Resucitó la memoria del 34.

Lo hizo hasta convertirse de nuevo en propósito. En apenas dos días, mineros, obreros y milicianos, junto a los pocos guardias y soldados que en las cuencas permanecieron leales a la República, formaron comités y se organizaron más para la revolución que para la defensa de un sistema que habían intentado liquidar tan solo dos años antes.

Los jóvenes fueron llamados a filas.

—Ha salido de Oviedo una columna de mineros para defender Madrid —contó Aníbal.

Eso escuchaba Chayo desde la cocina. Por la radio o en las conversaciones de hombres alrededor del banco de Pepín en la carpintería que habían renacido con las nuevas agitaciones políticas.

Melina seguía desplegando sus pequeñas fiestas, cada vez más sonoras, cada vez con más sonrisas. Empezó a andar aquellos días. Y su paso era como su carácter: alegre, decidido, luminoso.

—Que alegría de cría —celebraba Lita—. *Ta* como si no pasara nada. Y mira lo que tenemos encima.

Había conseguido recuperar a su Amable, al que soltaron con los demás presos tras la victoria del Frente Popular.

—La guerra, porque esto *ye* una guerra —le decía a su hermana Chayo—, me lo va a llevar otra vez. Se ha ido voluntario a defender Oviedo… ¿Qué coño de Oviedo ni que nada? ¿*Nun* perdió él ya bastante? ¿Por qué ellos deciden siempre y nosotras no? ¿No es también nuestra vida?

—Ahora es cuando creen que harán la revolución, Lita.

Los hombres hacían las revoluciones y las guerras. Las mujeres las sufrían.

En aquella casa de Entrearroyos una niña de dos años y dos mujeres solas se conjuraron sin palabras y sin conciencia de ello para perder lo menos posible y sobrevivir a la guerra y a sus propios miedos.

La vida, en un mundo que se venía abajo a sangre y fuego, tenía que estar en sus manos.

XII

De la guerra recuerda Melina silencios y ausencias.

Vagamente se perfila en su memoria la figura callada de su madre, Chayo, y su tía Lita. También algunos olores, el humo de la cocina y a veces una sombra inmóvil de mujer que parecía buscar algo a través de la ventana. O esperarlo.

La cocina se encendía todos los días. Todavía no habían llegado los años de escasez. Puede que fuera entonces cuando se le despertó la gana, como ella decía, de preparar aquellas comidas que olían tan bien, que sabían tan ricas.

Se fijó en su memoria de niña la forma en que Chayo metía las manos entre los aros ardientes de la cocina, atizaba el fuego con el gancho y colocaba sobre él la olla en la que hervían verduras de la huerta de La Cuestona, y la carne y el tocino de algún cerdo o el jato que mataban en El Regatu.

Pepín Fernández se alistó voluntario al frente, porque por edad no le llamaron a filas: demasiado mayor a sus treinta y seis.

No quiso esperar desde la retaguardia. Ya no era momento de disimulos ni de ocultarse, había que aprovechar la asonada fascista para hacer de una vez la revolución. Y en ello se empeñó.

Hasta que a las pocas horas de entrar en batalla una bala le reventó un pulmón.

Atendía curiosa Melina a cómo su tía Lita removía sobre el fuego una olla de la que salía un vapor que a la niña le olía a gloria, cuando llegó el miliciano con la noticia.

Sentada en una banqueta frente a la cocina, tan cerca que sentía en su piel el calor abrasador del fuego y el metal, la cría sudaba en aquel final de julio asturiano, pero no le importaba. La rutina de aire triste de silencios, de miedos que ella intuía, pero no llegó a sentir, se rompía cuando la lumbre de los fogones empezaba a calentar la vida en Entrearroyos. Y ella disfrutaba de aquellos quehaceres y, sobre todo, de los olores.

Una voz de hombre irrumpió en el silencio de la cocina.

—¿*Ta* Chayo, la *muyer* del *carpinteru*?

Lita se volvió hacia la ventana. Abajo, en la puerta de la carpintería, un joven delgado y con la triste palidez del malcomido golpeaba el cristal de la carpintería.

—Ahora mismo no —respondió Lita asomándose.

—Pues dígale que *al su home pegaron-y un tiru y ta* en el hospital.

Y sin más dio media vuelta y regresó por donde había venido, carretera abajo hacia Mieres.

—¡Eh! ¡Eh! ¡Un momento! —intentó detenerle—, ¿dónde… dónde…?

No pudo seguir. El miliciano ni siquiera miró atrás y a ella se le atravesó el corazón en la garganta. Pepín herido. ¿Cómo? ¿Cuándo? ¿Estaría con él su Amable?

Miró a la niña, que, como si entendiera lo que sucedía, había dejado de sonreír. Su atención había pasado del gozo de los olores a la imprecisa intuición de algo malo en el aire. La tomó en brazos precipitadamente, casi con violencia, y salió en busca de Chayo, que había subido a El Regatu a por huevos y tocino.

La encontró en el camino, ya de regreso. El rostro de su hermana debió decírselo todo.

—¿Qué pasó, Lita?

—Pepín… lo hirieron. Está en el hospital.

Se le aceleró la respiración. Casi no pudo hablar.

—¿Está vivo?

—Sí. —Dudó, quizás el miliciano tenía información atrasada, quién sabe, pero no lo dejó ver.

En ese momento Melina estiró los brazos hacia su madre, que dejó las cestas en el suelo y la abrazó con fuerza, casi como aquel día en que su padre la condenó.

—¿Quién te lo dijo?

Estaban paradas en mitad del camino empinado. A lo lejos se oyeron detonaciones secas y una explosión cuyo eco se apoderó del bosque, de todo el valle de San Juan. Lita cogió las cestas y se dirigió camino arriba hacia El Regatu, pensando en refugiarse.

—No —le cortó Chayo—. Vamos a casa. Quiero ir a casa.

—Estamos mejor arriba, están combatiendo en el bosque, Chayito.

—Volvemos a casa. Si hay noticias llegarán allí.

Desde allí iré a buscarlas, pensó, pero no lo compartió con Lita.

Otra vez solas y con miedo, otra vez sometidas a la incertidumbre de una situación que no podían controlar. Volvieron a sonar los disparos. Una ráfaga dio paso a un silencio que rompió algún hombre herido que llamaba a una mujer, tal vez su esposa, o su madre. Sonaba lejano, pero a Chayo le llegó hasta la entraña.

Cuando llegaron a casa el silencio había vuelto al bosque como si la guerra se hubiera detenido.

Durmieron las tres juntas.

A la mañana siguiente, Chayo Agüeros empezó un peregrinaje que volvería a llevarla a un hospital. Luego a otro. Y a otro. No para llenar un vacío como cuando murió Manolín. Ahora buscaba, por el contrario, saber la verdad.

XIII

A los cinco días lo encontró vivo.

En Oviedo, cerca de la línea del frente, a última hora de la tarde.

El hospital olía a desinfectante y a sangre apelmazada, como de matanza, pero era más limpio que otros por los que había pasado.

La niña, apoyada en la cadera de Chayo, abría los ojos entre sorprendida y espantada. Algunos heridos la miraban atónitos. Una enfermera con un delantal sucio de sangre se dirigió a ella.

—Disculpe, señora, pero no puede estar aquí. Mucho menos con una niña.

Chayo se había llevado a Melina, sin atender a las quejas de Lita, para que le ayudara a encontrar a su marido llamando la atención. Con ella sería más fácil. ¿Quién no se fija en una cría en el infierno?

—Salga ya, por favor —ordenó la enfermera después de la primera explicación.

Un hombre alto, de aspecto elegante y ojos cansados, intervino entonces. Melina no dejaba de mirar alrededor, de centrar su atención en las camas en hilera, de volverse hacia las personas de blanco que se movían entre los heridos y los sonidos de dolor y los lamentos.

—¿A quién busca, señora? Dígamelo y salga, por favor.

Chayo y la niña detuvieron sus ojos en él. Por un instante, sin saber muy bien por qué, la mujer sintió algo parecido a la confianza. Melina le regaló una sonrisa. Quizá se contagiase.

Se la devolvió educado a la niña mientras esperaba la respuesta de su madre, que tardó unos instantes en hablar.

—Dígame a quién busca y le diré si está aquí —insistió él.

—Pepín Fernández, el *carpinteru* de Mieres —le dijo al fin mirándole a los ojos.

El médico sonrió. No tuvo tiempo Chayo de buscar explicación al gesto, porque inmediatamente preguntó.

—¿Es usted su mujer?

—Sí, señor —respondió ella, mientras dejaba a la niña en el suelo; sentía un temblor nervioso ante la noticia que pudiera darle el hombre—. ¿Es usted médico?

—Doctor Martín, señora. Su marido está vivo, pero inconsciente. Si no le intervengo esta misma mañana… podría empeorar. No le puede ver ahora, y preferiría que sacase de aquí a la niña y esperasen las dos.

Chayo suplicó con los ojos.

—Tiene una herida de bala —añadió el médico—. Desde el brazo hasta la espalda. Le entró por el codo izquierdo. Por fortuna para él, salió. Pero le ha infectado un pulmón. No le voy a negar que está grave, señora, pero nos estamos ocupando. Hay que sacarle todo el pus que tiene en ese pulmón... Salgan fuera, por favor. Les iremos contando.

—Que no se me muera, doctor... Que no se me muera.

—Haré todo lo posible, señora, créame.

Y estuvo a punto de añadir algo, pero no lo hizo.

Abandonaban ya la enorme sala abarrotada de heridos cuando el doctor Martín rectificó.

—Espere, espere. Necesito algo de usted. —Se detuvo Chayo de inmediato. La ansiedad le disparó el pulso—. ¿Me autorizaría a operarle? —preguntó el doctor con determinación.

No sabía Chayo que eso fuera necesario. ¿Autorizar? ¿Ella? ¿A un médico que está salvando vidas?

—No es indispensable —aclaró—, pero prefiero preguntarle ya que él no está consciente y tengo aquí a su familia.

—¿Le va a salvar la vida?

—Voy a intentarlo.

—Pues haga lo que tenga que hacer, que yo no tengo conocimiento y lo único que quiero es no perder más.

Melina guarda una imagen de aquel día. Y un sonido.

Poco después de la conversación las dos quedaron en una sala pequeña, de paredes de azulejos blancos, sentadas en un banco corrido. Chayo apoyaba la cabeza en la pared mirando al cielo, un techo enmohecido por la humedad. La niña, en su regazo, observaba a su madre. Aún hoy ve caer sus lágrimas silenciosas.

Su primera memoria de infancia está aquí.

Siempre recordará cómo, poco después, su madre escuchaba atenta, con ojos muy abiertos y sin mover el rostro, los golpes secos que llegaban de una habitación cercana: chac, chac, chac.

Supo años más tarde que a su padre le habían abierto a hachazos el costillar para poder sacar la infección de los pulmones. Chac, chac, chac.

★ ★ ★

—Todo ha ido bien, señora. Su marido es muy fuerte. Apenas nos queda anestésico y le hemos aplicado una dosis demasiado baja… pero ha resistido, vaya si lo ha hecho. Va a necesitar reposo y mucha atención. Me temo que no será fácil porque la guerra va para largo, pero si se cuida, vivirá. Créame, su marido es admirable.

El doctor Martín le tendió la mano como si quisiera hacerla a ella depositaria de esa admiración. Le pareció un buen hombre.

Los años siguientes se lo confirmarían.

Chayo rompió a llorar, deshaciendo en lágrimas la piedra pesada y espesa que se le había empezado a formar el día en que le dijo su hermana Lita que a Pepín le habían pegado un tiro.

A Melina se le presenta a veces, como lo hace el recuerdo de lo que creímos olvidado, la imagen de una enfermera de azul y blanco con un cubo metálico que despedía un olor espantoso y denso, como deberían de oler los muertos bajo tierra. Cuando se acercó a ver qué era, descubrió una masa viscosa gris oscuro.

—Es lo que le han sacado a tu padre del pulmón.

Tenía poco más de dos años, y quizá no lo viera entonces así, pero en su recuerdo se fijó que aquello tenía que venir del mismo infierno.

XIV

Ausencias, silencios, miedos.

La de su padre —permanente y única, pero presente en todas partes—, y los de su madre y tía Lita, silencios y miedos de dos mujeres al albur del azar que gobierna las guerras, donde ninguna suerte de destino o providencia procura a nadie caminos seguros.

La destrucción venía desde el aire, con los bombardeos —de prueba, decían— de los aviones alemanes que arrasaban San Juan y los valles mineros, o podía venir desde tierra, con el fuego de los combatientes o las violaciones de las que de vez en cuando llegaban noticias. Como en el 34 con los regulares. O casi.

Amable estaba en el frente, y Nolo Carrizón, como su amigo, entrado en años, y a quien Pepín había encargado atender a su familia, organizaba también los comités del *conceyu* que distribuían alimentos y rencores a partes iguales.

—*Comijambres* —se quejaba Lita—, eso es lo que son, *comijambres* que nos quitan *pa* repartir a no sé quién.

—A los que no tienen, Lita —le explicaba su cuñado convaleciente en el hospital—. *Pa* que haya *pa* todos. Es la justicia en la que creemos, la revolución que defiende el tu hombre peleando por la República.

—La República solo nos ha traído cárcel y miseria, Pepín.

—Y esperanza. Y por eso estamos peleando por ella. Por eso me pegaron un tiro, por eso está Amable jugándose la vida.

Pronto empezaría el hambre.

Melina atesoraba ya en la alacena de la memoria sensaciones de cocina: el vapor teñido de sal y aromas mezclados de verduras y *compango,* el filo dulzón de azúcar y nueces de *les casadielles,* el laurel, que todo lo impregnaba. El leve crepitar de la carne sangrando aceite al fuego. También olores y sabores de la huerta, la textura tibia de las zanahorias, el aroma intenso del cilantro, la suavidad vegetal de las lechugas, la consistencia de la grasa caliente concentrándose sobre la cazuela donde hervían *les fabes.*

La leche. Aquella recién ordeñada que subía y alumbraba una nata espesa y amarillenta con la que después Lita y Chayo hacían mantequilla.

La *güela* de La Cuestona bajaba a Entrearroyos verduras y nueces. De El Regatu venía la carne mientras lo que se mataba eran animales.

Quedó todo en el recuerdo, agazapado en la primera memoria infantil, como la carne del infierno que le sacaron a padre.

Al paso de la pólvora nada crecía y el ganado se cobró como botín para alimentar a los soldados.

La marca del frente era la devastación del fuego y los saqueos.

Vinieron la escasez, las estrecheces.

No dejó de arder la cocina, pero cambiaron los olores. Se volvieron livianos, sin sustancia, como la esperanza o las risas en aquella casa que se iba llenando de vacíos. La bruma de la miseria, el palpitar de una pobreza que avanzaba marcial e implacable.

—Hoy comerá solo la cría. *Nun tengo pa* más.

Chayo administraba aquella penuria con la sólida disciplina que requiere sobrevivir en las tormentas. Y un espíritu envidiable que resumía la frase que entonces más pronunciaba.

—Cada día que pasa, estamos más cerca de que termine esta guerra.

Cuando años después el empeño de doña Lucrecia, la maestra, llevó a una Melina apenas adolescente a leer *El Quijote,* sus páginas le harían recordar aquellos días en el pasaje de la aventura de los rebaños, cuando don Quijote le dice a Sancho: «No es posible que el mal ni el bien sean durables. Y de aquí se sigue que, habiendo durado mucho el mal, el bien está ya cerca».

Duró aún demasiado aquel mal de privaciones y miseria en Entrearroyos.

A veces alguien las llevaba al hospital a ver a padre.

Solían ser Aníbal o Nolo Carrizón, que sentaba a la niña en sus rodillas y le cantaba canciones que los dos celebraban como si no hubiera una guerra.

—¡Qué cría esta! Cómo *presta vela* así de alegre, siempre con ganas, siempre riendo.

—Díselo a su padre —se lamentaba Chayo—, que *paez que nun quier* verla nunca.

Afogáila, recordaba Carrión aquella cruel ironía. Ahogadla. Pero se lo sacó de la cabeza.

—Estar allí herido y solo le amarga el carácter.

Ni siquiera en las visitas Pepín Fernández mostraba afecto hacia su hija. No la reconoció la primera vez que volvió a verla, meses después de la operación.

Melina percibía la lejanía de su padre, pero faltaba aún tiempo para que doliera. Correteaba alrededor de su cama, se ofrecía. Acababa de aprender a andar, y esa capacidad de moverse sin protección, de abandonar las alturas ajenas para recorrer ella sola el mundo, alimentaba más si cabía su espíritu alegre.

—¿Quién *ye esa guaja* que anda por ahí enredando?

—*La tu fía,* Pepín —le aclaraba un compañero.

Sin saberlo, empezaba Melina a forjar a pasos cortos y constantes su capacidad de resistencia. Porque la alegría es la barrera más eficaz contra la desolación.

La de Melina era tan generosa que contagiaba.

En Entrearroyos era su alborozo lo que alimentaba la temerosa soledad en que vivían las tres mujeres, amparadas solo en la protección inestable de Nolo Carrizón.

—¿Cómo está hoy *la mi cría*? —preguntaba con su vozarrón pastoso desde la serré en que subía de Mieres a casa de las mujeres, a veces con comida que había sisado del comité—. ¿Quién *vien* a recibir al *tíu* Manolín?

Salía corriendo Melina, torpe y decidida, carretera abajo, sacando del alma su mejor sonrisa para el protector.

Nolo Carrizón no solo vigilaba Entrearroyos.

Desde el hospital, Pepín y él habían empezado a organizar la resistencia en los montes al imparable avance de los sublevados, que atacaban desde barcos el norte y se acercaban cada vez más al Oviedo cercado que se mantuvo fiel a los golpistas.

Ante la derrota algunos se emboscaban. Otros desertaban.

Y llegaron las venganzas.

Lecio, el miliciano que había confiscado a las señoritas de la Casa Nueva de Oñón el caballo y la serré en que se movía Nolo Carrizón, fue de los primeros en caer. Buscaron también a Nolo, pero no le encontraron.

Pasó dos días oculto en la casa de Entrearroyos, armado y vigilante, y terminó echándose también al monte.

Los hubo que se pasaron a los nacionales, como Eladio, que era de Laviana y había sido miliciano. Prefirió perder la honra a la vida, aunque alguien acabó con ella al poco de saberse lo de su pase.

—*Nun* matéis a más gente —pedía a los suyos Pepín Fernández, ya en casa, vigilado pero sin que nadie actuara contra él—. Que se pasen a Franco los menos posibles, pero no matéis a nadie.

Melina veía entrar y salir gente a horas extrañas: de noche, con el alba. Les abrían Chayo o el propio Pepín, que había regresado casi un año después de la operación.

Le quedó una parálisis de por vida en la mano izquierda y la amargura de ir viendo la agonía de su sueño de república.

No llegaron a casa los soldados, pero sí la Guardia Civil.

Con el alba se presentó una pareja.

Mandaron abrir a la niña.

Melina corrió el cerrojo y, con dificultad, atrajo hacia sí la puerta. Sonrió, como siempre que saludaba. Los guardias mostraron sorpresa, pero no suavizaron el gesto. Uno en la puerta y el otro detrás, con el fusil listo.

—¿Vive aquí Pepín Fernández? —preguntó el primero.

Asintió la niña, que había arrancado a hablar, pero ante los visitantes no lo hizo.

—¿Está tu madre?

—Y tía Lita —respondió entonces.

Se asomó su tía tras ella. Abajo, en la carpintería, Pepín escuchaba atentamente.

—¿Qué quieren, agentes? —preguntó.

El guardia se dirigió a la niña.

—Y tu padre, ¿está también?

Asintió.

—Dile que salga, guapina.

Ella volvió a sonreír y corrió hacia la habitación.

—Está convaleciente de heridas de guerra —aclaró Lita.

—Sí, lo sabemos. Con los rojos combatía. Como tu novio… que a saber dónde está.

No replicó. Ante la inocente delación de Melina, se plantó tras ella su cuñado.

—Qué se les ofrece, agentes —Pepín habló tranquilo.

—Saber de usted. Nos envía el comandante del puesto, al que creo que conoce, el sargento Cándido.

—Ah, claro —respiró algo más tranquilo—. Es buen amigo. Lo era antes de esta guerra que nos divide. Hice muchos trabajos para él. La carpintería está cerrada, no puedo hacer nada de momento, pero si él quiere, por nuestra vieja amistad, puedo intentarlo. Ahora que la cosa empieza a calmarse al menos por aquí, ¿verdad?

Se encogió de hombros el guardia. La luz azulada del amanecer mostró el perfil del compañero con el arma lista. No había en las palabras del carpintero el menor atisbo de nervios o culpa. Ni de simpatía en el guardia.

Aprovecho Pepín para amartillar el disimulo.

—Ya saben que soy herido de guerra.

—Con los rojos, lo sabemos. Lo sabemos muy bien, *carpinteru*.

—Y sabrán también que siempre me llevé bien con la autoridad…

—Lo que tiene que saber usted es que en la nueva España no tienen cabida los comunistas ni los traidores a Dios y a la patria, y que si no me lo llevo hoy detenido es solo porque no quiere Cándido, que le manda saludos y le dice también que tenga cuidado.

—Devuélvaselos. Y dígale que descuide.

—No lo hará. Por su bien y por el de España.

Y saludó brazo en alto, ante el estupor de Pepín y Lita, y la divertida atención de Melina, que imitó el gesto mientras reía como si aquello fuera un juego.

—Esta cría además de fea, *ye* tonta —vomitó el padre mientras cerraba irritado la puerta.

Melina debió de entender algo porque congeló el gesto y quedó mirándolo, temerosa.

Lita la cogió en brazos.

—Ven, mi cría. Vamos con mamá.

XV

La mañana en que Amable se presentó en casa había llovido toda la noche.

Una lluvia recia, de esa que trae crecidas y desgracias, aunque a veces limpie el hollín de la mina que todo lo impregna.

Acababa de amanecer, y Lita empezaba a abrir ventanas. En la carpintería trasteaba Pepín y en la cocina Chayo empezaba la faena de organizar la miseria. Melina se desperezaba.

Una sombra gris con paso decidido dobló la curva frente al cementerio. Llevaba un arma, o un palo, Lita no pudo precisar bien. Pero reconoció inmediatamente el andar rudo de su marido.

—¡Amable! —gritó.

La sombra se detuvo un instante al escucharla y aceleró el paso.

Se abrazaron apretados, como si sus cuerpos pudieran fundirse con la brasa de la larga ausencia. Ella deshecha en lágrimas, él aliviado de un cansancio del alma, de tanto miedo y tanto dolor.

—Ya estás en casa —celebraba ella con el rostro pegado a una zamarra que olía a polvo y carne muerta.

Chayo apañó algo caliente y todos en la cocina se dispusieron a escuchar su relato.

Había estado en Oviedo, cerca del frente donde hirieron a Pepín.

—Que me dijeron que saliste de la trinchera para tirarle a uno que os estaba machacando con ametralladora...

—Algo así —concedió él.

Después viajó con su columna a Oriente y en la Sierra de Cuera se batió con los guerrilleros a los que bombardeaban desde el mar.

Volvió a Oviedo y ahora que todo se había perdido, que todo parecía ponerse del revés, regresaba a casa.

—Pero no para quedarme, Lita. No puedo. He venido a verte y me voy al monte.

Miró a Pepín, que asintió. Bajó los ojos ante la mujer, que negaba suavemente, casi con más rabia por un destino propio que volvían a escribirle que de pena por perder de nuevo a su hombre.

—¿Y yo no tengo nada que decir? —protestó.

—*Yes muyer,* Lita. Nada que decir —explicó resignada Chayo desde el fogón.

—¿Y si quiero irme contigo? ¿No hay mujeres emboscadas?

—No —el corte de Pepín fue tajante—. Y si las hay no son de mi familia.

No hubo más palabras.

Como en el acto final de un melodrama, los actores abandonaron el escenario. Pepín condujo a Amable a la carpintería a través de la escalera de caracol, Chayo siguió encendiendo en la cocina y Lita entró llorando a su habitación, desconcertada y con una sensación de desamparo que le apretaba desde el esternón a la garganta.

Permaneció allí Melina. Que pasó de un alegre despertar por la llegada de alguien que no recordaba, pero era querido en casa, a ser testigo mudo de un abrupto final ante el que no supo muy bien qué hacer.

Se decidió por acercarse a Lita.

—Ven mi cría —le dijo al verla en la puerta de la habitación—. Ven conmigo.

Entró despacio. Quería hacer algo por aliviarla, pero no sabía qué.

—Mira, Melina —la atrajo su tía hasta sentarla en sus rodillas, sobre la cama estrecha que casi llenaba el cuarto—. Eres una niña alegre y lista. Y muy guapa.

La niña sonrió ante los halagos. Eso era que su tía estaría bien.

—*Nun* te malogres en este mundo de hombres. Todavía no me entiendes, pero espero que alguna vez recuerdes que tu tía Lita te dijo cuando aún eras cría que te hicieras valer. Que por ser mujer, aldeana, sin estudios y pobre no eres menos que cualquiera. Hasta estos que hablan de igualdad y tienen *muyeres* en el partido y en la guerra, quieren que las suyas queden en casa. *Pa* servir y criar. Yo no pude estudiar, tampoco tu madre. Pero vemos, y entendemos y escuchamos… Y tontas no somos. Tu padre, tu tío Amable, Nolo, Aníbal… Todos los hombres que conoces hacen y deciden por nosotras, pero ni son más listos ni tienen mejor sesera. Y ya hay *muyeres* que están diciendo y haciendo cosas para que no seamos solo las que hacen en casa y tienen hijos. Estudiarás, Melina. Lo conseguiremos como sea. Y serás lo que ni tu madre ni yo pudimos ser.

La siembra

Amelia Fernández ha ido reconstruyendo la memoria de aquellas palabras con los años y la experiencia. La niña que era entonces solo captó determinación y firmeza. Luego los hechos le dieron sentido, y la acción aclaró la nebulosa en que quedan las primeras enseñanzas de los niños, que permanecen ancladas en algún lugar hasta que surgen cuando deben —o cuando no— como globos que se sueltan de su cuerda. Ahí estaban, pero no éramos conscientes.

Siempre tuvo en su maleta a tía Lita. Como la sigue llevando ahora.

Como la sigue necesitando ahora.

A veces se le aparece en la memoria. Y siempre le dice que desde aquel día en que Amable regresó y los hombres volvieron a decidir por las mujeres, ella ha crecido y ha aprendido a hacerse valer, a pelear por su sitio, a ser mejor persona y mejor mujer. También aprendió a querer y a darse a los demás, pero que eso solo es posible si una se quiere a sí misma.

—Y todo te lo debo a ti, tía Lita.

La gratitud es la rutina de los generosos.

Quiere hablar con ella para saber qué hacer, para salir del pozo de angustia en el que la visión a través de los visillos, ese día de su boda, la ha colocado.

Lita está cerca, junto a Chayo, las dos están preparándolo todo. Solo un tabique más allá.

¿Y si le revela el secreto y ella la detiene?

Padre sigue esperando abajo, nervioso. Tras él, la figura ha sacado algo del bolsillo y Melina cree saber qué es.

¿Qué hago? ¿Qué hago?

XVI

La tía Lita poseía esa sabiduría con retardo de la inteligencia sin cultivar. Rápida, viva, ingeniosa, nunca eludía las provocaciones ni dejaba en el aire las respuestas. Era chistosa y amiga de bromas, y tenía la costumbre de motejar a todo el mundo.

—Tú *yes la mi negrina* —le decía a Melina—. Si el *babayu de tu padre diz que yes negrona, pa mí yes mi negrina.*

Y le brillaban sus ojos azules sobre aquel rostro delgado y pecoso que era pura elocuencia.

Cuando terminó la guerra y Amable siguió en el monte, ella se quedó en Entrearroyos.

Era quien jugaba con la cría, quien llevaba a Melina a pasear, quien le contaba historias y la hacía reír. Reían las dos con ganas. A veces por tonterías, como se ríe uno cuando es de alegría fácil.

Le enseñó algunas letras antes de ir a la escuela.

—Porque la llevaréis a la escuela, ¿verdad?

«Cuando podamos», respondían Chayo o Pepín.

Su madre la acostaba, le daba de comer, la reprendía. Su padre seguía ignorándola.

A veces la niña bajaba a la carpintería y se apostaba junto a la puerta observando trabajar a padre. Arriba, abajo, abajo arriba. Serraba y limaba con la mano derecha. Sujetaba con la izquierda inútil por el balazo. Ahora era como una herramienta de apoyo. Lo veía manipular la madera, tallarla, despejarla de nudos y asperezas con la limitación de la herida y la maestría de quien conoce su oficio.

Ella le sonreía admirada. Él devolvía una mirada sin alma, vacía; la indiferencia de seguir con el trabajo, concentrado, como si el mundo entero estuviera sobre el banco de madera.

Jamás se lo reprochó. Ni siquiera cuando fue consciente de que no solo bajaba a la carpintería por el gusto de ver a su padre trabajando, o por saludar a los señores que a menudo se reunían allí con él, sino también esperando ese aliento de cariño que nunca llegó.

Arriba, Chayo tenía bastante con administrar sola la miseria y el hambre. Las cuentas de la pobreza eran las suyas con lo poco que le quedaba de lo que ganaba Pepín.

—*To pa los emboscaos y la tu familia muriéndose de fame.*

Pero él no escuchaba. O no quería escuchar.

Melina aprendió de aquellos reproches sin respuesta que el poco dinero de la casa se iba al monte, y que la comida se repartía mucho más allá de las puertas de Entrearroyos.

—¿Quiénes son los emboscados? —le preguntó una vez a Chayo.

—*Pregúntailo* a tu padre, que es el que los alimenta.

Eso hizo.

—¿Qué emboscados ni qué mierda es esa? ¿Quién te mandó a preguntar?

—Madre —respondió la niña algo asustada.

—Pues dile que te lo cuente ella, que yo no sé qué historias *tien* en la cabeza... *¡Muyeres!* Vete por ahí, anda... —y mascullaba, pero escuchaba ella—. Negrona...

Fue Lita quien le explicó que eran unos hombres que estaban en el monte, como el tío Amable, para que no los mataran. Por eso se escondían. Y que los querían matar porque los que habían ganado la guerra no querían vivo a nadie que no pensase como ellos o hiciese lo que ellos.

—¿Y van *matanos* a nosotros también, tía Lita?

—A ti no, mi cría. Con tu alegría no podrán.

Y se abrazaban, y Melina sentía ese olor a limpio y a piel seca que todavía vive con ella.

A veces se despertaba por la noche y desde una rendija del suelo bajo su cama veía moverse sombras y susurrar voces en la carpintería. Era su escondite. Y lo que escuchaba, su secreto. Permanece en su memoria lejano pero preciso. Como los recuerdos de la infancia cuando se convocan.

—Tenemos vigilado a Tinín. No es de fiar, y su mujer cose donde las señoritas.

—Atención, pero sesera también... No quiero más líos.

Eran voces recias, musculosas. A veces apremiantes. Siempre sigilosas.

—Hay que llevar provisiones a Cabañaquinta.

—Veremos qué se puede conseguir.

Melina no entendía lo que su escondite descubría, pero se sentía importante como guardiana de secretos.

Pepín Fernández volvió a hacer trabajos para el cuartel de la Guardia Civil. Guardó buenos amigos de antes de la guerra y era capaz de sostener la pantalla de pulcra indiferencia que había construido.

Después de todo, lo del disparo el primer día había sido una suerte. Estuvo poco tiempo luchando contra los vencedores. Pasaban por alto una lealtad republicana que otros muchos habían pagado con su vida en los años de represión, incluso su pasado sindicalista, porque había sido hombre de orden y estrecha relación con la autoridad. Y volvía a serlo con el franquismo.

Conseguía mantener a resguardo la vida escondida de la carpintería de Entrearroyos, esa existencia clandestina a la que Melina asistía desde su observatorio de tablas desajustadas. El mundo oculto en su primer secreto.

Una noche nombraron a Amable. Puso más atención.

—Ha sido Amable. El del Redondal ha sido Amable.

—¿Mi Amable? ¿El *mi cuñau*?

—Eso dice la niña.

Hubo un silencio. Melina trató de reconocer las sombras o las voces. Solo la de su padre.

—Nolo —ordenó tajante—. Ve a hablar tú con ella. Y tráeme la verdad.

Pese a toda su atención de niña despierta, no pudo imaginar que aquella conversación alumbraba la primera gran tragedia que le tocaría vivir en casa.

XVII

—Que me lo han matado, Chayito. ¡Que me lo han matado!

Los ojos espantados de su madre tras oír la noticia que dejó caer una nerviosa Lita, envuelta en lágrimas, alarmaron a Melina. Intuyó que algún mal terrible había caído sobre ellas.

—¿Qué me estás diciendo, Lita?

Chayo se limpió las manos tiznadas de mover leña en la cocina y se acercó a su hermana, que acababa de entrar en casa sin tocar la puerta y sin llamar a su *negrina,* como siempre hacía.

La tomó de los brazos tratando de calmarla.

—*Que-y* pegaron un *tiru* cerca del Campu y *lu dejaron tirao* en la cuneta como un *perru.*

—¿Le cazó la Guardia Civil?… Qué… Qué… ¿Quién fue?

—No lo sé, no lo sé. Solo que lo encontró anoche don Sebas, el médico, y estaba muerto. Un tiro en la cabeza.

—Mi niña, mi niña…

Las dos mujeres se abrazaron. Las tres, porque Melina, invadida por la angustia y una poderosa sensación de miedo, buscó la calma en esos cuerpos que se consolaban y abrazó con todas sus fuerzas las piernas de Chayo y de Lita.

La estampa era una pintura gris de dolor inabarcable. Tres mujeres, tres tragedias fundidas en un abrazo que era lo único que en ese momento podía aliviar el espanto.

Desde la carpintería, Pepín supo que Nolo Carrizón había ido más allá de lo debido.

Cuando esa noche Melina escuchó ruido y se acomodó bajo la cama, en el rincón de su secreto, empezó a entender.

En su tono pausado, pero con firmeza y algo alterado por la ira, su padre se dirigía a alguien a quien ella no podía ver.

—Te dije que le advirtieras, que le dejaras caliente para que no se le volviera a ocurrir, pero nada de que le pegaras un tiro entre los ojos y lo tiraras en la cuneta. No quiero más muertos, no quiero más sangre… que bastante nos hacen ellos sufrir. Y es mi cuñado, joder… ¡El hombre de Lita!

—Coño, Pepín, que se puso burrísimo —era la voz de Nolo Carrizón—, que no podíamos con él entre tres…

—Y por eso le disparaste…

—Por eso y porque es un cabrón, un verdadero hijo de puta. ¿Sabes lo que le hizo a esa niña? ¿Lo sabes? ¿Eh? ¿Te cuento lo que me contó su madre, porque ella ya no quiere hablar? Quedó como muda, Pepín, quedó hecha una mierda porque *el tu cuñau metiola en un casetu,* la ató, hizo con ella lo que quiso y luego intentó matarla para que no hablara. Todo eso hizo el animal… Todo eso, Pepín.

—¿Seguro que fue él?

—Ya te dije que sí… Que ella lo conoce, que trabajó para un tío suyo y alguna vez le dijo alguna galantería y bobadas de esas. Sabía que le gustaba… y por eso no se asustó cuando lo vio de frente cerca del Redondal —y añadió tras una pausa—. Tampoco Amable me lo negó.

El tío Amable había llevado a una niña a un lugar en el que le hizo algo y la intentó matar. Por eso Nolo Carrizón lo había matado a él. Así lo entendió Melina desde su rincón. Se asustó, le tembló el cuerpo por un frío repentino, y sintió mucha pena por esa niña que no conocía, y por Lita, que lloraba por una muerte cuyo secreto era ahora su tesoro.

O su carga.

Porque notó dentro como si un peso le apretara el estómago y necesitara sacárselo para volver a sentirse bien. Vomitarlo, aunque no supiera cómo.

Tenía razón tía Lita, y madre cuando asentía con ellas: los hombres hacen y deshacen, matan y deciden cómo y qué está bien y qué no.

No quiso o no pudo escuchar más. Regresó a su cama y se tendió bocarriba envuelta en un miedo que no era como otros, que no tenía razón ni sentido. Uno y todos. El miedo de una niña a la muerte, al abandono, a la soledad… A las ausencias presentes y futuras que surgen y se levantan como fantasmas en el universo líquido y frágil en que se vive con seis años.

Convivir con la muerte, su cercanía y sus dolorosos filos desde que naces hasta que empiezas a entender te pone ante fantasmas que no sabes cómo alejar. Los niños de la guerra no tienen infancia aunque jueguen y rían.

★ ★ ★

—Madre, ¿cuándo dejará de estar triste la tía Lita?

Chayo no respondió. Miró a su hija, se agachó y le acarició el rostro. Ese hermoso rostro de piel oscura y ojos vivos, negros como el carbón. La levantó, la sentó sobre la mesa de madera de la cocina y le dio un beso en la mejilla mientras murmuraba algo que Melina notó como una caricia, no te preocupes, mi cría, todo va a ir bien.

—¿Los secretos se guardan siempre?

Pocas cosas le sorprendían ya de su hija. La guerra y aquel rencor mal digerido que le guardaba Pepín a la niña desde que nació le habían hecho perder algo de su alegría de siempre. Pero seguía siendo una cría risueña y avispada. No dejaba nada sin preguntar. Aun así, le sorprendió.

—Claro. Saber guardar secretos es de buenas personas.

—Vale. Entonces nada.

—¿Tú tienes secretos?

—Algunos.

—Pues guárdalos. Son tuyos.

Pensó Melina en su observatorio bajo la cama, en los juegos en el monte con su prima Olvido, en las moras que a veces cogían de los zarzales, en el agua del torrente que le gustaba tocar, porque acariciaba sus dedos, aunque madre no hacía más que decirle que no se acercara al río. Pensó en las cosas que hacía sin contárselo a nadie… En sus secretos.

Y regresó a su memoria de niña aquella conversación de noches atrás en la carpintería. Volvió a dolerle, a darle miedo.

—¿Y si son malos?

—¿Cómo es un secreto malo? —decidió Chayo seguirle el juego.

—Cuando duele o te da miedo.

—¿Y tienes secretos que den miedo? —empezaba a inquietarse.

—Uno.

—Solo uno.

—Sí.

Estaba claro que la niña quería decirle algo.

—Y te gustaría contárselo a tu madre.

—No sé.

Alguien llamó a la puerta en ese momento. Era Nolo Carrizón.

La niña se tensó nada más verle traspasar el umbral. No era lo habitual. Siempre que llegaba Nolo, que desplegaba con ella arrumacos y abrazos como si fuera de casa, era recibido con una explosión de alegría infantil.

Hoy no.

—¿Qué te pasa, mi cría? —preguntó él cuando echó en falta a la Melina de siempre—. ¿Qué pasó hoy, *ho*? *¿Dormisti mal? ¿Castigote madre?*

No hubo respuesta.

Se encogió de hombros Nolo, y preguntó a Chayo.

—¿Dónde está Pepín? ¿Fue a algún sitio? No le he visto ahora en la carpintería y tenía que hablar con él. Un poco urgente, además.

No tenía idea de dónde podría estar. Ni siquiera sabía que hubiera salido.

Escrutó los ojos aguamarina del pistolero tratando de buscar algo que aclarase la extraña actitud de su hija. El luto por la muerte de Amable explicaba su tristeza, pero no la extrema rigidez.

Nolo se percató del silencioso interrogatorio.

—¿Qué pasa en esta casa hoy? ¿Vine en mal momento? *¿Fici* algo que molestase?

—*Tamos* de luto, Nolo. Eso pasa.

Carrizón asintió. Sería eso. Saludó tocándose la visera y salió de casa. Apenas le vio alejarse carretera abajo preguntó Rosario a su hija.

—¿Te pasó algo con Nolo? Hoy no te gustó verle.

Negó con la cabeza.

—¿Por qué?

Miró fijamente a su madre como toda respuesta. Lanzó ella el señuelo.

—Es tu secreto.

Lo confirmó asintiendo.

Un súbito pánico se apoderó de Rosario Agüeros.

—¿Te hizo algo?

—No, a mí no.

—¿A quién?

—Me da miedo.

—¿Contarme tu secreto?

—Y Nolo.

—¿Nolo Carrizón te da miedo?

—Sí…

En aquella casa no se rezaba, pero Chayo se santiguó como había visto hacer a su madre decenas de veces ante noticias inesperadas o amargas.

—¿Por qué te da miedo?

Sin saber por qué, Melina trataba de contenerse.

Miró a su madre mientras notaba cómo empezaba a temblarle el cuerpo, como si algo dentro de ella quisiera escapar y no pudiera. Y se abrió para que lo hiciera:

—Porque mata a gente, madre. Y yo no quiero que me mate a mí.

—¿A ti? ¿Por qué va a querer matarte a ti?

—Si se enfada conmigo…

Chayo estaba tratando de imaginar cómo habría sabido su hija a qué se dedicaba Carrizón.

—¿Quién te ha dicho que Nolo hace eso?

—Nadie. Lo he oído yo.

—¿A quién se lo oíste, Melina? ¿Ese es tu secreto?

Asintió de nuevo.

—¿Se lo quieres decir a madre?

—Pero no lo puedes contar a nadie. Ni a padre, ni a tía Lita, ni a nadie. No quiero que me mate Nolo.

—No te va a matar, Melina. No tengas miedo. Él te quiere y no te hará daño. Ni a ti, ni a ninguno de nosotros.

—Sí, sí lo hará si se enfada —tragó saliva la niña y lo soltó—. Mató a Amable porque le había hecho daño a una niña en el monte.

XVIII

Cuando Nolo Carrizón advirtió a Pepín Fernández de que cambiaban al jefe de puesto de la Guardia Civil, el sargento Cándido Santa Eulalia ya le había sugerido que se dejase de enredos y malas compañías y pensase en su familia.

—Aquí ya no valen amigos, Pepín. Ni compañeros. Demasiado blando soy para este sitio. No me lo dicen, pero por eso me mueven. No sé si es verdad lo que murmuran de ti y que andas con los rebeldes. O hasta que sabes algo de ciertas muertes cuando empezó la guerra. Nunca he querido saberlo porque te tengo aprecio y siempre has servido bien cuando había que hacerlo. Pero ten cuidado. Están ya vigilándote. Por eso te pedí venir al cuartel.

Los dos hombres hablaban en el despacho de Cándido, el jefe de puesto, que había recibido ya la notificación de traslado. Siempre se tuvieron afecto. Sin cercanía, porque sus vidas paralelas transcurrían por territorios sin frontera: militar e institucional Cándido, educado en el respeto y en la disciplina, frente a la pasión revolucionaria escasamente conformista del carpintero Pepín.

Pero se encontraban en el aprecio por el valor de las personas y los principios, por la obra bien hecha, por la conversación y por aprender.

—Siempre supiste más de lo que ahora me dices. Y, con franqueza, no sé por qué me dejaste hacer.

El guardia se permitió una sonrisa abierta ante la entregada ingenuidad de Pepín.

—Por aprecio, amigo. Y por el enorme respeto que siempre me mereció tu causa. Eres un tipo generoso, y la gente como tú tiene que poder intentarlo. Y oye, *guaje* —se acercó a él, como si fuera a hacerle una confesión—, en algún momento de nuestras vidas estuvimos en el mismo bando.

Se abrazaron.

—Suerte —le deseó Pepín Fernández.

—No la tientes tú, amigo —sugirió Cándido.

Pepín salió de la Casa Cuartel decidido a abandonar Entrearroyos.

A la altura del cementerio al que nunca miraban, de aquel lugar infame en que enterraron a su hijo y donde el ejército sublevado había abierto una fosa común, se encontró lo que llevaba tiempo esperando.

Frente a la puerta de la carpintería, hacían guardia Chayo, Lita, y Joaquín, el único de los hermanos que aún no había viajado a América.

Intuyó que aquello era un frente familiar decidido a cobrarse el precio de una muerte.

Vio a su hija asomada a la ventana de la cocina. Un instante después, los tres se giraban hacia él. Lita enfiló la carretera al compás ostensible de la ira.

—¿*Vas decime* por qué el miserable *del tu matón* Nolo *pego-y* un tiro a mi Amable? ¿Vas *jurame que nun ties ná* que ver?

Pepín Fernández se detuvo. Esperó a la hermana de su mujer con los puños apretados y el pie firme, como un marinero aguarda la acometida de la última ola.

—Dímelo, Pepe. Dímelo... por favor.

Al dique solo llegó la espuma, ya sin fuerza. Lo abrazó en lugar de batirle.

Con Lita colgada de él, Pepín Fernández alzó la vista y volvió a mirar a la puerta de la carpintería, más allá del puente sobre el arroyo. Chayo ya no estaba allí y Joaquín bajaba por la carretera.

—¿Por qué lo matasteis, Pepe? —también eludió el diminutivo, como obviando familiaridades—. Porque fuisteis vosotros... vosotros.

Callaba él sin saber qué responder. Lita se dejaba caer en un llanto vibrante, incontenible, de pura desesperación. Era un ser vencido, ahogado en su derrota.

Había pensado a menudo cómo afrontaría este momento, pero, como siempre sucede, los cálculos de futuro no son sino especulaciones. No sabía cómo reaccionar. No podía reconocerlo ni eludir la culpa.

Acarició suavemente el pelo de Lita.

—Lo siento, querida. Lo siento. Nadie quiere más muertos. Menos aún en casa.

Joaquín se detuvo ante ellos.

Era apenas un adolescente. Un joven con carácter y sentido de la justicia que admiraba a Pepín, que lo quería. Solo la consistente oposición de su madre, la abuela Aurorina, lo había mantenido fuera de su círculo clandestino. Tal y como estaban las cosas, a él quizá no lo embarcaran a América.

—¿Qué pasó? —Su tono había perdido también la tensa rigidez de la acusación primera—. *¿Mandasti* tú que *lu* mataran?

Negaba Pepín con la cabeza cuando tocó el chaval un nervio inesperado.

—*¿Ye* verdad que le hizo algo a una cría en el monte?

Fue un arponazo.

Eso sí que no lo podían saber. Salvo que lo dijera la familia, algo muy improbable, habían prometido justicia a cambio de silencio. O el propio Nolo Carrizón.

O a saber si no fue el bosque, o el aire, o alguien que escuchara algún murmullo. La ciencia de los valles contempla que broten los secretos cuando menos los esperas.

En la cocina, con Chayo de pie, Pepín, Lita y Joaquín en la mesa y la pequeña Melina atenta desde la puerta, el carpintero habló de soledades y de peligros, de la aspereza del cobijo de los montes, de las noches de ausencias; del frío del metal de las armas, el único refugio. Hombres solos, huyendo o guerreando, lo mismo daba, escondidos o emboscados, daba lo mismo. Sometidos a una intemperie de sol y piel, de miedo y silencios tan difícil de resistir como urgente para sobrevivir. A ellos iba parte del dinero de la casa, por ellos y por su causa se jugaba su vida y el futuro de su familia. Era el precio a pagar por un mundo mejor para todos.

—Miradlo como un anticipo de lo que vendrá. Ahora sufrimos para disfrutar de una vida mejor en el futuro… o no. Pero alguien tiene que arriesgarse.

Escuchaban en silencio. Melina, atenta, veía a su padre como un hombre abatido pero firme. Realmente lo admiraba. ¿Por qué no podía quererla? Volvió a sentir esa herida de ausencia que la acompañaría siempre, como un dolor constante que a veces cobraba otras formas. Que nunca se iría del todo.

—Yo no mandé matar a Amable. Pero, Lita querida, no era un inocente. En el monte se sufre, mucho, y solo se sobrevive con disciplina. Hay un orden que no es el natural, porque no somos animales y tenemos que organizarnos. Disciplina. Todos la cumplen y respetan el orden. Amable no lo hizo. Y por ser quien es no se decidió su muerte.

Hizo Pepín Fernández una pausa. Ahora tocaba ser cuidadoso con las palabras.

—Las armas son necesarias para defenderse y conquistar. Pero a veces tienen su propio lenguaje y lo emplean sin que podamos controlarlo. Un hombre con una pistola en la mano puede matar aunque no quiera, y casi nunca piensa. Matar es un acto voluntario, pero en esta guerra que todavía libramos, como en todas, a menudo es más del vientre que de la cabeza. Amable murió porque quien tenía que advertirle se dejó llevar. Y pensó en lo que le había hecho a una pobre cría... y no pudo contenerse.

A la confesión siguió un silencio plomizo, incómodo. Melina observaba a su madre, cabizbaja, inexpresiva; a su tío Joaquín, que parecía querer preguntar algo; a Lita, que miraba a padre como si esperara algo más.

—¿Quién *lu* mató, Pepe? ¿Y *qué-y fizo* él a una cría? —Lita tenía los ojos enrojecidos y hablaba despacio.

Respiró hondo Pepín y contó lo que sabía.

—La llevó al monte, la tuvo a su merced toda la noche en una cabaña y después intentó matarla para que no hablara. Ella escapó y pudo contarlo. Yo no lo quería muerto. Pero tampoco lo hubiera querido en la familia. Ni tú, Lita. Ni tú *llevaríes* vida con él.

XIX

Melina tardó tiempo en volver a ver a la tía Lita y Nolo Carrizón desapareció de sus vidas.

Oyó decir que lo habían detenido y torturado.

—Pero no por lo de Amable, que no se lo colgaron —le dijo padre a madre terminando un día de comer—. Por los comités... y que más de uno le tenía ganas.

No fue ese el único cambio en sus vidas.

Amable, su muerte y el crimen que cometió abrieron un abismo en la familia que multiplicó la distancia entre El Regatu y La Belonga, a la entrada de Mieres, donde se fueron a vivir después de aquello y de las advertencias de Cándido al carpintero.

Alquilaron un segundo piso en uno de los altos del barrio. Pepín comenzó a trabajar en la carpintería de Jesús Leal, un viejo amigo que llevaba tiempo reclamando su oficio. Se desenredó de la guerrilla y durante un tiempo vivió en calma.

Melina empezó a ir a la escuela. A la pública, como quiso su padre, y no a las monjas, con las que quería Chayo que se educara más por rigor que por devoción. No creía en Dios, pero por si acaso.

Doña Lucrecia recibió complacida a quien esperaba desde hacía años.

—Pensé que nunca la traeríais, Chayito.

Volvió a fijarse en su rostro redondo y risueño y en su mirada vivaz.

—*Tien* cara de lista, y *ye* muy guapa.

—Alegre sí —Chayo trataba de contemplarla con los ojos de la profesora—, y espabilada, claro. Siempre se ríe y siempre pregunta.

—Preguntar es muy bueno para saber.

Le gustaba a Rosario doña Lucrecia porque era afable y siempre tenía conversación. Aunque le metiese a las niñas sus ideas en la cabeza, era una buena maestra. Quizá por eso seguía dando clase después de la guerra a pesar de sus pensamientos, que no gustaban mucho a los hombres y menos a los del nuevo régimen. A Chayo siempre le parecieron atrevidos e imposibles. Fue de las que celebró en la calle el que las mujeres pudieran votar. Pero ahí seguía. Como una roca; tan firme como esas ideas suyas de igualdad.

—Ven, mi cría. —Doña Lucrecia tomó de la mano a Melina cuando se quedaron solas—. Te voy a enseñar todo esto y vas a conocer a las niñas que estarán contigo en clase. Os haréis amigas.

Le gustó el colegio. La idea de aprender y de jugar con otras niñas.

Ese primer día ya se sintió parte de algo más allá de su casa de La Belonga, y de Entrearroyos, y de su familia, y hasta de la tía Lita, a la que tanto echaba de menos. Había un mundo por explorar en el que pasaban cosas y las sorpresas se sucedían.

Un muro dividía en el recreo a las niñas y a los niños, como una tosca metáfora de la desigualdad impuesta. Los oían jugar a la pelota, reírse y pelear. A veces se gritaban y hasta hablaban de un lado a otro de la pared. Luego cada cual a su clase, separados siempre.

Será, pensó Melina en tía Lita, para que podamos nosotras aprender sin que tengan ellos que decir cómo.

Recuerda de aquel día la primera enseñanza de doña Lucrecia porque jamás dejó de habitar en su memoria. Ni en su voluntad.

Reunidas todas, expectantes la mayoría ante algo nuevo y acaso inesperado, la profesora, atildada, pelo brillante, escasa de estatura, pero capaz de ocupar la clase entera, les dijo que miraran a su lado, a su alrededor, a las niñas que se sentaban junto a ellas.

—Están aquí también para aprender, y son iguales que vosotras. Se alegran por lo mismo y se ponen tristes por cosas parecidas —se miraban unas a otras como si hubieran descubierto algo profundamente oculto—, de modo que antes de hacer o decir nada contra ellas, como con cualquier otra persona, poneos en su lugar. Pensad cómo os sentiríais vosotras si os dijeran eso, o si os lo hicieran. Lo bueno, y también lo malo. Siempre hay que pensar en los demás.

No tardaría mucho en descubrir Melina que exactamente iguales no eran todas, y que la instrucción de ponerse donde el otro no se aplicaba con la frecuencia o el interés que debiera.

—Me prestó mucho ir a la escuela —explicaba a Chayo y Pepín después de subir a la carrera las escaleras hasta el segundo piso—. Hice amigas y doña Lucrecia me dijo que iba a aprender muchas cosas.

—Qué bien, mi niña —Chayo lo celebró con ella.

—Me alegro —concedió el padre—, pero no olvides que aquí también *ties coses que facer,* que tu madre *tien* mucho trabajo. La casa *nun* se *fai* sola.

Claro, le dijo. La nueva vida que parecía ponerse ante ella no cambiaba rutinas ni obligaciones de mujer aunque fuera niña. Así era y así iba a seguir siendo.

Había que limpiar, ordenar, comprar, cocinar y cortar leña para hacerlo, subir a El Regatu, donde la *güela* Aurorina o a La Cuestona a por comida. La huerta volvía a florecer y el *güelu* Fernando regresaba poco a poco a la búsqueda de jatos para comprar o cambiar.

Chayo empezó a padecer migrañas.

—Tengo que sentarme, mi cría. No puedo con el dolor de cabeza.

Melina le acercaba la silla para que su madre pudiese descansar de ese dolor que venía sin avisar y le enrojecía los ojos. Sufría por ella y por no saber qué hacer exactamente.

—Nada, hija, nada. Atiende a que el agua no hierva mucho para no arruinar *les fabes* y ve echando lo que hay en el plato. Poco a poco.

Obedecía disciplinada. Porque era lo que Madre le pedía. Pero más aún por poder ser ella quien trasteara en ese fogón ardiente y oloroso, imaginando que de su mano saldrían platos exquisitos.

Pon tanto y tanto, quita ya lo otro, aparta del fuego la olla y media esa sartén con todo aquello.

—*Nun* puedo más. Caliéntame la leche, que me voy a la cama.

Combatía los dolores de cabeza con trapos empañados en leche caliente.

—¿Voy contigo?

—No, quédate atendiendo el *pucheru*. En cuanto se me pase, vuelvo, vida.

Entre migrañas y tiempos muertos, mientras esperaba a que Chayo regresara de su pequeño infierno cotidiano o la observaba atenta sentada en la banqueta blanca donde comía padre, a Melina Fernández se le fueron quedando grabadas las medidas y los tiempos en algún lugar de la memoria.

—Ahora esto, madre, que si no se arruina.

Y Chayo sonreía a mitad de camino entre la sorpresa y el orgullo, o quizá con ambos, y se sentía feliz porque aquella niña que vino a destiempo lo llenaba todo sin proponérselo.

Una mañana, vestida ya para ir al colegio, Chayo la vio inclinada sobre la mesa de la cocina escribiendo despacio, con esa caligrafía que tanto admiraba doña Lucrecia, y muy concentrada. No preguntó para no interrumpir. Después de contemplarla un rato comenzó la rutina de atizar el fuego.

—Ya está —dijo al cabo de un rato Melina.

Dobló el papel, lo metió en un sobre que debió conseguir en la escuela y se lo entregó a ella. La carta a los señores Reyes Magos, le explicó a su madre.

Nunca había hecho nada así. Al menos que ella supiera.

—Les he pedido... bueno, si me lo traen tú serás la primera en saberlo.

No pudo evitar Chayo regalar a su hija una sonrisa ni contuvo su curiosidad por lo que la carta diría.

—Pásalo bien en la escuela, mi cría.

Besó a su hija y abrió el sobre mientras se giraba de nuevo hasta la cocina.

«No os pediré más regalos si venís con otro Nolín.»

Súbitamente se le vino a Rosario Agüeros la conciencia sólida de que aquello era un remedio para aliviar todo el dolor que su hija estaba padeciendo por la insistente indiferencia de su padre.

Se le antojó más cruel aun que sus migrañas.

Dejó caer los brazos y se entregó al desamparo que hizo suyo, a las ausencias, a los filos de su propio miedo, a una sensación que no podía entender pero se parecía a la culpa. Se llevó la mano a la boca para no estallar en llanto.

Deseó abrazarla con todas sus fuerzas. Pero ya se había ido a la escuela.

No.

Al volverse se encontró que seguía allí, y la interrogaba con sus ojos negros y el brillo de curiosidad que tanto admiraba.

Se prometió a sí misma y a su hija que le traerían otro Nolín.

Y abrazó a Melina una vez más con esa intensidad indescriptible con la que la atrajo hacia sí, comprometiendo su cuidado de por vida el día en que su padre pidió una cuerda para ahogarla.

XX

La vida pasaba por la calle. Era allí donde se vivía.

Los niños jugaban libres de control y de peligros. Apenas había coches, y la camioneta que subía a Entrearroyos camino de Sama solo iba y volvía cuando lo hacían los mineros. O el domingo para el mercado en la plaza de abastos.

A esa la esperaba Melina. No paraba en La Belonga, pero la *güela* Aurorina, que bajaba al mercado cada semana a montar un puesto de carne, siempre tiraba algo para casa. El cerdo daba mucho de sí.

Antes de la curva del cementerio, veía salir por la ventanilla una mano delgada que agitaba un deseo a punto cumplirse. Algo llevaba envuelto que siempre dejaba caer a la altura de la niña.

El trozo de carne o de tocino dependía de cómo hubieran ido las ventas ese día. A más venta, menos a repartir. A veces eran caramelos o regaliz; o manzanas de algún trueque de domingo. Lo recibía Melina alegre, entre risas, como parte de un juego íntimo con su abuela.

A menudo tenía que defender la presa de otros pequeños depredadores atentos y dispuestos a cobrarse como propio el botín.

La libertad de la calle obliga a defender el territorio propio.

Un día, la línea se detuvo bruscamente unos metros más allá de donde estaba Melina.

—¡Ven *p'acá, ho*!

Una voz masculina llamaba desde el interior. Melina corrió hacia la camioneta y, al tiempo de alcanzarla, se topó con una cesta cubierta de tela que la *güela* le entregaba desde la puerta.

—Son *casadielles*, Melina. *Coméilas* y ya me llevará tu madre el *cestu*.

Detrás, el conductor explicaba.

—*Pidióme* ella que parase. Y *nun ta mal* que algún día no tengas que *apañalu to* desde el *suelu*, vida. Un besín. El *próximu* día, si puedo, paro también.

Los días de trabajo le sobresaltaban las sirenas de la mina.

En Entrearroyos le había cogido miedo a ese sonido agudo y metálico que cortaba el silencio del monte. Le evocaba el terror que se extendía por el valle inmediatamente después, encarnado en criaturas oscuras de ojos blancos que se movían por las calles y a veces decían su nombre.

—Te saludan porque te conocen. Son los mineros, mi cría —se reía tía Lita entonces—. Se tiznan de picar o cargar en la mina, y *nun se is ve más que* los ojos.

No volvió a verlos en La Belonga, pero sí a escuchar las sirenas que nunca dejaron de inquietarla.

El aire allí estaba aún más cargado de hollín y de los olores metálicos y ásperos de la mina que allá arriba, en la Güeria de San Juan.

Ni la lluvia cuando barría la cuenca del Caudal era capaz de borrar la huella perenne del carbón en las paredes, en los bancos, en los alféizares de las ventanas. Las plantas respiraban aliviadas, pero solo un tiempo breve, hasta que escampaba.

El aire nunca se limpia del todo.

No se sabía con certeza si la niebla tras la lluvia era del río o del carbón.

Jugar en la calle era volver sucio del suelo gris, las paredes ennegrecidas, el agua del Caudal manchada por el carbón…

Evelín, un *guaje* que vivía en el entresuelo, cobraba buenos bofetones cuando su madre sabía que no había ido al colegio porque traía las orejas negras de haberse bañado en el río.

Melina jugaba menos porque era cría y tenía que aplicarse en los trabajos de mujeres.

A veces salía del colegio y subía a La Cuestona a que lo otros *güelos* le llenasen un saco de manzanas. Siete kilómetros de subida y otros tantos de bajada. No era tan divertido como el juego con la abuela Aurorina o cuando iba a la *tiendina* y doña Flor le cargaba de inesperadas delicias de estraperlo, pero disfrutaba del viaje y de las sorpresas que se encontraba.

Un día paró la camioneta y la *güela* le pidió subir con ella a El Regatu.

—No puedo, *güelita* —protestó ella sin demasiada convicción—, tengo *tovía que facer recaos*.

La abuela llamó a un crío que acababa de disputar con su nieta el trofeo y le envolvió cuidadosamente un trozo de rabo de cerdo.

—Toma esto. Y me pagas yendo a *decile* a la mi *fía* Chayo que Melina subió conmigo.

El crío partió corriendo seguro de que en el negocio él se había llevado la mejor parte.

Pero lo mejor fue volver a ver a tía Lita.

Ahí empezó a recuperarla.

—¡Mi *negrina*! ¡Mi *negrina*! —estalló en una especie de sereno júbilo al verla; parecía más delgada y a Melina se le hacía que algo triste—. Qué alegría me da tenerte. ¿Por qué no te quedas aquí un tiempo con nosotros? Bueno, sí… *ties* la escuela y que trabajar en casa, pero *haznos tantu* bien verte por aquí. Cuéntame, mi cría… qué aprendes, cómo *ta* Chayito, y el *to pa,* ¿sigue… con sus *coses*?

Y ella le contaba que aprendía mucho, que doña Lucrecia le decía que era listísima y que algunas chicas del colegio no la querían mucho, que la llamaban sabionda, pero no le importaba porque tenía otras amigas.

—¿Te gusta doña Lucrecia?

—Sí, mucho. Es la más atenta.

No era como doña Pilar, que se pintaba los ojos y los labios mientras estaba en clase, y cuando terminaban de copiar la lección les ponía un dictado para poder seguir pintándose.

—*Ye* muy lista, y muy buena persona doña Lucrecia —le decía Lita—. Es muy leída y pelea para que no sean siempre los hombres quienes decidan.

Le contaba también Melina a su tía que padre era el de siempre, triste y sin hablarle. Y que a madre le dolía la cabeza y le enseñaba a cocinar.

Merendaba con Lita y los abuelos y bajaba a La Belonga con algo para el puchero. Un día fue un saco de patatas.

—Llévalo en la cabeza. Así —le enseñó la *güela*—, como llevan los baldes las pescaderas.

Se le marcaban tanto, tanto apretaron, que cuando llegó a casa y lo quitó todavía tardó en perder la sensación de llevarlas encima.

Madre la mandaba a la *tiendina* de Flora para esquivar los límites de las cartillas que racionaban la comida, cuarto de kilo de alimentos básicos por persona y mes. Todo el mundo la tenía, pero nadie aceptaba ajustarse. A veces había comida y a veces no. Dependía casi siempre del dinero que se pusiera en el mostrador.

Flora siempre tenía algo para ella.

—A ver qué *diz* tu madre.

Se colocaba sus lentes redondas y pequeñas e iba leyendo lo que había anotado Chayo en la lista para que subiera a casa la cría.

—No, esto no. Mañana puede que sí —seguía leyendo atenta—. Mira que le he dicho que de esto es imposible. O casi.

Miraba a la niña por encima de las gafas, como jugando a ser cómplices. Melina le devolvía una sonrisa. No sabía qué quería decir Flora, pero le gustaba que la mirara así.

—Qué gusto de cría —se decía Flora en voz alta—. Igualita que su padre.

Y negaba con la cabeza, como queriendo aclarar el sarcasmo.

Salía de la *tiendina* por una puerta frente al mostrador y al poco rato volvía con algunas de las cosas de la lista de Chayo.

—Las que hay. —Y se sacaba del delantal algún trozo de pan, o de tocino, incluso algún choricín—. Y esto ye *pa* ti, por salada y por guapa.

Le gustaba hacer los recados. Se quedaba donde Flora a ver cómo vendía y cómo negociaba.

Y disfrutaba de andar por la calle, de saludar, de hablar con la gente. Le divertía casi tanto como jugar en el recreo o cocinar. Siempre le regalaban sonrisas y le decían lo guapa y lo simpática que era. Así conseguía olvidarse de ese dolor que tenía dentro, como el rascar de una uña bajo el pecho que no se le fuese a ir nunca cuando pensaba en padre, en ese Pepín siempre tan lejano. Ella quería estar con él, le quería. ¿Por qué él no?

A ver si había suerte y los Magos le traían lo que pidió y entonces todo cambiaría. Nunca les había escrito una carta, pero Norina y Neli le habían dicho que algunas veces, si te portabas bien y lo pedías con muchas ganas, los Reyes hacían caso.

XXI

Chayo supo que volvía a estar embarazada después del primer viaje a Castilla.

Pepín había dejado el trabajo en la carpintería porque, según él, lisiado como estaba no era el mismo ni podía hacer las mismas cosas. El carácter se le agriaba: demasiadas derrotas en poco tiempo.

Melina lo observaba constantemente. Como en la carpintería. A menudo sin él enterarse. Apostada en la puerta de la cocina, le veía comer. Siempre lo hacía solo. Chayo y ella preparaban la comida y se la servían a él. Después se levantaba y salía a pasear. Largas caminatas que le llevaban horas y kilómetros. Melina le veía alejarse con las manos a la espalda, la derecha sujetaba la izquierda, agarrotada.

A veces sus miradas se cruzaban, entonces ella sonreía esperando el gesto, la mínima muestra de afecto que aliviaría esa pena de tanto tiempo. Pero no llegaba. Nunca llegó.

—¿Qué *tas faciendo* ahí, Negrona? *¿Nun ties coses que facer* con tu madre, *pa'tar* ahí mirándome?

Desde luego que sí. Pero esta era la primera. Negrona, dolía.

Un día vio cómo en el paseo se encontraba con Nolo Carrizón.

No le pareció que su padre se sorprendiera. Quizá se siguieran viendo. Al descubrirlo, Melina recordó el miedo de la última vez. Ya no lo sentía. O al menos desde esa distancia alejada, como testigo del encuentro entre los dos hombres. De hecho, pensó que le gustaría acercarse para preguntarle qué le había hecho el tío Amable a la niña. Y que le contara cómo era una cárcel.

Después de aquel encuentro volvió Pepín Fernández a los secretos y a las ausencias nocturnas.

Regresó Chayo al rostro sombrío, aumentaron las migrañas y la casa se volvió un poco más triste.

Retornaron las discusiones.

—Otra vez a *metete* a enredar *pa* que la tu *fía* y yo quedemos *soles*... Que te maten, que te detengan... Yo qué sé. Además, sin dinero, con *fame*. ¿Qué clase de hombre *yes*? ¿Qué locura *ties* que no te importa lo que pase con nosotras?

—¿Y quedarme aquí, en casa, *lisiao, amargao,* solo... mientras otros se la juegan por mí y por ti?

—Melina y yo somos lo que importa. La guerra acabó, la perdisteis, el monte no trae más que muerte. Lo que hay en esta casa es lo que *ties* que pelear... por lo que tenemos que vivir.

Muyeres, cerraba él fingiendo condescendencia. Mujeres, pensaba ya Melina empezando a medir el sentido de una palabra que implicaba, así dicha, algo parecido al desprecio.

Ella seguía sin existir para Pepín. Y esa herida se abría aún más por la grieta de las voces y los gritos en casa, que la dañaban como minúsculos alfileres bailándole dentro. La sólida carga de la ausencia paterna se hacía más pesada aún con esos desencuentros que inflaban sus miedos.

—Donde no hay panchón todos riñen y todos tienen razón —decía Chayo.

Entraba menos dinero en casa y había menos que comer. La huerta de La Cuestona y la carne, otra vez escasa, de El Regatu eran el único recurso cuando Flora dejó también de fiarles.

—*Nun* puedo, mi cría —le decía a Melina tras sus gafas redondas—. Si *nun* cobro *nun* puedo comprar y *entós* —abría las manos y mostraba las palmas vacías— *nun* tengo qué vender. Dile a tu madre que traiga carne del monte y lo arreglamos.

También «la tuerta», Vicenta la pescadera, que porteaba en baldes o en cajas con hielo el pescado desde San Esteban, dejó de esperar lo adelantado después del último trueque de sardinas por berzas y patatas.

Pero fue ella quien a la puerta de casa le indicó a Chayo un camino.

—Por esa misma vía del tren que yo regreso a la costa, sube de León cualquier cosa por la que estés dispuesta a pagar. *Pregúntai* a Flora.

Y le habló de una tratanta de Las Regueras que podría darle orientación y buen precio. Pero sin fiar, que había que pagar la mitad al pedirlo.

—¿Y si bajo yo por ello?

—¿Dejando a la tu *fía*? —se encogió de hombros la mujer—. Puedes. Pero si te pillan lo pierdes todo.

—Me arriesgo —contestó decidida Chayo.

Una semana después partieron ella, Lita y Olvidín para Castilla. A Carbajal de la Legua.

Quedó Melina en la casa de El Regatu. Para Pepín dejaron hechas unas sopas de ajo con el poco pan blanco que consiguieron, y algo de carne en la fresquera, y de La Cuestona bajó Nieves patatas y berzas que entregó a su hijo como si fuera un tesoro.

XXII

Desde casa de los abuelos, Melina también bajaba y subía andando a la escuela. Compensaba la distancia disfrutando del paseo.

Al pasar por La Belonga siempre buscaba un perfil en la ventana o una sombra que le dijese que padre estaba allí. Quizás esperándola a ella. Nunca la vio. Tampoco subió a su encuentro.

Pero esta vez no dolió como otras.

Fuera porque iba a la escuela o porque regresara con los *güelos,* siempre había un final del camino que le importaba más.

Uno de los días se topó al salir del colegio con un moro grande y triste que vivía en la nave donde estaban los regulares que aún seguían acuartelados en Mieres.

Los niños le llamaban Mustafá y les daba miedo.

Era grande, su piel casi negra y olía raro. Como todo el sótano en el que les habían amontonado y del que solo podían salir con permiso de sus superiores o para alguna actividad o recado. Durante las primeras semanas de represión rebasaron tantos límites que hasta la autoridad militar decretó su encierro permanente.

Melina pasaba frente a ellos a menudo porque en uno de los pisos del edificio estaba el dentista.

—No os preocupéis, niñas. No hacen nada —aclaraba doña Pilar, que les llevaba a la revisión maquillada como para una cita—. Son moros que están aquí para cazar rojos, pero así guardados son inofensivos.

Cazar rojos. Como piezas a cobrar.

Melina aprendió pronto que «rojo» era una forma de referirse a los comunistas, que según doña Pilar o don Melquíades habían llevado a España a la guerra y ardían en el infierno por ateos. Mala gente con la que había que acabar.

Su padre era rojo. Amable también lo sería. O Nolo Carrizón. No siempre se comportaban como malas personas.

Rojos serían los muertos que un día vio junto al cementerio. Cinco cuerpos deformados, sucios, amontonados junto a la tapia en siniestro abanico.

Pronto corrió en el barrio la noticia: la Guardia Civil había matado a cinco emboscados y sus cadáveres estaban tirados frente al camposanto. Colocados bocarriba, sus rostros estaban llenos de moratones y uno tenía los ojos abiertos, saltones, como queriendo escapar de la muerte que atestiguaban. Alguno estaba medio desnudo, con sangre seca brotando de las costillas.

Nubes de moscas zumbaban alrededor de sus ojos y de sus bocas entreabiertas.

—*Trajéronlos aquí pa enterralos como perros* y *pa* que *lu viéramos,* como si *ficiera* falta que supiéramos cómo son —protestaba una mujer frente al espectáculo; miró a los niños que estaban a su lado—, y encima los críos viendo este horror. Qué crueldad, qué ignominia.

Melina no entendió las palabras, pero se sintió mal. Recordó a Amable, que debió de quedar así en la cuneta después del tiro de Nolo. Le dio pena de aquellos hombres y esa noche se llevó a su casa la imagen de muerte y una idea infantil, dolorosa, de familias rotas.

No volvió a ver muertos. Pero sí pensó en aquellos mozos toda su vida. Cazados como animales, como doña Pilar había dicho que acababan con ellos los moros.

Los moros. Mustafá, como le recuerda, nunca le pareció malo. Ni siquiera aquel día que se asustó frente a él. No piensa lo mismo de aquel otro que vieron resistirse como un animal hasta que casi lo matan.

Volvían del dentista con el colegio cuando escucharon un jaleo de voces y gritos. Un tumulto de gente y uniformes verdes se arremolinaba bajo un naranjo en la esquina del parque cercano a la escuela.

Sonaban con claridad los culatazos, clac, clac, y sobre ellos un grito de mujer que encendía el tumulto.

—Pero qué haces, moro hijo de puta —escuchó Melina—. Déjala ya, cabrón…

—¡Dadle, dadle duro, joder!

—Pero será *fíu* de puta, que *nun* se levanta.

Patadas, golpes, jaleo, nervios.

En el alboroto Melina pudo distinguir las piernas de una mujer sobre la que un hombre se movía hacia delante y hacia atrás, como si le bailara encima. Le llovían golpes, de puños y patadas, brazos de uniforme verde lo molían a culatazos, pero no abandonaba su afán.

Ruido de sirenas. Cuatro hombres salieron de un coche pistola en mano y solo cuando uno encañonó al moro se detuvo aquello.

—Como no te levantes te pego un tiro en la cabeza, moro de mierda.

Se disolvió la algarada, mientras otro de los hombres que había salido del coche ayudaba a levantarse a la mujer, cubriendo su rostro con la chaqueta.

Gritaba el gigante enfurecido mientras lo llevaban esposado.

—¡Soy un regular y ella una puta roja que me ha engañado! ¡Es una puta roja, una puta!

No vio ni escuchó más porque doña Pilar se apresuró a sacarles de allí rápidamente, pero las veloces lenguas de la calle se encargarían los días siguientes de dejar caer el nombre de Consuelito Argüelles, la *fía* de la costurera de Ujo, que prometía favores al soldado a cambio de comida y estraperlo. Nunca se los pagó —decían— y el moro se lo estaba cobrando esa tarde.

Se contaban muchas historias de antes de la guerra, de lo malos y animales que eran.

Melina quedó muy conmocionada por aquello. Casi como con los muertos del cementerio. Volvió a evocar a su tío Amable, pero ahora no lo veía muerto, sino haciendo a aquella niña desconocida un daño que no alcanzaba a imaginar, pero que debía ser mucho mayor que su astilla permanente del abandono.

Se sintió vulnerable con la idea de que los hombres no solo decían lo que había que hacer, sino que obligaban a hacerlo a la fuerza.

Tropezó con Mustafá cuando volvía a El Regatu de la escuela. Al doblar una esquina cerca de San Juan Bautista, chocó con él, que bajaba tan rápido como ella subía. Retrocedió hasta casi caer del golpe. Él la cogió al vuelo.

—Perdón, perdón, señorita... perdóneme, no la había visto. *Ana asf, ana asf.*

Una andanada de olor a polvo y a sudor seco le sacudió nariz, pero contuvo la mueca de asco. Tras el susto inicial, le tranquilizó la exagerada reacción de él. No parecía peligroso. En sus ojos no había expresión y su disculpa, excesiva y con palabras que no conocía, disipó el miedo. Hasta le pareció divertida tanta ceremonia.

—No te preocupes, Musta... —y se arrepintió, porque ese no era su nombre y podría ofenderse—. No te preocupes.

—No, señorita. He sido torpe.

Una mujer se acercó a ellos.

—¿*Ta* metiéndose contigo el *moru, vida*?

Él la miró sin decir palabra. Respondió la niña.

—No, no. Hemos tropezado y me estaba pidiendo perdón.

—Pues hala, deja ya a la cría —ordenó.

Lo hizo. Melina quiso hablarle, pero solo alcanzó a preguntarle el nombre, mientras la mujer la censuraba con los ojos, pero cómo hablas con él.

—Mugali, me llamo Mugali. Para servirle, señorita.

Volvió a verle más veces. De lejos.

Nunca más le tuvo miedo. Acaso lástima por su andar perdido, su aspecto de miseria y esos ojos que miraban siempre a lo lejos, como queriendo escapar de un rostro delgado y triste.

XXIII

Carbajal de la Legua, al norte de León, sigue a la misma distancia de la capital que cuando se le puso nombre hace más de mil años. Como si ni una ni otro hubieran crecido en todo este tiempo. Poco más de una legua, unos seis kilómetros.

Chayo, Lita y la prima Olvido, que dejaba seis *guajes* que alimentar en su casa de la Felguera, viajaban nerviosas en el tren que perezosamente salvaba las rampas de Pajares.

—*Paez* que va *parase* de un *momentu a otru* —se temía Olvido.

—No tengas miedo, Olvidín; *ye* pereza, no cansancio. Como tú con el tu hombre, que *paez* que no y que luego *ye* que sí.

—Y tú qué sabes, lagartona. Si fuera sí siempre que *él quier,* no haría sino parir como una coneja.

—¿Y no lo *faes* ahora? —cerraba Lita con una carcajada.

Las tres mujeres se proponían atropar algo de la abundancia que esperaban en aquella suerte de tierra prometida. El rubor de su fiebre no era el oro, sino el pan, las legumbres o el azúcar.

Elvirín, la tratanta de Las Regueras, le había dado a Chayo la dirección de un almacén en el que abastecerse.

—Me quitas negocio y a Flora ni te cuento, pero algún día me pagarás el favor.

Encontraron allí de todo lo que escaseaba en casa. Había lentejas, garbanzos, pan, algo de carne, arroz, habas, maíz. Parecía como si allí imperase otro régimen o las cosechas no se hubieran visto heridas por la guerra. Hasta dulces y vino estuvieron tentadas de llevar.

—¿Cómo hay tanto por aquí? —preguntó Chayo al hombre que despachaba comida en el almacén de Elvirín.

Se encogió de hombros y como toda respuesta volvió a preguntarle qué querían.

—*Ye* que aquí son más hacendosos que nosotros y *nun* pierden tiempo en tirarse al monte a morderle el tobillín a los de arriba.

No agradó la ironía de Lita al del almacén.

—¿Qué se llevan entonces? —refunfuñó apresurándolas.

No compraron solo allí.

Durante cuatro días recorrieron el pueblo y sus alrededores.

La pensión que les recomendó Elvirín era al menos limpia.

Había almacenes, alguna tienda y quien vendía directamente en su casa verduras y legumbres.

Cargaron cuantas bolsas de tela y paquetes pudieron acarrear. No sabían cómo serían capaces de subirlo todo al tren en los pocos minutos que se detenía en la estación. Que además estaba algo alejada del pueblo.

Idearon un sistema de transporte por etapas. Poco discreto, pero eficaz. Como no podían llevarlo todo a la vez, cogían lo que podían, avanzaban cien metros y luego regresaban a por el resto. Las veces que fuera necesario.

Así llegaron a la estación. Llamando, naturalmente, la atención de la Guardia Civil. Les abordaron en el andén.

—Buenos días, señoras —saludó amable uno de ellos—. ¿Dónde van ustedes con todo esto?

—A Asturias, señor —respondió Chayo—. Tenemos hijos que alimentar y eso es lo que llevamos.

Su nerviosismo y la ingenuidad de su actuación hacían patente que no se trataba de estraperlistas. Que decían la verdad. Pero la ley es la ley. Y las ventajas de aplicarla, una buena razón.

—Tenemos que confiscarles todo eso. Están haciendo estraperlo.

—¿Confiscar? —protestó Lita—. ¿*Pa* quién? ¿*Pa* ustedes? ¿*Pal* alcalde? Nosotras *nun facemos negociu,* solo queremos comer.

Olvido empezó a temblar, nerviosa… asustada.

—Por favor, Lita. ¡No nos comprometas!

Saltó Chayo.

—¡Antes muerta a que me quiten esto! —gritaba mientras abrazaba los paquetes como quien protege un tesoro.

Cargaba el fusil uno de los agentes cuando entró en la estación un hombre que se detuvo ante la escena. El guardia bajó el fusil y los dos lo saludaron marciales. Hizo un gesto y se acercaron a él. Hablaron apartados de las mujeres un tiempo que para ellas fue una eternidad.

No faltaba mucho para que el tren pasara y estaban a punto de perderlo todo.

Antes de que los guardias volvieran con ellas, el hombre misterioso se despidió con un gesto amable y media sonrisa. Guapo, pensó Lita, además de cortés.

—Confiscamos esto, esto y esto —los guardias escogieron los paquetes más voluminosos y se fueron sin decir palabra.

Quedaron ellas sorprendidas y aliviadas porque salvaron casi toda la carga.

Tuvieron que apresurarse para subir todo en el tren, pero finalmente lo consiguieron.

—Vosotras —dijo Olvido tras un largo silencio— no creéis en los milagros, ¿verdad?

Se miraron las hermanas, conociendo perfectamente la respuesta. Rieron.

—Pues ya podéis creer, porque lo de hoy lo ha sido.

—Déjate de *tontaes* —intervino Lita—, fue que *tres muyeres curioses y probes hicímos-y tilín* a un hombre importante. Yo *toy acostumbrá*. *Pásame* siempre.

—Todavía quedan galantes —añadió Chayo.

—Y ángeles, porque eso no era un hombre. Fue un ángel.

Olvido lo contó como un milagro.

Melina lo escuchó como una hazaña. Casi como un prodigio de esos de los que hablaban las monjas en la catequesis a la que había empezado a ir con su prima Charito, la hija de Olvidín.

Se lo había pedido la niña no por devoción religiosa, sino porque allí jugaban y se querían más y recibían regalos. También rezaban, pero juntar las palmas de las manos dolía mucho menos que estirar el brazo como hacían en la escuela.

Del por si acaso de la madre se pasó al por lo menos de Melina.

El mismo día que le dijo a Pepín que su *fía* quería ir con los frailes y ella le había dejado, tapó su furia anunciándole que volvía a estar embarazada.

Pero de nuevo el destino iba a rodar en sentido contrario al esperado.

XXIV

Primero fueron a buscarle a casa.

Melina guarda en su memoria, como un dibujo nítido y preciso, con la emoción viva del miedo que pasó, la tarde en que la pareja de la Guardia Civil acudió a por su padre.

Pum, pum, pum, tres golpes violentos en la puerta cuando la niña estaba a punto de salir a negociar con doña Flora.

Pum, pum, pum.

—¡Guardia Civil, abran!

Limpiándose las manos con un paño, Chayo abrió la puerta nerviosa. No acertaba a descorrer la cadenilla.

Por un momento pensó en el viaje a Carbajal y si no irían a detenerla por estraperlista.

—Voy, voy.

Melina entrevió tras la pareja a un hombre de paisano cuyo rostro le resultaba familiar.

—¿Qué se les ofrece?

—¿Vive aquí José Fernández Fernández? —preguntó en tono vigoroso, casi violento, el guardia.

El hombre tras ellos afirmaba con la cabeza.

—Sí, es mi marido. El carpintero. Todo el mundo le conoce. ¿Por qué le buscan?

—¿Está en casa? —volvió a preguntar el guardia sin responder a Chayo—. Dígame si está en casa o no.

—Entren, coño… que está en casa —ordenó entonces el de rostro conocido.

Los guardias empujaron a Chayo y casi tiran a Melina.

—Quédese con ellas —exigió.

Uno de los guardias obedeció mientras el resto entraba en la casa. Puso la pistola a pocos centímetros de la cabeza de Chayo.

Melina lo miró seria, azorada, a punto de llorar. El guardia, que parecía tan asustado como ellas, bajó un poco el arma, pero la volvió a poner sobre la oreja de Chayo cuando el hombre sin uniforme regresó junto a ellos.

—Dime dónde coño está tu marido o *digo-y a esti habayu* que te pegue un tiro.

Chayo miraba asustada a su hija, que se sobrecogió aún más al escuchar al hombre insultar al guardia. ¿Cómo podía hacerlo si tenía una pistola en la mano?

—Que dónde está —volvió a preguntar en voz alta.

El otro guardia se unió al grupo.

—Aquí no hay nadie.

Cuando el hombre se agachó para poner su cara a la altura de Melina, un olor rancio a tabaco y alcohol, como el de padre cuando llegaba tarde y discutía con madre, acentuó el temor de la niña.

—A ver, que ya me conoces, guapa. Que ya hemos hablado más veces, ¿no te acuerdas?

Se acordaba. En ese momento sí.

Paseaba muchos días frente a la casa, como si esperara a alguien o buscara alguna cosa. A veces la saludaba y otras hablaba con ella, le preguntaba qué tal estaba o si le gustaba el colegio. Dejó de hablar con él cuando un día quiso mirar qué había en el capazo que traía de la tienda de Flora.

—Tú no quieres que hagamos daño a madre, ¿verdad?

Su olor era muy desagradable. Peor que el de padre por las noches.

Negó sin hablar. Claro que no quería que le hicieran daño. Ni a madre ni a padre.

—Bien, pues entonces nos vas a decir dónde está tu padre, ¿de acuerdo?

Lo pensó un momento, y dijo:

—Pero entonces le harán daño a él.

No se lo esperaba el policía. Torció el gesto delatando su sorpresa. Optó por sobreactuar, y sin levantarse, cerró los ojos y volvió a abrirlos desmesuradamente.

—No, señoritaaa…

—Ya sabe usted cómo me llamo, ¿no?

Sin saber por qué, Melina comenzaba a serenarse. Su madre, aún con la pistola a pocos centímetros, observaba la escena cada vez más angustiada.

—Amelia, ¿verdad?

—Melina.

—Eso, Melina. No… a tu padre no vamos a hacerle daño. Solo queremos hablar con él para que nos ayude a buscar a unos hombres que son malos y están matando gente. Allí en el monte.

Entonces era eso.

Pensó en los muertos que había visto en el cementerio. Pero también en que buscaban a quienes, como el tío Amable, habían hecho algo malo. Dudó. No podía ayudar a aquellos hombres que habían entrado a casa a la fuerza y con pistolas, pero quizá era cierto que padre podía ayudarles. ¿Y si eso le acercaba más a ella?

—No sé dónde está. Salió por la ventana hace un momento. Pero habrá ido a La Cuestona, a casa de los abuelos.

—¿Ves qué fácil? Vámonos, señores.

Enfundaron las armas y desaparecieron escaleras abajo.

Chayo y Melina permanecieron un rato inmóviles y mudas.

—¿Por *qué-y* lo dijiste, Melia?

El tono era áspero, como de reproche. Y obviar el diminutivo una señal clara de irritación.

—Porque quieren que les ayude a coger a la gente mala que está en el monte. Y padre también castiga a los que hacen eso. Por eso Nolo Carrizón mató al tío Amable.

No dijo nada más Rosario. Cerró los ojos, y de un manotazo también la puerta.

A pocos kilómetros, monte arriba, Pepín Fernández caminaba presuroso por el sendero que subía a Entrearroyos. El camino era discreto. Su objetivo era esconderse en La Cuestona solo una noche, para luego guarecerse en el monte durante un tiempo. El suficiente para conseguir información sobre lo que sabían de él, y quiénes lo sabían.

Aguardó al anochecer para salir a la carretera y conseguir llegar antes a la casa de su familia.

Se precipitó.

Apenas llevaba unos metros de ascenso cuando escuchó un alto a sus espaldas.

—Deténgase —le gritaron desde un coche aún en marcha.

Lo hizo mientras se giraba lentamente.

Dos guardias civiles salieron del coche apuntándole con los fusiles. Al volante, un tercero se encendía un cigarrillo.

—Carta de seguridad o cédula, muéstrela —exigió el que le había dado el alto.

Se palpó la chaqueta como buscándola.

—No la tengo encima. Me llamo Eutiquio Torres.

—Ya. Acompáñenos, por favor.

—¿Estoy detenido?

—Ya veremos —respondió el otro guardia mientras le indicaba con el cañón del fusil el lugar en la trasera del coche donde debía sentarse.

Era una especie de banco corrido ocupado por otros dos guardias que se apartaron para sentarlo a su lado.

Sin más palabras enfilaron carretera arriba. En el cruce hacia La Cuestona giraron a la derecha. Sabían adónde iban.

Era casi de noche cuando llegaron a la casa. Sacaron a Pepín del coche y lo colocaron delante, a pocos metros de la puerta.

—¿Por qué me traen aquí? —trató, nervioso, de disimular.

No hubo respuesta.

Golpearon con fuerza y aviso de Guardia Civil, y salieron a abrir Nieves y José, este en calzoncillos. Temblaban los dos. Pepín estaba vigilado por otro de los guardias, pero no lo suficiente como para evitar que con un par de pasos cortos se acercara a una tejavana que sombreaba su imagen hasta hacerla casi inidentificable a esa hora.

—¿Vive aquí su hijo José Fernández?

—No —afirmó el padre mientras la madre negaba sin dejar de tiritar. Veían una sombra al fondo, pero no fueron capaces de reconocerle. Debieron pensar que era otro guardia semioculto.

—¿Conocen a este hombre? —preguntó, señalándoselo, el guardia que escoltaba a Pepín.

La ansiedad y las sombras cegaron a los ancianos. Seguía ella negando con la cabeza. Contestó él:

—No, señor.

—¿Podemos entrar a registrar?

Les dejaron hacerlo. A los pocos minutos salieron sin encontrar nada.

Los guardias apenas miraron a Pepín cuando pasaron a su lado, y se marcharon dejándolo, sin saberlo, frente a la puerta de su casa.

La sombra recuperó su espacio y fue para los viejos como una aparición inesperada y milagrosa. La verdad y la mentira, como la vida y la muerte, pueden librar su batalla en un estrecho filo de luz.

XXV

Elvirín, la tratanta, tenía el pelo rojo y aires toscos de minero.

Era de Las Regueras, más allá de Oviedo, y se movía con el tren entre Cudillero y Candamo, atropando lo que había para venderlo luego en la capital y carretera abajo casi hasta el Huerna y Pajares.

No lo llevaba todo encima, claro. Había tejido una trama de contactos que le servía para almacenar su mercancía en lugares seguros. Según vendía, así acudía a por los suministros a la media docena de despensas que tenía apañadas.

Su red llegaba hasta Castilla y era capaz de encontrar cualquier cosa siempre que el cliente estuviera dispuesto a pagar. Silencios también, naturalmente.

—El buen dinero no solo quita el hambre, también ablanda voluntades.

Se lo decía a Chayo, a la que conocía de cuando compraba en El Regatu matanza para vender en la costa. Luego en los tiempos malos lo había seguido haciendo hasta que ya no hubo cerdo en casa.

Conocía mejor a Lita, que era de sus años. Pero le gustaba la pequeña Chayito, guapetona y lista.

—¿Se dio bien el viaje?

Se presentó en La Belonga cuando las mujeres ya habían repartido lo que pudieron traerse de Carbajal.

—Pudo ser peor.

Chayo le contó lo sucedido y la extraña aparición en la estación.

—Pues sí *ye* un milagro, sí. Yo *nun creo en eses coses,* pero *raru, ye.* No tengo idea de quién puede ser ese… lo que fuera.

A Melina le gustaba su forma de hablar y esa impresión de seguridad que transmitía.

Le parecía distinta a otras mujeres. Más fuerte, menos sumisa. Como La Tuerta de San Esteban, la pescadera que venía en tren desde la costa y cantaba su mercancía para vender y cambiar. Mujeres de poder admirable.

—¿Por dónde anda tu Pepín, que no *lu* vi estos días?

—Las cosas se han puesto feas otra vez. Vinieron a detenerle, pero pudo escapar. Estará en el monte. No lo sé.

Elvira respetaba a Pepín porque había tenido trato cercano con su marido, del que nunca más se supo cuando se fue a Oviedo a hacer la revolución en el treinta y cuatro y jamás regresó a casa ni mandó noticias.

Lo mataron o se largó, ya no importaba.

La estima por Pepín tenía sus límites: respeto no era aprecio. Siempre creyó que guardaba en casa a Chayito sometida y resignada. A ella no se le conocía hombre ante el que claudicar o al que obedecer.

Ajena a ello, Melina permanecía atenta a la conversación, fascinada por aquella recia pelirroja tan envidiablemente arrolladora.

Sintió una curiosidad que no quiso guardar. Coló la pregunta en la conversación de las dos mujeres.

—¿Y dónde *ta el tú maríu*?

Elvirín la miró pasmada, y esbozó una sonrisa que terminó en franca carcajada.

—*Nun* tengo, mi cría —respondió aún sin recuperarse del todo—, ¿*pa* qué?, ¿*pa* que me mande?, ¿*pa* que atice? Ya lo tuve y *tragolo* la tierra. Ahora vivo muy bien sola, y si la gente *quier* murmurar y decir, que se ahogue en su lengua de sapo. —Y bajando la voz, mientras ponía un ojo en Chayo, añadió—: No necesitas tener un hombre *pa apañati* la vida. Yo y muchas como yo que lo perdimos o se nos fue, sabemos estar muy bien a lo nuestro y con *nuestres coses,* y *facer negociu* sin ellos, y organizarnos sin permiso de hombre.

—Basta, Elvira —cuando Chayo quería hacerse valer o estaba irritada obviaba los diminutivos—, no le metas a la cría *eses coses* en la cabeza. *Faes* como la mi hermana Lita, que *paez* que los hombres *ficiéron-y* algo y anda siempre de *focicu* con ellos. A *cada un, toca-y lo que-y toca.*

—¿Qué te *fizo* a ti el *tuyu* —respondió Elvirín— aparte de darte *fíos* y disgustos?

No le contó Chayo que venía otro en camino.

En la memoria frágil y cambiante de su infancia tiene grabado Melina como cierto y elocuente el silencio de su madre ante la pregunta de la tratanta. Y cómo la niña hizo un recuento de hombres en su vida y, salvando a sus abuelos, ni uno solo de los otros había traído nada bueno. Venían con el dinero a casa, pero también con la guerra y con la violencia, con el dolor y la ira. Y con el miedo.

Pensó en aquellos hombres oscuros que poblaban las calles tras las sirenas, los mineros de sus turbaciones de niña, y en lo que sintió cuando supo lo que Nolo Carrizón o Amable eran capaces de hacer a los demás.

Del primer hombre que debió ocuparse de ella no había obtenido más atención que el abandono.

Su madre le pareció que se había resignado a vivir con permiso.

Quizá los *guajes* de su edad serían distintos, aunque ya empezaba a ver en la escuela que a ellos les enseñaban cosas que parecían de más utilidad, como que aprendían más.

Ella sería como Elvirín o como tía Lita. O como doña Lucrecia, que le decía que debía estudiar porque era lista y despierta, y no dejarse vencer por los muchos obstáculos que le pondrían.

—¿Obstáculos? —preguntaba ella.

—Sí. Dificultades, Melina. A las mujeres siempre nos tocó trabajar más y sufrir más porque tuvimos la voluntad sometida a los hombres, y además darles de comer y llevar la familia.

En la escuela, tras el muro que los separaba, escuchaba la sonora algarabía de hombrecitos en disputa y jugando a gritos. Entre las niñas había menos sobresaltos, más silencio.

Ella quería jugar, saltar el muro. O, mejor, que no existiera, que pudieran retarse juntos y decirse cosas, y tirarse la pelota.

Muyeres como Elvirín, como tía Lita o la misma Flora seguro que lo habrían hecho en algún momento.

—Si te ves mal con Pepín otra vez fuera y esta cría, avísame —se ofreció al despedirse la tratanta—. Seguro que encontramos por Castilla forma de aliviar las estrecheces.

Chayo se acarició el vientre sin decir nada. Volvía a dolerle intensamente la cabeza.

XXVI

Pepín Fernández se entregó apenas un par de días después, cuando el comandante del puesto subió personalmente a La Cuestona para apretar a los viejos.

—El *babayu* del cabo os lo trajo a casa hace unos días sin enterarse, y vosotros le negasteis. Ya no. A mí no me engañáis. Ahora, o me decís dónde está… —terminó la frase mientras colocaba la punta de la pistola por debajo del vientre de Nieves—… o le reviento a esta puta el coño aquí mismo.

—No… no lo sabemos —balbuceó José.

Empujó aún más el cañón de la pistola. Nieves sintió la presión y el miedo, pero no abrió la boca.

—Se lo juro, señor guardia. Estuvo esa noche y después se fue al monte.

—O me dices dónde está o disparo. ¡Y no estoy de broma, cojones!

Pepín Fernández había visto subir a los guardias desde una cuadra medio derruida a unos cientos de metros de la casa de La Cuestona. No esperaba que volvieran tan pronto, amparado en la certeza de que tardarían más en

151

atar cabos en un cuartel en el que apenas quedaba guardia alguno con el que hubiera tenido trato.

Volvió a equivocarse.

Se alarmó al observar al frente de la comitiva al sargento De Silva, el feroz falangista que había sustituido a Cándido al frente del puesto de la Guardia Civil. Junto a él, en el asiento trasero del segundo de los cuatro coches que fueron a por él, al policía al que habían detectado vigilándole a él y a otros sospechosos de organizar grupos de resistencia.

Cuando llegó a la altura de La Cuestona, el policía fumaba apoyado en el coche.

—¡Eh! —le gritó saliendo al claro—. Aquí me tenéis, *deja-y* en paz a los viejos.

El policía, sorprendido, se giró rápidamente con su arma ya en la mano derecha.

—¡Qué coño!

Pepín levantó los brazos y se acercó a él despacio.

—Me buscáis a mí, ¿verdad? Pues ya me tenéis.

—¡Quédate donde estás! ¡No te muevas o disparo!

Se escuchó una voz desde dentro de la casa.

—Mi sargento, creo que el rojo está ahí fuera.

De Silva se asomó incrédulo al zaguán, donde se detuvo unos segundos en prudente refugio.

—¿Eres tú, carpintero?

—El mismo, sargento. Aquí me tiene usted.

El policía seguía apuntándole con su pistola.

Salió el guardia mientras enfundaba. Se dirigió decidido hacia Pepín y le arreó un puñetazo en la cara que casi lo derriba.

—Esto por hacerme perder tiempo, cabrón —le susurró acercándole su rostro—. Y más que te voy a dar en el cuartel.

Se frotaba los nudillos doloridos cuando metieron a Pepín en uno de los coches.

Al carpintero le dolió más su impericia, sus errores de cálculo de los últimos días, que el golpe en la cara que casi le desencaja la mandíbula.

★ ★ ★

En la celda del cuartel donde lo encerraron había dos hombres más que no conocía y una sombra al fondo. De ella brotaba un llanto desconsolado e infantil, como el de un niño al mancarse o que se hubiera perdido. Reconoció en seguida a Tonión, el hijo de Arsenio, el picador de La Felguera. Grandón y deslavazado, lo desolado de su llanto le resultó sobrecogedor.

Se sentó cerca de él y trató de animarle con un par de golpes en la pierna.

—Calma, *guaje*. No van a soltarte antes porque llores.

El chaval lo miró sin responder, mientras trataba de contener el llanto.

La gratitud de esa mirada se transformó en terror en el instante en que llegaron, nítidos, precisos, los gritos de súplica de una mujer. Parecía estar allí mismo, ante ellos.

Pepín Fernández sintió también miedo. La mujer imploraba desde un encierro cercano. Risotadas y algún golpe seco alternaban con sus sollozos. Cada vez más débiles. Inútiles.

Se escuchó un chasquido, como si algo se partiera, y regresó el silencio.

—Dejadla ya. —Una voz con autoridad lo rompió unos segundos—. Mañana a ver qué pasa.

Cierre metálico y llanto.

Se la imaginó Pepín cansada y encogida al otro lado de la pared de su celda. Quizá la habrían rapado ya, o no. No envidiaba su condición en aquel infierno que para ella sería aún más insoportable.

Nunca había bajado a las entrañas del cuartel. Sus visitas habían sido para armar muebles o alinear rodapiés. O a ver a Cándido antes de que lo trasladaran.

No sabe el tiempo que pasó hasta que lo sacaron de allí.

Sí que los dos desconocidos se habían dormido y que Tonión había dejado de llorar hacía tiempo. Debió aliviarle su presencia. El mordisco del miedo desgarra menos cuando son varios a repartir.

—José Fernández, el carpintero, venga con nosotros.

Una voz de timbre juvenil y pretendidamente firme ordenó desde la puerta a un Pepín que cabeceaba adormilado. De puro cansancio.

Tomaron un pasillo estrecho y no muy largo hacia la izquierda. Pepín forzó la vista a través del ventanuco de la celda de al lado, pero solo vio un bulto en la oscuridad. Podría ser el catre o el cuerpo de la mujer torturada.

Dos guardias que le parecieron muy jóvenes, con los Mauser al hombro como si patrullaran, le guiaron hasta unas escaleras al final del pasillo. Media docena de escalones y un descansillo con puertas a izquierda y derecha.

—Ya, mi comandante —dijo el que le había llamado aproximándose a la primera.

Abrió la puerta el sargento De Silva. Se había quitado la chaqueta del uniforme y tenía la camisa blanca remangada.

—Pase, carpintero. Pase.

Era una habitación oscura, con una puerta al fondo y dos sillas enfrentadas debajo de una bombilla cuya luz parecía a punto de desfallecer.

—Espero que se sienta cómodo —dijo el guardia—. Creo que esas sillas son suyas. O las ha arreglado usted, ¿verdad?

Lijado y encolado, pensó. Habían pasado por su taller.

—Siéntese, por favor —indicó con una amabilidad impostada, casi burlona—. Donde usted prefiera. Mejor la de la izquierda, porque va más con usted, ¿verdad? ¿Quiere un cigarrillo? —ofreció mientras tomaba asiento—. Es bueno, americano.

¿Por qué no? Ya que iba a pasarlo mal, muy mal era su cálculo, al menos una pequeña concesión previa.

Ya sentado, permitió que se lo encendiera el propio De Silva.

—A ver, Pepín Fernández —le empezó a hablar mientras se guardaba el mechero en la americana—, sabes por qué te hemos detenido, ¿verdad?

Pepín aspiró el cigarrillo. Para su sorpresa no le habían atado las manos. Negó con la cabeza.

—Francamente, no, señor sargento.

—Ya, ya —arrastraba las palabras el guardia—. No sabes por qué estás aquí. Entonces, ¿de qué escapaste cuando fuimos a La Belonga a por ti?

—Tenía miedo. Normal, ¿no?

—Claro, claro. Vamos por ahí asustando a la gente sea buena o mala, inocente o culpable. Metemos miedo.

—Un poco.

De Silva sonrió mientras aspiraba profundamente.

—No me toques los cojones, Pepín Fernández. No me toques los cojones. Que yo no soy Cándido, ni gilipollas.

Tomó la otra silla, le dio la vuelta y se sentó frente a él apoyando los codos en el respaldo.

—Sé perfectamente quién eres, lo que haces y lo que pensabas seguir haciendo. De modo que no me torees, carpintero, que tengo muy poca paciencia.

Había otros dos hombres en la habitación. Uno se recostaba displicente contra la puerta del fondo. El otro se había plantado, piernas abiertas, brazos cruzados, justo detrás de De Silva. La luz era tan tenue que no perfilaba sus rostros con precisión, pero a Pepín Fernández no le resultaron familiares. El más cercano parecía nervioso.

—Si lo sabe todo, ¿qué quiere de mí?

—No creo —respondió mientras se levantaba de la silla— que estés en condiciones de hacer bromitas. Ni tú eres un héroe ni yo tengo todo el día. Así que vamos a hacer todos lo que nos toca. Y a ti te toca decirme nombres. Cuántos hay en tu grupo, quiénes son y dónde están.

El de la puerta se adelantó hasta colocarse junto al otro.

—Estos señores —añadió De Silva— han venido de muy lejos para escucharte, así que no les decepciones.

El silencio que siguió a las palabras del guardia cayó sobre los hombros de Pepín Fernández como si el aire pesara de repente. Cobró en un instante conciencia de que él era el protagonista y la víctima de esa escena de pesadilla con aire teatral, y sintió la tenaza del miedo bajo el esternón, en la garganta, presionando los huesos de su rostro.

Le asaltó la memoria de los castigos de la infancia. Era un niño desvalido ante unos lobos de colmillos afilados.

Se sobrepuso. La indignidad de dejarse llevar no iba a cambiar su suerte. Pensó en Chayo, en Manolín, en lo que ella ya llevaba otra vez dentro. Hasta en los ojos anhelantes de Melina. Convocó a la rabia, al dolor, a la sed de venganza, al compromiso de justicia y libertad que había adquirido desde su adolescencia. Se armó de la misma solidez que le sacó de la trinchera donde casi lo matan en el treinta y seis.

—Lamento, señores, que no podré complacerles. No tengo esa información. Y no hace falta que les añada que, de tenerla, no se la daría.

La primera, con la mano abierta, le vino del propio De Silva.

—No me gusta mancharme las manos con sudor ajeno, Pepín Fernández, y mira lo que me obligas a hacer. No es este el camino, no es este.

Se apartó. Le tomaron los otros de las manos y se las ataron a la espalda. El rostro le quedó dolorido, como cuando su padre, José, le ponía firme para abofetearle. Ahora había más miedo que humillación.

—Mire —el de la puerta se había sentado frente a él acercando la silla hasta casi tocar sus rodillas; olía a tabaco y aguardiente—, le podríamos acusar de muchas cosas, hasta de asesinato, porque sabemos que mandó matar a uno de los suyos por violar a una niña. No lo haremos, porque respetamos a la gente con principios, aunque sea comunista, y porque nos quita de en medio escoria viva. Pero le aseguro que podemos cargarle encima lo que queramos y llevarle a un tribunal para que lo fusilen como a tantos y tantos de los de su calaña.

Pepín le sostuvo la mirada. Sudaba. Tras él, la sombra del otro se movía nerviosa. De Silva había desaparecido.

—Pero si nos dice lo que queremos, simplemente le dejaremos volver a su casa para que se reúna con su familia, que me han contado que su mujer espera otro hijo, quiera Dios que no se le malogre como los anteriores. ¿A que se lo estoy poniendo fácil?

—Usted lo ha dicho —Pepín respiró profundo el aire contaminado tratando de no alterarse por el veneno de la alusión a Manolín y a Aurora —: soy un hombre de principios.

Un golpe seco, como de un látigo duro, le sacudió la espalda en ese momento, dejándole en la piel una quemazón intensa que permaneció un larguísimo rato.

—Mi compañero es todavía más impaciente que yo. Le gusta tirar de porra… o de polla, mejor. Porque le ha atizado con una verga de toro.

—Para empezar a bajarle a este morlaco la bravura —apostilló el otro detrás de Pepín.

—Vamos, carpintero. Dinos dónde tienes a tu gente y cuántos son. Con los nombres, además de dejarte salir, te llevamos a casa.

Su silencio mantenido fue una invitación. Más golpes. Clac, clac… impactos afilados, ásperos como la sequedad de su sonido, clac, clac. Le cubrieron casi por completo. En la espalda, en los hombros. Le abrieron la camisa para golpearle el pecho y el estómago.

—Estamos teniendo consideración contigo. De momento.

El del látigo guardaba silencio.

—Digamos que te damos un tiempo para que te lo pienses. Luego, cuando ya haya pasado el suficiente como para que se te haya refrescado la memoria, apretaremos más. Y lo del vergajo este te parecerán caricias.

XXVII

A Chayo se le pasó por la cabeza que lo hubieran matado.

Otra vez una falta de noticias que afilaba una angustiosa incertidumbre.

En el cuartel de la Guardia Civil le dijeron que no sabían nada. Como siempre: la verdad no era su fuerte. Llevaban allí a los detenidos, pero nunca confirmaban a sus familias que estuvieran dentro. Después de todo, eran también cómplices.

Vuelta a la búsqueda. Como cuando lo hirieron en la guerra.

¡Un, dos, tres, cuatro… alto! Desfilaba un grupo de soldados cerca de la plaza del cuartel. Su presencia trajo a Chayo el recuerdo de una persona que quizá pudiera ayudarles. No lo había pensado hasta ese momento.

Sabía dónde encontrarle.

Un, dos, tres, algunos soldados le lanzaban miradas furtivas ajenos a lo inspiradores que acababan de ser.

Chayo recordó al verlos la guerra. El brillo de sus fusiles le trajo la figura tantas veces imaginada de Pepín rebasando la trinchera borracho de odio a los fascistas, vencido por la furia ante lo injusto. Y su herida. El hombre que le salvó la vida ofreció su mano cuando la necesitasen.

Es admirable, recuerda que había dicho del valor de su hombre.

Aquel doctor Martín se asentó en Mieres después de la guerra. Por lo visto su hoja de servicios no había tenido color hasta que los nacionales le obligaron a elegir. Católico, emparentado con los condes de Mieres, y educado en la sobria distinción de la aristocracia económica asturiana, optó por reubicarse para no sucumbir a la barbarie que observaban mudos, o hasta aplaudían, los de su clase.

Un día un falangista le había amenazado por curar rojos.

—Yo soy médico, curo personas.

—Pues ándese con ojo, señor médico, porque alguno de los que usted ha salvado no lo son.

En aquella España herida no había sitio para los tibios ni paz para los contrarios.

—¿Qué *pon* ahí, Melina? De tan lejos no puedo leerlo. —Señalaba una placa labrada en madera en el portal—. Olvidé las lentes.

La niña leyó despacio.

—Doctor Eliseo Martín, Mééédi… méédico es-pe-cia-lis-ta.

Las escaleras de madera crujían emitiendo un quejumbroso lamento que a Melina le pareció divertido. Saltaba sobre los escalones que acababan de rebasar, pero el efecto no era el mismo. No salía la queja, solo un golpe seco. Cuando el barniz le hizo resbalar y casi caer, su madre tiró de ella deteniendo la diversión.

—Deja de hacer *babayaes,* que no estamos para juegos.

Nunca había visto unas escaleras tan limpias y lustrosas.

En el siguiente rellano se detuvieron ante una puerta enorme y brillante. Se adelantó la niña a su madre apretando el botón del timbre.

Unos ojos tras la puerta interrogaron más allá de los trazos sinuosos de una pequeña celosía metálica.

—Buenos días, ¿su nombre, por favor?

—Chayo Agüeros Navia.

Silencio. Rumor de hojas.

—Mmmm… No, no tiene usted cita. ¿Es paciente del doctor?

—No.

—¿Le envía la Sección Femenina, Auxilio Social?

—No.

—Entonces, lo siento, pero no puede atenderle. Siga usted el trámite adecuado y lo antes posible la recibirá el doctor.

—Es que no estoy enferma.

La puerta se abrió apeas unos centímetros. Los ojos eran de una mujer con uniforme de enfermera, aparentemente más vulnerable a la curiosidad que a la disciplina.

—¿Es la niña?

—No, señorita; mi marido.

—¿Dónde está?

—No lo sé —se sinceró Chayo después de unos instantes.

La puerta volvió a cerrarse. Los ojos recuperaron el refugio de la mirilla.

—Mire, señora, si ni usted ni su niña necesitan que la vea el médico y su marido que, al parecer sí, no está, es posible que haya venido a llamar a la puerta que no debe. Lo siento muchísimo, pero no puedo hacer nada por usted.

—Hágame un favor, solo uno.

—No puedo.

—Sí. Dígale al doctor que ha venido a verle la mujer de Pepín el Carpinteru, al que él salvó la vida nada más empezar la guerra. Quizá no se acuerde, pero me dijo que me ayudaría en lo que necesitara.

Los cerrojos volvieron a descorrerse.

—¿Quién ha dicho? —La mujer abrió la puerta y salió al rellano. Era alta, vestía un pulcro uniforme de enfermera y miró a Chayo y a su hija de una forma que la madre interpretó como amable. Cariñosa, diría. Muy concentrada, como si estuviera recordando algo importante, preguntó—. ¿Esta era la cría que traía usted en brazos? Porque sigue igual de guapa, y ha crecido mucho.

Melina recibió el halago con una sonrisa agradecida.

Chayo trató de recordar a la mujer en aquella escena.

—Pasen. La primera puerta a la izquierda. Esperen allí. No hay nadie. No sé lo que tardará el doctor, pero seguro que se alegra de verlas.

El despacho olía a madera y estaba lleno de libros. Melina abrió los ojos todo lo que daban de sí ante el inesperado hallazgo. Aquello era un tesoro se mirase por donde se mirase. Quedó fascinada por el espectáculo de tonos rojizos y brillantes, muebles barnizados como alguna vez había visto en la carpintería y estanterías con hileras de

163

libros que habrían hecho las delicias de doña Lucrecia. La propia Chayo también acusó la impresión.

La niña casi saltó sobre un sofá colocado junto a una mesa pequeña de cristal sobre la que descansaban algunas revistas y un libro con la fotografía de un coche en la portada.

—¡Para quieta, Melina! Muestra un poco de respeto, que no estás en tu casa.

La niña miraba alrededor, sonreía; volvía a mirar admirada. Cualquiera de los rincones de aquel lugar imprevisto se le antojaba hermoso. Se quedaría allí para siempre a descubrir los tesoros que esas estanterías escondían.

Miró a su madre, que trataba de contener su conmoción ante el espectáculo. A Chayo siempre le había gustado leer. Decía que cada libro era una historia que hacía vivir. Mandaba a Melina a ver a don Arturo, que prestaba los libros a diez céntimos, y cuando abrió la biblioteca en Mieres le pedía que le trajera novelas de Pueyo o historias de aventuras. Lloraba, a veces reía, casi siempre se emocionaba. Lo que más le gustaba a Melina era que Chayo le leyera en voz alta, porque parecía estar ella dentro de cada historia.

Chayo y la niña sintieron el mismo deslumbramiento por aquel lugar. Y su atmósfera insólita, acogedora. A Melina la madera brillante le producía una sugestión como de luz poderosa, la misma que le evocaba el sol cuando se colaba entre las nubes y lanzaba rayos de niebla. O el arco iris. Veía a su padre pulir y barnizar y disfrutaba con él desde la distancia de su soledad del placer de obra perfecta que aquellos brillos sugerían.

La biblioteca del doctor Martín fue el primer paraíso en el que Melina deseó quedarse. Entre aquellos muebles pulidos y limpios, envuelta en las promesas de los libros, soñó con viajar por todas las historias agazapadas tras los lomos de colores.

Se acercaba Chayo a una de las estanterías cuando escucharon una voz firme a sus espaldas.

—Muy buenos días, señoras. Encantado de volver a verlas.

Un hombre alto, que sonreía afectuoso, le tendió la mano a su madre y le dirigió a Melina una inclinación de cabeza que se le antojó divertida. Llevaba una bata blanca, estaba perfectamente peinado y, al acercarse a ellas, Melina percibió un agradable aroma a jarabe y a jabón.

—¿Le gustan los libros, señora?

—No tengo muchos, doctor —confesó Chayo mientras bajaba la cabeza algo azorada y sorprendida por la pregunta—, pero me gusta leer, sí.

—A veces, cuando puede, me lee historias como si estuviera en ellas —apostilló Melina.

Que aquella mujer cuya entereza le había sorprendido años atrás y esa niña espigada y de cara redonda, que él recordaba perfectamente, mostraran semejante admiración por el tesoro de su biblioteca le resultó tan inesperado como grato.

No pudo evitar la invitación.

—Pues vengan ustedes cuando quieran. Los libros, como las personas, solo tienen sentido cuando se viven.

Eliseo Martín había terminado intimando con Pepín Fernández en las semanas que siguieron a su operación a hachazo limpio. Perseguían lo mismo desde distintos lugares.

—El socialismo fracasará —anticipaba el médico—. Empobrece a la gente.

—Es el único modo de alcanzar la justicia, doctor. Usted puede también quererla, desearla para todo el mundo. Pero siempre será de la clase que la pisotea.

—No me mueve mi clase. Soy un ser humano. Y hay muchos como yo.

Les separó lo mismo que les había unido, la guerra, cuando enviaron al médico a Oviedo. Nunca volvieron a buscarse. Compartían esa lucidez de los hombres duros que pasan página sin necesidad de despedidas.

Su mujer y su hija estaban ahora ante él.

—¿En qué puedo ayudarla, doña Rosario?

Se sentaron en un sofá, tal y como el doctor les indicó. Él se acomodó en el sillón sobre el que acababa de saltar Melina. La niña fijó la mirada en su madre con curiosidad. A ver qué decía. Notó cómo Chayo tragaba saliva y bajaba la cabeza clavando los ojos en el suelo. Le pareció turbada y con algo de temor.

Pero su respuesta fue decidida y recuperando los ojos del médico.

—Tiene que volver a salvar a mi marido.

Calculó Martín que no era un asunto médico, pero dejó que hablara.

Chayo interpretó correctamente su silencio.

—Se entregó hace unos días porque sabía que lo estaban buscando. Y sabemos que está detenido, pero nadie me dice dónde. Ni cómo. Yo estoy otra vez preñada, y tengo la cría… Me vine a verle a usted porque ye un buen hombre y porque no tengo a quién acudir. —Se dio tiempo para inspirar, para no caer en la flojera de piernas y de alma que le estaba empezando a entrar—. Aunque no sé si…

—Si yo podré…

—Eso.

—Yo tampoco —respondió el doctor con franqueza.

No era lo mismo salvar una vida a golpes de hacha que liberar a un detenido político. Requerían las dos cosas entereza, pero la segunda era para él mucho más arriesgada.

Había hecho un hueco entre pacientes y no tenía demasiado tiempo. La mujer y la niña, frente a él, parecían aguardar su compromiso. Pero no podía dárselo en ese momento.

—Puedo intentar enterarme de dónde y de cómo está —calculó posibilidades y contactos—. Pero no estoy seguro de poder hacer mucho más.

—Lo que usted pueda, doctor. Bueno será lo que sea… Estoy perdida y no sé qué hacer.

—¿Necesita dinero?

Le sorprendió a Chayo la pregunta. A punto estuvo de extender la mano, pero le pudo el orgullo.

—Necesito a mi marido, doctor.

XXVIII

El segundo viaje a Carbajal ya no fue solo por hambre.

Con Pepín Dios sabe dónde, y otra criatura en las entrañas, Chayo Agüeros se hizo estraperlista.

—¿Y por qué se llama estraperlo? —preguntó un día Melina.

No tenía ni idea Chayo de la estafa de la ruleta Straperlo, que dos holandeses llamados Strauss y Perlowitz habían tratado de colar en los casinos como un artefacto moderno que en realidad un botón detenía donde y cuando la banca quería. Y lo intentaron sobornando al Gobierno español, cuyo presidente, Lerroux, terminó cayendo por ello. Ni que la lengua de la calle acabaría convirtiendo el nombre en sinónimo de chanchullo, ni que en esa España de la posguerra ese nombre bautizaría finalmente al mercado negro de la comida racionada.

—A saber, mi cría. Pero sí sé que, si te pillan y no andas listo, te arruina —respondió su madre—. Así que no digas esa palabra delante de nadie.

—Sí, madre.

Volvió a casa Elvirín, para regocijo de Melina, que veía en ella una persona admirable y misteriosa.

La tratanta encontró a Chayo desmejorada. Por tristeza, pensó. O quizá fuera tanto cansancio.

—Voy *llevate* a una guisandera de esas que conocen de las plantas y sus prodigios para que te quite de una vez el dolor de cabeza y te ayuden a llevar mejor lo de esa criatura que tienes dentro.

—Falta me hará, Elvirín, que estoy ya que no puedo más.

—¿Sabes algo de Pepín?

—Qué voy a saber, nadie *diz* nada, nadie sabe nada. Ni siquiera sé si me lo han matado y está por ahí tirado, como dejaron ellos a Amable. ¿Sabes cuál *ye la mi* única esperanza? El médico que lo curó en la guerra, el que le sacó el mal de las costillas y le salvó la vida. A ver si ahora lo puede hacer también.

Elvirín pensó que no merecía la pena confesarle su desconfianza y llevó la conversación al próximo viaje a Castilla. Mejor hablar de lo que sí estaba al alcance, aunque fuera arriesgado, que de lo que se escapaba completamente de su control. Y, a juicio de la tratanta, no había garantías de éxito, ni siquiera de lealtad, en aquel doctor de clase alta por muy generoso que fuera. La cuna era la cuna, y eso no se cambiaba ni para lo malo ni para lo bueno.

Carbajal. Irían a otro lugar a comprar. De más confianza. Traerían más y mejor, para poder venderlo a buen precio.

—Vas a engordar.

Lo soltó Elvirín mientras se aplicaba con rápida rutina en envolver en papel de liar la picadura de tabaco.

169

—Sí, vas a engordar. Tú y tu hermana Lita.

Realizó en ese instante Melina un descubrimiento fascinante: los dedos que sujetaban el cigarrillo mientras acercaba el chisquero para darle lumbre eran amarillos, de un tono suave, como de hojas gastadas. Exhaló el humo la tratanta mientras volvía a mirar a Chayo de arriba abajo.

—Yo seguro —se echó la madre mano a la barriga—. En cuanto que *esti* o esta quieran. Lo de mi hermana lo veo algo más *complicao*.

Otra calada de Elvirín mientras un brillo divertido en los ojos atravesaba el humo.

—Las dos. Vais a volver de Castilla gordas como tinajas.

Melina se preguntó cómo. Chayo no entendió.

—A su tiempo, ¿no, Elvirín? O *yes* también bruja y *vas decime* que la tripa se me abombará cuando estemos allí…

—*Toy* hablando de pasar el fielato hinchadas de mercancía, *babaya*.

Madre e hija quedaron suspendidas, en silencio. Una esperando aclaración; la otra, Melina, aguardando divertida cuál sería la próxima ocurrencia de la arrolladora hechicera.

—Dame una sábana vieja y grande. O dos.

Los ojos de Melina se clavaron aún más en Elvirín mientras su madre revolvía entre los cajones buscando lo que le había pedido. El guiño cómplice de la tratanta tras la neblina del tabaco hizo a la niña sentirse importante.

—Para qué demonios querrá esta mujer un par de sábanas viejas —refunfuñaba Chayo mientras volvía con ellas del brazo.

—A ver… Tira de ahí, Melina.

Obedeció la niña sujetando una de las esquinas. Elvirín tomó la otra mientras se colgaba de los labios el cigarro.

—Suficiente.

—¿Qué pretendes? —preguntó Chayo cada vez más intrigada—, ¿que haga bolsas con esta sábana?

—Bolsas no, Chayito, sayones.

—¿Un sayo con esto?

—Amplio, holgado… y le coses dentro unos bolsillos también hermosos.

—Entendido.

Tiñeron de negro las sábanas y con la ayuda de la pequeña Melina, que ya exhibía arte para la costura, Chayo y Lita, confeccionaron dos batas anchas, espaciosas, y minadas de bolsillos interiores.

Con ellas se aventurarían de nuevo a los campos de Castilla para la recolección del estraperlo.

La prueba previa fue una comedia para Melina, que rio con ganas al ver a su madre y a su tía como dos viejas ocultas bajo ropones demasiado grandes, demasiado abiertos, exageradamente desproporcionados.

—Guardadlas bien y a la vuelta llenáis los bolsillos de coses *pa* vender. Traéis *les vuestres* y otras muchas para sacarlas por ahí. Y cuidado con el mercurio.

Esta vez viajaron ellas solas, las dos hermanas. De buena gana hubiera ido Melina con ellas o se habría quedado con Elvirín, pero la disciplina de familia la reubicó en El Regatu con los abuelos.

—Nos la jugamos y *nun ye* por *fame* —se temía en voz alta Chayo en el tren, puerto abajo—. Si nos pillan nos llevarán presas.

—Según lo que podamos darles a los guardias.

Se aprovisionaron de legumbres, salazones, algunas conservas, harina, unas cuantas verduras frescas y algo de carne. En algún colmado tenían café de Portugal.

Y de mercurio.

Elvirín les indicó un lugar en el que les darían dos pequeñas botellas de cristal oscuro que contenían el mineral líquido. Eran caras, pero valiosísimas. Como oro fundido, por el dinero que recibirían si conseguían pasarlo. Y por el peso, según estimó Chayo cuando tomó la primera de ellas.

—Tengan cuidado, señoras —advirtió el vendedor en voz baja, como si las estanterías o los marcos de la trastienda pudieran escuchar sus palabras—. Se puede derramar si se mueve mucho, y entonces el viaje habrá sido para nada.

Fue lo último que recogieron.

Lita guardó las dos botellas en un bolso de bandolera que se cargó a la espalda. Aguardaron cerca de la estación hasta que se aproximó la hora de llegada del tren que venía del sur. Calcularon que podrían apresurar el paso por el fielato si el tren estaba próximo a salir.

La suerte volvió a estar de su lado.

Esta vez sin intervención visible de persona alguna, como cuando meses atrás un hombre desconocido actuó como ángel salvador. La fortuna se alió con su astucia, la serena capacidad de las dos mujeres para disimular su sobrecarga entre el tumulto apresurado ante el tren que se iba les permitió escapar del ojo de un guardia que tampoco afiló la vigilancia.

Llegaron al tren cuando este comenzaba la marcha.

Lita subió de un salto, agarrando con firmeza el asa junto al estribo. Pero el movimiento hizo que una de las botellas de mercurio escapara del morral. Solo el rápido reflejo de Chayo, que la cogió a dos palmos del suelo, evitó el desastre. Salvó la botella, pero no pudo incorporarse a tiempo para entrar en el tren.

Este comenzó a alejarse. Chayo hizo un último intento por alcanzarlo, pero la puerta se escapaba. Miró hacia atrás y le pareció ver al guardia atento a lo que pasaba, y a punto de ir a por ella.

Pensó en la cárcel, en Melina, en la ruina que sería la multa o la prisión, y sobreponiéndose a la carga que le aplastaba el pecho, la cintura y las piernas, estiró los brazos hacia el tren, acercándose todo lo que pudo.

Dos manos firmes asieron sus muñecas y tiraron de ella hacia arriba con fuerza suficiente para elevarla hasta la ventanilla abierta. Varios paquetes de café cayeron de uno de los bolsillos, que se rasgó con la violencia del movimiento. Dos manos más, una tercera, y como si su cuerpo no pesara, voló hacia el interior del vagón en marcha.

Dolió el golpe contra el borde de uno de los asientos.

Rodaron latas y embutidos por el suelo del compartimento. Algún pasajero estuvo tentado de confiscar el contrabando, pero otros lo impidieron.

Asustada y nerviosa, Chayo se incorporó sin saber ni cómo lo había conseguido ni quién había sido su benefactor.

—¿*Tas* bien, Chayito? —Lita se abría paso entre el grupo que rodeaba a la recién rescatada—. ¿*Tas* bien?

No sabía qué decir. Dolía todo y no sabía aún cuánto habría perdido en tan inusitado ascenso. Apretaba en la mano izquierda la botella de mercurio aún cerrada.

—¿Se encuentra bien, señora?

Miró al hombre que preguntaba. Sus manos eran las salvadoras.

—Sí, muchas gracias. Gracias, de verdad.

—De nada, señora. Me pareció cuestión de vida o muerte que usted subiera al tren… por eso tiramos de usted. Discúlpeme si le he hecho daño.

—Gracias, gracias —solo acertaba a confesar gratitud.

El tren había cogido ya velocidad. No parecía que fuera a detenerse pese al incidente. Chayo se sorprendió de la actitud del resto de pasajeros. Esperaba que alguien pudiera encararse con ella, una estraperlista, una delincuente que viajaba con su compinche para contrabandear.

No sucedió. Nadie dijo nada. No hubo un segundo intento de apropiación de lo que caía de sus enormes batas negras.

Dolorida y lastrada por la carga, Chayo buscó asiento. Lita se apretó contra ella.

Las dos hermanas permanecieron un largo rato en silencio. Había salido bien. De nuevo la suerte se había colocado en su bando.

—No la tentemos más —dijo al fin Rosario.

Lita respiró hondo, abrazó a su hermana y, en silencio, acordaron que hacerlo una tercera sería jugar demasiado con ella.

XXIX

—¿Quién pregunta por él?

—El doctor Eliseo Martín. Aquí tiene mi cédula.

El médico extendió su documento de identidad al guardia que lo reclamaba.

—Pase donde el compañero.

Un segundo guardia civil revistó el papel, anotó en una cuartilla cuadriculada el nombre completo y la dirección y le pidió amablemente que esperase.

El médico se sentó frente al guardia en un banco de madera estrecho, incómodo.

No tuvo que esperar mucho tiempo.

—Acompáñeme, por favor.

Un guardia joven, desarmado y de pulcro aspecto, lo guio hasta la primera planta. Allí, al final de un pasillo, le hizo entrar en una pequeña sala alumbrada por una lámpara de pie que dibujaba un suave círculo de luz sobre un sillón gastado. Al lado, un sofá de dos plazas completaba un conjunto forzadamente acogedor.

—Puede sentarse si lo desea. El comandante vendrá enseguida.

Prefirió no seguir la indicación. Conocía a Eugenio de Silva, y era mejor recibirlo de pie.

Es un rasgo inequívoco de ejercicio del poder colocarse sobre la mirada del otro, elevarse en su posición para remarcar lo obvio y fijar la jerarquía.

De Silva era enjuto y no muy alto, permanentemente tenso y con un brillo reptiliano en la mirada. Falangista amigo de la acción directa, había sido destinado a la cuenca del Caudal para aplicar con el rigor necesario la rocosa y sangrienta disciplina de los vencedores. Le abrieron la Guardia Civil para aprovechar adecuadamente sus cualidades.

El doctor Martín tenía amplias referencias del personaje y un par de incómodos encontronazos. Lo llamó nada más llegar al puesto de Mieres y hablaron ante una carpeta con informes sobre el pasado y relaciones del médico. La segunda vez que hablaron fue en la consulta, cuando De Silva le visitó para advertirle de lo peligroso que resultaba que atendiera a personas cuya filiación desconocía.

La caridad, le aleccionó, no es una virtud universal. Tiene sus límites.

Ya se lo había dicho otro falangista años antes.

De Silva, con una idea de revolución alimentada por el nacional socialismo, no simpatizaba con gente como el doctor Martín, de familia reputada y alta clase. Liberales y opresores, le parecía. Tipos cuyas familias servían a Franco o a la República indistintamente, siguiendo el rastro del dinero. Pero tenía que tragar con ellos. También eran poder.

Y volaban sobre el suyo.

Se mostró afable. Exageradamente.

—Qué inesperada y grata sorpresa, doctor Martín —fue su saludo al entrar en la sala, invitándole a sentarse en el sillón mientras él lo hacía en el sofá.

Quedó el médico completamente bañado por la luz de la lámpara mientras De Silva se refugiaba fuera del círculo iluminado.

A la misma altura, pero atrapado uno en la luz y el otro menos expuesto.

—Quiero que me diga, y no me mienta, por favor, si está aquí detenido José Fernández Fernández, un carpintero de Mieres.

De Silva lo miró inexpresivo antes de responder.

—Sabe perfectamente, doctor, que no puedo darle esa información.

—Sabe perfectamente, sargento, que puede darme esa información —dobló el médico la apuesta—. Porque si no lo hace usted ahora, podré obtenerla por otros caminos. Y eso puede provocarle alguna incomodidad… No sé, una llamada que haga preguntas, revolver donde no hace falta. Ya me entiende.

—¿Me está usted amenazando? —respondió con una sonrisa que quiso ser de superioridad, pero se quedó a medias.

—En absoluto, sargento. Jamás se me ocurriría hacer tal cosa. Y le ruego que me disculpe si se lo ha parecido. Es solo que… si podemos entendernos aquí, usted y yo, ¿para qué convocar intermediarios?

Los dos hombres se sostuvieron la mirada como dos felinos que se midieran y trazaran estrategias de ataque.

El doctor sintió por un momento un tibio escozor de duda, de estarse jugando algo por un hombre que era en realidad un desconocido. Para el guardia se trataba de un pulso arriesgado con alguien con poder para complicarle las cosas. Y ahora necesitaba que le dejaran hacer, que de arriba no llegara nadie a buscar respuestas. Que siguieran viendo resultados sin preguntar.

—Tendría que mirarlo.

—Yo creo —dijo Martín— que si estuviera aquí usted lo sabría perfectamente.

—No tengo noticia de todos los detenidos.

—Ya. Me hago cargo. Pues le agradecería cualquier información.

Podría negarlo. Podría, pensó De Silva, decirle que no está aquí y hacerlo desaparecer. Sin rastro. Para siempre.

Podría, pero acaso no le conviniera.

Que el médico se interesara por el carpintero ampliaba el espacio de atención sobre él en una dirección difícil de controlar. Le intrigaba la razón. Pero no sería prudente preguntar.

La duda escondía para él debilidad.

Sería el propio carpintero quien se lo aclarase.

—Haré todo lo posible, doctor Martín; aunque ya sabe usted de la dificultad de estas cosas. No siempre se registra adecuadamente; son tiempos difíciles, se pierde la documentación… Ya me entiende. Pero haré indagaciones y le informaré.

—No me cabe duda.

Se levantaron los dos en ese momento. El guardia le tendió la mano. Se despidieron.

178

—Que tenga buena tarde.

—Lo mismo le deseo —respondió Martín.

Ya en la calle, mientras se calaba el sombrero, el doctor Eliseo Martín se asombró de su propia audacia y volvió a pensar en el riesgo que para él podría tener.

Llegó a la misma conclusión que tras compartirlo por la mañana con su mujer, la enfermera que junto a él le había reventado las costillas a Pepín Fernández para sacarle de dentro el demonio que lo estaba matando. Merecía la pena.

El único recuerdo hermoso que tenían de aquella guerra era la generosa valentía del carpintero, su convicción indestructible y la disciplinada lealtad de esa mujer que lo buscó hasta salvarle la vida.

Y ahora volvía a hacerlo.

XXX

Elvirín les dio doscientas pesetas por cada una de las botellas de azogue, y casi la mitad por el resto de lo que trajeron de Carbajal.

—Habéis hecho un buen negocio, ya os dije.

Pero no hubo más.

No apremiaban el miedo y la soledad ante el peligro tanto como para volver a ensayar más contrabandos.

—Cada uno es libre también ante sus miedos —aceptó la tratanta.

Pagó bien y a tiempo. Y cumplió su promesa de poner las jaquecas de Chayo en manos de una de esas mujeres que sabían de hierbas y cocinaban para los demás. Guisanderas, las llamaban.

—La matricaria es la mejor contra tus dolores, niña. La cueces en agua y te la bebes a chupitos pequeños. Es amarga, pero te hará mucho bien.

La estancia olía al aroma dulce proveniente de un cazo humeante que Adela, la guisandera, estaba usando para preparar una infusión.

—Mira mucho la cría —observó.

—*Ye* curiosa. Y *gústa-y* mucho la cocina —aclaró su madre.

Melina volvía a experimentar la hipnótica curiosidad por todo lo que tuviera que ver con olores y sabores.

Las guisanderas, las mujeres que conocían el lenguaje de las plantas, atesoraban conocimientos antiguos y dominaban el arte secreto de combinar los sabores. A Melina le parecían diosas al servicio de una liturgia misteriosa y seductora. Quería ser una de ellas.

—¿Te gusta cocinar? —quiso confirmar Adela.

La niña asintió con algo parecido al entusiasmo. De haberse atrevido, le habría pedido allí mismo que le enseñara. O que al menos le permitiera asistir atenta y en silencio a una de sus ceremonias.

Las guisanderas aplicaban la medicina natural de los arbustos y las plantas, y cocinaban para las ocasiones especiales.

Conocían la tierra y lo que de ella se podía aprovechar. A Melina le parecían fuertes y poderosas. Como Elvirín, ungidas de una majestad cercana, porque eran del pueblo, pero al mismo tiempo envueltas en un halo de divinidad casi inaccesible.

Tampoco tenían hombre tras el que protegerse. Siempre actuaban solas, y eso abundaba en la fascinación y el misterio. Quería ser tan fuerte como ellas. Solas, duras, resistentes.

Mujeres sin hombres, seres de fuerza y poder. Ellas.

—Tendría usted que verla en la cocina. Cómo vigila, cómo observa. Muchas veces es ella quien atiende y toma las medidas. Hasta guisa.

—¿Quiés que te enseñe, mi cría?

Se anticipó Chayo.

—Eso ya no. No puede. Y menos ahora, que estoy sola.

Melina, decepcionada, atisbó un destello de esperanza en la sonrisa que le dedicó la guisandera como toda respuesta a la negativa de su madre. La niña empezaba a entender que en ocasiones los adultos dicen una cosa cuando quieren decir otra y es en su rostro donde se ve la verdad.

—Vuelve en unos días, Chayo, y me cuentas cómo te sienta la matricaria. Tiene que ir bien, pero si no, intentamos otra cosa.

—¿Cuánto le debo?

—¿En pesetas? —preguntó Adela.

—O en céntimos.

La guisandera pensó un instante y miró a la niña. Se rascó la barbilla y acercándose a ella, preguntó.

—¿Y si no te cobro y me dejas a la niña?

Melina sintió un inesperado latigazo de expectación. Una mezcla de alegría, pero también miedo. ¿Por qué la querría la guisandera? ¿Le estaba pidiendo a su madre que se quedara con ella? ¿Cómo sabía que ella tenía tantas ganas?

Casi las mismas preguntas se hacía Chayo.

—No puedo. Ya se lo dije. Y no entiendo por qué la quiere.

—Su hija, doña Rosario, se fija mucho y tiene una chispa de inteligencia que no se ve, pero se nota. Es muy lista. Y si le gusta cocinar...

—... aprenderá en casa y a su tiempo.

182

—Madre —terció entonces ella—, me gustaría mucho que la señora me enseñara a cocinar. Puedo hacer las cosas en casa, ir a los recados y alguna vez venir aquí con ella. Alguna vez.

—Cuando encontremos a tu padre y sepamos qué será de nuestra vida.

XXXI

Los recuerdos siempre desdibujan la realidad porque los guardamos a retazos, como fragmentos de un mosaico desordenado. Y de la misma forma vienen a nosotros y nos confunden y creemos que lo que sucedió de un modo en realidad fue otra cosa, y se nos altera el tiempo, y en el desorden no sabemos lo que fue antes o después.

Melina no tiene memoria de la ausencia de su padre cuando estuvo detenido. Ni del tiempo, ni de su añoranza.

Aquellos días se presentan hoy sin horas ni noches. Son fogonazos, imágenes de una niña que descubría mundos y solía reír, que jugaba con sus amigas y quería ser querida, entreveradas de deseos más adultos, vivencias de alguien para quien la rutina empezaba a no ser juegos sino deseos. Una vaga ambición de dominio, de ser ella en un lugar propio.

No recuerda haberse sentido sola junto a su madre.

Sí la angustia de ella. La incertidumbre que delataba la expresión contraída del rostro de Chayo. El miedo de aquella mujer dura y valiente a una miseria que acechaba sin terminar de conquistar la casa por la forma en que ella administraba la amenaza y buscaba socorro en caridades cercanas, y una inagotable capacidad para trabajar donde hubiera *unes poques perres*.

Siempre a la espera de Pepín, pero sin aguardarle nunca para actuar.

Quizás en aquella época mamó la dignidad y el orgullo de quienes no se dejan someter ni por lo inevitable.

Durante un tiempo se le apaciguó a Melina la risa. Su risa. Esa que había sido siempre la medida de su vitalidad. Su ausencia oscurecía el aire.

—Madre, ¿por qué no me lees? Ayer no terminamos la del novio que vuelve a buscar a la su moza.

La lectura de las novelitas que le prestaba don Arturo cambiaba la expresión de Chayo, y eso hacía feliz a Melina.

No solo leía, interpretaba. Lo hacía con la apasionada intensidad de quien experimenta de verdad la emoción del relato. Como si fuera ella uno y todos los personajes a un tiempo.

Disfrutaba Melina. Gozaban las dos.

Comulgaban juntas en una liturgia de imaginación que era un viaje a otros mundos, a otros tiempos en que la miseria no asomaba a la ventana. O al menos ella no la veía.

—Cuando acabe con el arroz te la leo.

Y la niña se acercaba al fogón a sentir el olor dulzón de la leche y el anís mientras Chayo fondeaba con la cuchara para que no se pegasen los granos, y daba vueltas y vueltas al cazo y el arroz y la leche espesaban.

—Déjame a mí, madre, y tú me lees.

Ventanas del paraíso para una Melina que, a cargo de la cocina y escuchando las historias de su madre, se sentía feliz.

Aquellas historias no eran cualquier cosa, no. Aquellas novelitas escritas en hojas pequeñas, amarillentas, sobadas por decenas de manos, eran capaces de hacer soñar y de aliviar cualquier peso, como hacían los olores y los sabores de la cocina.

En los libros y el fogón, se diluían los dolores.

En las historias de madre, la vida se tejía, destejía y resolvía en una realidad en la que había lugar para la esperanza, y las almas rotas siempre se recomponían.

Quería crecer para vivir todo aquello. Cocinar y soñar.

La cuchara giraba en su mano de niña y su imaginación lo hacía por un mundo desconocido y fascinante. Ambicionaba las alegrías que escuchaba aún al precio de transitar por los calvarios que aquellas mujeres pasaban.

Porque al final siempre había luz.

—No creas todo lo que dicen esos libritos que te lee tu madre —le decía alguna vez tía Lita—. Ni los hombres son tan dispuestos ni las mujeres tan bobas.

—¿Cómo lo sabes, si tú no las lees? —preguntaba ella.

—Porque vivo en este mundo y no me da la vida para imaginarme en otros.

A Melina sí.

En los límites de su pequeño universo, con frontera en La Belonga, el colegio y la catequesis, había mucho espacio para imaginarse más allá.

Del mismo modo que soñaba con derribar el muro que separaba en la escuela a los niños de las niñas, o planeaba y hasta inventaba guisos y comidas, Melina se veía segura y desenvuelta en un mundo de seres adultos donde podría elegir, optar por uno u otro camino o decir que sí o que no.

Si lo soñaba, si lo planeaba, podría intentar alcanzarlo.

—En esto tiene razón la cría, que hay que ver lo lista que *ye* —concedía tía Lita—: si sabes dónde quieres ir, ya encontrarás el camino, ¿verdad, Melina?

Las historias de don Heliodoro en la catequesis también eran emocionantes, pero no hacía tanta comedia como madre. Era un cura bajito y risueño que se ocupaba de las niñas. Organizaba también juegos y de vez en cuando les daba caramelos.

Era más simpático que las señoronas graves y atildadas que venían de la Sección Femenina a enseñarles a coser y, como decían, a hacer las faenas del hogar, que parece que en vuestra casa no os enseñan. Nunca les dijo Melina que ella lo había hecho siempre sin que nadie la enseñara.

Un día don Heliodoro les propuso bautizar a las muñecas. Todas lo celebraron. Como casi ninguna tenía, fue Mari Luz, la hija de don Obdulio, que era un ingeniero de minas, quien proveyó de criaturas inanimadas. No les dejaron llevar padrinos, no fuera a ser que en la catequesis se juntaran los niños con las niñas.

Se rieron mucho con el bautizo, aunque alguna monja puso cara de no hacerle mucha gracia.

—No sé por qué ese cura organiza este juego. Me parece casi sacrílego.

Jugaron con las muñecas de Mari Luz y hasta se hicieron regalos imaginarios por el bautizo, pero a la tarde hubo que devolver, también religiosamente, los recién bautizados a su dueña.

Con todo, lo que a Melina más le fascinaba de Mari Luz no era que tuviera todas las muñecas que quisiera, sino que poseía el tesoro más ambicionado por las niñas de la catequesis, el colegio y probablemente la comarca: tenía una Mariquita Pérez de verdad.

—¿Podemos ir a verla? —le preguntó un día.

Orgullosa de su posesión, Mari Luz aceptó encantada. Norina, Neli, hasta su prima Charito y dos o tres niñas más de la escuela se presentaron con Melina en la casa del tesoro para disfrutar de aquella maravilla de inmensos ojos de sorpresa y piel pulida y brillante que tenía un vestido para cada ocasión.

A Melina aquello le pareció un paraíso, como los que construyen los sueños cuando se les deja volar.

—¿Puedo tocarla?

—No.

Fue una respuesta seca e inesperada. Todas las niñas se volvieron hacia una mujer delgada y vigilante que fruncía el ceño con incomodidad evidente ante el grupo de niñas.

—Lavaros antes las manos y luego jugamos —sugirió Mari Luz.

—La muñeca no se puede tocar, señorita —cortó la dama áspera—. Es la regla que condiciona esta extraña peregrinación a su casa.

Melina no entendía por qué lavarse las manos si no se podía tocar. Pero todas aceptaron la disciplina y se aproximaron a la diosa de cartón lo más que pudieron sin rozarla ni violentar a la guardiana del paraíso.

—Me ha dicho mi madre —les despidió Mari Luz— que podéis venir cuando queráis, siempre que esté ella o Herminia y no toquéis la muñeca.

XXXII

Jugar sin tocar. Cercanía sin intimidad. Conmigo, pero sin mí.

A veces Melina sentía en la escuela que no se contaba con ella. Nada preciso o evidente, porque compartía con el resto de las niñas aula y pupitre, risas en el patio y algunas confidencias. Pero había en el estrépito diario de juegos y disputas, en las citas fuera de la escuela, cuando quedaban en el parque o iban de paseo hasta el puente de la Perra, una especie de desdibujada frontera. No le hablaban tanto como en la catequesis. O quizá fuera ella la que no lo hacía.

Cercanía sin afecto.

Como en casa, como con padre. Él la trataba así por ser niña y venir a destiempo. Ellas, cualquiera sabía: por ser delgada y *ruinuca* —delgada, poca cosa—; por pobre, aunque de eso podrían decir más muchas otras; o puede que fuera por Pepín. Por rojo y socialista. Tendría gracia que no lo tuviera en casa y hubiera de sufrir por su culpa también en la escuela. Norina le dijo un día que todo eso se lo imaginaba ella, pero que, si hablara menos con doña Lucrecia, a lo mejor a las demás no les parecería que quería hacerle la rosca.

—No pienses esas cosas —le tranquilizaba la maestra—. De críos somos todos más egoístas porque necesitamos más. Pero tú no dejes de ser alegre, ni de preguntar. Tú sigue siendo curiosa. De todas las formas posibles. En Asturias llamáis curioso al que hace bien las cosas. En mi tierra, curioso es el que quiere saber más para prepararse.

—¿Y cuál es su tierra, doña Lucrecia?

—Yo soy de todas partes, pero nací en Castilla.

Curiosa sí era, y también quería aprender. Ahí se reconocía Melina.

También quería ser de todas partes. Viajar, instruirse, descubrir. Y estudiar, porque aplicarse era labrarse el porvenir. En eso tenía razón la estirada de doña Pilar. Tampoco era difícil deducirlo de las novelas que le leía madre, en las que además del amor triunfaban el valor y la constancia.

Su padre no se había dado por vencido ni en la derrota, y le había abierto sin querer un camino cuando se aplicaba con obstinada concentración sobre las tablas, contra las bandas, al lijar y pulir marcos, abrillantando superficies, chas, chas, chas… una y otra vez. Tenaz, incesante. Inacabable. Si él lo hacía, ¿por qué ella no iba a poder?

La madera de Melina eran los libros. Su pulir perseverante, estudiar.

—*¿Nun pases muches hores delante'l cuadernu, mi cría?*

—Me gusta, madre —respondía ella franca, segura—. *Préstame* aprender la lección y que mañana, cuando me la tome en clase doña Pilar o doña Lucrecia, la sepa.

Qué lástima de talento perdido en un mundo de hombres, mascullaba Chayo. Ojalá esta *fía mía* tuviera alguna oportunidad.

Quizá las monjas, quizá la catequesis. Quizá allí lavase la marca del pasado de su padre, expiase sin castigo su pecado original y pudiera prosperar.

Chayo siempre pensó que, de una u otra forma, estaban penando por Pepín. Que pudiera haber un Dios que estuviera castigándoles.

—He rezado para que lo que venga sea un niño.

Ha rezado. Melina rezaba.

A Chayo le hubiera gustado poder hacerlo para que, si había algo allá arriba, le trajera de nuevo a su Pepín.

En el colegio también se rezaba. Aunque había también ritos menos accesorios.

—¡En fila, niñas! —bramaba doña Pilar—. Brazo en alto, mirada al frente, y... ¡Cara al sol, con la camisa nueeeva...!

Se cantaba antes de empezar las clases. A menudo Melina se cansaba de la postura, porque estaba prohibido apoyar los dedos en el hombro de la de delante. Y también sujetarse el brazo con la otra mano.

A doña Lucrecia nunca la vieron cantar ni rezar.

Disfrutaba Melina cuando les enseñaba Ciencias Naturales, porque explicaba cómo eran los animales y qué había dentro del cuerpo humano.

—Somos agua. La mayor parte de nuestro cuerpo, de vuestro cuerpo, es agua. Y el mundo en que vivimos es en su mayoría agua.

Y descubrían fascinadas que había mucho más mar que tierra, y que el cuerpo de los seres vivos se componía de células que a su vez tenían agua en su interior.

Doña Lucrecia no les castigaba cuando no se sabían la lección, como hacían doña Pilar o la directora, doña Leonor.

—No tienes que recitar de memoria como un papagayo. No quiero que te sepas las partes del cuerpo, sino que entiendas cómo funciona.

Era distinta. Más buena. Atendía y se preocupaba más que el resto de señoritas y que don Abdón, el jefe de estudios.

A Melina le parecía que con ella tenía algo propio, que cultivaba una relación más estrecha. Ella le hablaba mucho. Melina la admiraba.

A veces caminaban juntas hasta La Belonga. Ella quedaba en el cementerio, donde estaba enterrado su marido.

—¿Murió en la guerra? —quiso saber un día Melina.

—No, mi cría. No. Lo mataron un poco antes, cuando el treinta y cuatro. Cuando naciste tú, que hubo una revolución… Cayó antes de llegar a Oviedo.

Había oído hablar de aquello, y de que ella nació mientras algunos hombres preparaban con su padre la revuelta. Volvió a recordar los muertos alineados junto a la pared, los ojos abiertos, la sangre seca, las caras sucias, el zumbar de las moscas.

Algo dentro se le movió hasta amargarle el aliento. Cuando nació. Cuando llegó quien no debía.

Cogéi una cuerda y afogáila.

Melina no tenía conciencia de ello. Nadie se lo había dicho. Pero siempre le venía un soplo frío y afilado cuando evocaba su nacimiento. Sin saber por qué, era lo único que podía ahogarle la sonrisa.

Lucrecia sí lo sabía. Alguno de los presentes lo fue contando después.

—Él murió. Tú naciste. Es el ciclo de la naturaleza, Melina. Es la vida en su expresión más precisa… su verdad, que a todos nos toca. Nacer, vivir, morir. Por eso hay que estar atento, aprender, procurar entender y que los que te quieren sean felices. Y, si puedes, que el mundo sea un poco mejor. Ramiro, mi marido, quería eso y luchó por eso. Como tu padre, como muchos que murieron o ahora viven.

—Como dicen de Cristo en la catequesis.

—Como Jesucristo, claro que sí. Que fue un hombre bueno.

Lucrecia miró a la niña. Sus ojos la contemplaban concentrados y atentos. Había en ellos una firmeza alegre.

—¿Tú tienes fe?

—¿Si creo en Dios? —quiso aclarar Melina

—Sí.

Se encogió de hombros en un gesto que matizó su afirmación.

—No mucho, ¿verdad? —buscó ahondar la maestra.

Negó con la cabeza.

—Cree en ti, Melina, cree en ti. En lo que veas, en lo que hagas. No en todo lo que te digan por ahí.

—Me gusta ir a la catequesis y que las señoras mayores me enseñen a coser. Me gusta coser. Y cocinar. Y cuando hablamos de religión dan menos miedo que el padre Bustos en la escuela. Siempre regaña y a los niños les pega. Don Heliodoro no.

Bustos, pensó Lucrecia, el falangista, el obtuso y apasionado cura que había sido castrense y ahora aleccionaba a niños y niñas. El hombre que la vigilaba y, según parece, emitía informes sobre lo nocivo de sus enseñanzas. Sobre todo, a las niñas.

—No dejes que nadie, nadie... ni Dios en lo más alto, te ponga límites, te impida ser tú. ¿Sabes lo que es un andamio? Donde se arman tablas y palos para construir algo. La religión y la fe pueden ayudarte a saber más, a ser generosa, a crecer. Pueden ser ese andamio que te está ayudando a construirte, a ser tú. Pero si alguna vez el andamio se cae o te dice que pares, no lo hagas. Sigue creciendo, sin andamios, sin que nadie te sujete... con tu propia energía.

—Sí, doña Lucrecia. Así será.

XXXIII

—Tienes una flor en tu puto culo de rojo, carpintero.

Eugenio de Silva quiso disimular con sarcasmo su derrota. Pero, fiel a su estilo, no dejó que fuera otro quien la reconociera ante su enemigo.

—Te escapaste cuando los moros hicieron aquí su trabajo, en la guerra te dejaron vivo, te has librado hasta de los tuyos que andabas matando por el monte, y ahora llega alguien y da la cara y la palabra por ti. Uno de los nuestros, al parecer.

Hablaba el policía con el cigarrillo en la boca, mientras aspiraba el humo que ascendía leve por su rostro, como si quisiera ocultarlo. No había expresión de animadversión alguna, pero en sus ojos entrevió Pepín Fernández la humedad rojiza de la ira.

—Me han dicho que te saque sin más. Como si fueras... ¿un error? Sí, eso, un error. Como si nos hubiéramos equivocado contigo.

Mostró un papel con un sello redondo y morado que Pepín no logró reconocer. Apenas dos líneas mecanografiadas para, al parecer, cambiar su suerte.

—Ahora… ahora, carpintero —advirtió despacio para acentuar la amenaza—. Te voy a vigilar hasta cuando vayas a cagar. Como si tengo que poner a un moro debajo de tu culo para que te siga y, si hay que romperlo, te lo rompa.

Se acercó tanto que Pepín sintió la temperatura de su cuerpo, la humedad de su sudor, el olor rancio a tabaco y el aroma consistente de la rabia, quizás el miedo.

—Hay que tener amigos hasta en el infierno —devolvió Pepín sin moverse un milímetro, aguantando la presión.

—Ni esos te van a librar cuando vuelvas a caer en mis manos. Porque volverás a mí. Y volverás aquí. Y entonces terminaré mi trabajo contigo. Pero con más ganas. Hasta el final.

Y se apartó dramático, exagerado, para dejarle paso hacia la puerta que había quedado a su espalda.

No reparó Pepín en la sorpresa del guardia que vigilaba en la puerta de la Casa Cuartel. Ni siquiera lo vio. La avenida de José Antonio, que antes se llamó Manuel Llaneza, el diputado minero con el que él había tenido sus más y sus menos décadas atrás, se le antojó un lugar luminoso y cálido, casi radiante. Ni siquiera la presencia en el aire del carbón, permanente como el río, las montañas o el fracaso, le recolocó en un pasado de cuya distancia no tenía medida en ese momento. Su momento era ahora, y brillaba.

Sintió una sacudida de suave satisfacción. La libertad recuperada se mete en los poros y hasta el alma y lo calienta todo, y lo serena.

Respiró profundamente hasta sentir en la nariz el suave cosquilleo de la carbonilla, y miró alrededor. Nadie le esperaba. O eso creyó, porque apenas pisó la acera una voz masculina pronunció su nombre. Se giró.

—Muy buenos días.

Reconoció inmediatamente al hombre. ¿Cómo no hacerlo? Su presencia allí conectó en una sola línea las muchas preguntas que se había hecho el carpintero desde que abrieron la puerta de su celda.

—Buenos días, doctor —saludó mientras le tendía la mano.

—Hola, Pepín Fernández. Me alegro de verle de nuevo. Me dijeron que salía hoy —con ojo profesional, Eliseo Martín, reparó en algunas marcas visibles en el carpintero—. Le han dado, ¿eh?

—Lo normal.

—Ya.

Tenía un cardenal cerca de la oreja izquierda y una ceja malcosida con dos puntadas torpes. Cuando comenzaron a caminar juntos, el doctor Martín apreció además una leve cojera.

—¿Quiere denunciarles?

Por un momento pensó que el médico bromeaba. ¿Denunciar?

—¿A quién o a quiénes, don Eliseo?

—A los que le han hecho eso.

Avanzaron unos metros en silencio.

—Todos me lo han hecho. Todos. Franco, sus generales, su primo de la fábrica de Mieres, el matón falangista, los curas… el gobernador civil. No solo De Silva o sus verdugos.

—Hay leyes… Hay límites.

—Doctor, el que a usted le hayan escuchado, por lo que sea, y haya conseguido que me liberen no cambia nada. Para mí sí, pero lo demás sigue todo igual. He visto mucho sufrimiento ahí dentro.

Nunca llegó a saber qué fue de la mujer, ni si el chico saldría vivo o muerto.

—¿Sabe usted lo que es La Gandula? —preguntó Pepín.

—Creo que una ley de la República para limpiar de mendigos y vagos las calles.

—Pues ahora la usan para reprimir a *to* bicho viviente.

No respondió el doctor.

Pepín Fernández no tenía noción precisa del tiempo que había pasado allí dentro. Sí de las palizas y de las marcas. No dio un solo nombre, ni reveló dónde había hecho escondites, ni en cuántas casas construyó dobles tabiques para ocultar compañeros.

—¿Están bien Chayo y la cría?

—A punto de parir si no lo ha hecho ya. Y la niña creciendo y lista, Pepín. Es usted muy afortunado por tenerlas.

—Fue ella a verle, ¿verdad? —se detuvo el carpintero para acentuar el valor de su pregunta. Aunque conocía la respuesta.

—Las dos, sí. Chayo y Melina. Su mujer me tomó la palabra cuando en el frente le dije que contara conmigo para lo que quisiera. Tiene coraje, Pepín.

Tenía ganas de verla. A las dos, tuvo que aceptar. Incluso a esa cría oscura y tenaz a la que nunca quiso por llegar cuando no debía. Que acaso —se sorprendió él de mantener aún el viejo resquemor— no fuese ni suya.

El médico interrumpió su pensamiento, como si lo adivinara.

—Tiene usted una hija excepcional. Y me dicen que ha heredado su carácter y... no sé si eso es suyo o de su madre —se permitió bromear—, pero es lista como el hambre. O más.

Siguieron andando. Sentía calma Pepín. Pesaba más el presente de la calle recuperada que la ansiedad por regresar a casa.

—¿Cómo lo ha conseguido?

—No quiera saberlo, Pepín. Ni yo mismo me lo creo.

—Entonces dígame por qué lo ha hecho.

—Primero, porque me lo pidió su mujer. Pero también porque no comulgo con muchas de las cosas que se están haciendo. No creo en un régimen que mata y encarcela a quienes no piensan igual. También entre los míos, no se crea. Contra lo que usted piensa, la represión no es demasiado selectiva en materia de clase social.

Alguien les seguía.

A pocos metros de donde estaban, Pepín vio cómo un hombre trataba torpemente de ocultarse en un portal cuando él echó la mirada atrás.

—Se la juega usted también, doctor.

—Claro. Lo sé. Pero tengo un escudo, que es mi familia. Han puesto aquí tanto dinero, han hecho tantos favores a tantos que o cambian mucho las cosas o nadie va a tocarles. A los condes de Mieres no se les tose. Otra cosa es cómo me considera a mí la familia. Pero de puertas afuera, somos todos uno.

—¿Cómo le consideran, doctor?

Rio con franqueza, o eso le pareció a Pepín.

—Soy el mejor médico de la comarca. Y el más elegante. Suerte, Pepín Fernández.

Y se metió en un mercedes negro que le aguardaba en la siguiente esquina.

Empezaba a llover.

XXXIV

Exactamente treinta y dos escalones. Catorce entre piso y piso, veintiocho, por tanto, y otros cuatro en la entrada principal. Lo sabía muy bien.

Melina los barría cada día, de arriba abajo, aunque no fuesen los suyos.

—¿Y por qué doña Reme no hace su escalera?

—Porque está mayor y *nun pué movese*.

—¿Y su marido?

—*Esi ta muertu* en vida de tanto que bebe.

Los peores días eran los de lluvia. A veces entraba el agua al portal. O se metía alguien con los pies de barro.

Como esa mañana.

Andaba la cría por la mitad del último tramo cuando unos pies embarrados se adentraron en el portal. Melina solo podía ver los zapatos.

—¿A quién busca? —gritó temerosa. No hubo respuesta—. ¿Oiga?

Melina no esperó a otro silencio prolongado y corrió escaleras arriba.

—¡Madre, Madre! ¡*Metióse* alguien en el portal! Y me da miedo.

En la cocina olía a laurel y a borona.

—*Pregúnta-y qué quier.*

—*Ya lo fice,* pero *nun* responde.

Chayo comenzó a bajar las escaleras contagiada de la inquietud de la niña. La tripa apenas le dejaba moverse. Se detuvo en el primer descansillo.

—¿Quería algo? —preguntó al aire, sin ver, atisbando el hueco de la escalera.

Silencio. Dos pasos más con dificultad. De repente, una voz familiar.

—*¿Paristi ya?*

Las dos mujeres la reconocieron de inmediato y respondieron al tiempo.

—¡Pepín!

—¡Padre!

Chayo avanzó con dificultad escaleras abajo. Melina quedó en la puerta de casa, súbitamente paralizada por una visión inesperada e incómoda. Nunca pensó en el regreso de su padre, como nunca lo echó de menos.

La vuelta agitaba el fantasma del desafecto, el miedo a seguir esperando lo que nunca tuvo. Un dolor que creyó enterrado.

El rayo de la tormenta repentina que deja una marca en el lugar que alcanza.

Sabía que debía correr a celebrar el regreso, a abrazar a su padre como hubiera hecho cualquier niña, pero se lanzó a su habitación a encerrarse. A llorar, aunque no pudo.

Pepín Fernández subió de dos en dos los escalones de La Belonga hasta alcanzar a Chayo Agüeros, que se espantó de lo que vio. Había perdido kilos, tenía marcas en la cara y la cabeza pelada. Le pareció un anciano. Un anciano feliz, eso sí.

—¿Qué te han hecho, mi amor?

No respondió. La abrazó con cuidado, como si temiera aplastar a la criatura que llevaba dentro, y tiró suavemente de su brazo para volver a casa.

Pepín recibió el aroma cálido y suave que llegaba de la cocina como el alivio de quien encuentra refugio. Este era el suyo, estaba en casa.

—¿Dónde está Melina?

Y por primera vez desde que ella recordaba, la llamó suavemente por su nombre. No como cuando le pedía cortar leña y lo hacía mal, o le echaba más sal de lo debido en la comida, o no llegaba a tiempo con el recado. No era una orden ni un grito afilado.

—¿Melina?

Abrió ella la puerta de su cuarto entre temerosa e incrédula. No del todo, lo justo para ver a su padre sonriendo frente a ella.

Él estiró la mano y le revolvió el pelo como hacía la tía Lita. Permaneció quieta, sin saber si avanzar a abrazarle o esperar que él lo hiciera, o no hacer nada.

Él se agachó, y le rozó la cara con los dedos.

—*Crecisti, Melia, tas muy guapa.*

Se levantó y regresó a la cocina.

Pudo haberla abrazado, pudo haberle dicho que se sentía feliz de volver a verla. Pudo, pero no supo. O no quiso.

Melina escuchó la risa de su madre, la leve gravedad en la voz pausada de su padre. Ninguno volvió a llamarla, y supo que todo volvería a ser como antes, que algo que había conseguido conquistar se empezaba a romper.

A no ser.

A no ser que lo que estaba a punto de alumbrar Chayo fuera el *guaje* que ella le había pedido a los Reyes Magos.

Arrodillada ante su cama, como hacían en la catequesis, juntó las palmas de las manos y miró arriba. Allí solo veía un techo desconchado, pero ante la posibilidad de que más allá ese Dios del cielo la escuchara, volvió a suplicar que viniera a casa otro Manolín.

XXXV

Manuel Fernández Agüeros nació en un final de septiembre, para la romería de los mártires Cosme y Damián.

Melina acababa de cumplir los once y Pepín de recuperar la libertad.

Nunca contó lo que había pasado en aquel cuartel, solo repetía que la dignidad y el valor no se pierden ni ante el dolor más grande ni frente a la muerte. Jamás. Del mismo modo que nadie se rinde ni siquiera ante la derrota.

En la catequesis Melina celebró la llegada de un niño a casa.

—¿Ves? —observaba don Heliodoro. Tus ruegos han sido escuchados por Dios y ya tienes un hermano. Persevera, Melina, mantén tu fe y Dios proveerá.

—Ahora lo que quiero es que padre encuentre trabajo o pueda volver a la carpintería. A veces nos falta qué comer. Se lo he pedido también a Dios.

—No hay solo que rezar, mi cría. *Ora et labora*. Dios nos ayuda y nos regala, pero nos deja el libre albedrío para vivir por nosotros y con nuestros medios.

—Pero Dios lo puede todo, ¿no?

—Naturalmente, Melina.

—Entonces ¿por qué hay gente mala, y se matan, y pasamos hambre, y castigan a mi padre por ser... por lo que sea?

El cura sonrió ante la ocurrencia de la niña. Siglos de debate en la Santa Madre Iglesia y aquella guaja metía el dedo en la llaga sin cerrar.

—Dios nos quiere, y por eso nos hace libres para elegir lo que somos. Y cada uno tiene el destino que se labra.

Algo no encajaba. No sabía Melina muy bien qué.

Dios nos dejaba libres por nuestro propio bien, para ser felices por nuestros propios medios. Libres y felices. ¿Y si, como decía padre y a veces susurraba doña Lucrecia, no éramos en realidad libres porque otros organizaban nuestra vida?

—Pero no todo el mundo puede ser libre, don Heliodoro, eso dice mi padre.

Don Heliodoro se rascó la barbilla y miró fijamente a la niña. No era posible que fuera a mantener un debate sobre la fe con una mocosa de once años por muy lista y curiosa que fuera.

—Jesús dijo: la verdad os hará libres.

—Sí —respondió Melina—, está en el Evangelio.

—Según san Juan, que, como sabes, es el patrón de Mieres.

—Claro...

—Pues así hay que entender la libertad, como algo que tiene que ver con la verdad. Y la verdad es la palabra de Dios. Quien vive en el engaño, y eso lo dice también el Evangelio, no es verdaderamente libre. Hay que seguir los preceptos de Dios del mismo modo que hay que cumplir los de los hombres, las leyes. ¿Lo entiendes, mi cría? Eso es lo que nos hace libres, esa es la verdadera libertad.

No. Melina no lo entendía. Pero quería seguir yendo a la catequesis, de modo que concedió afirmando con la cabeza para terminar una conversación que era claro que contrariaba al cura.

Mejor era celebrar que Dios había sido generosa con ella.

Manolín nació grande y despierto.

—*Paézse a ti* —defendía tía Lita.

Su cara era redonda y sonreía a menudo.

—*Nel blancu los güeyos* —rebatía Chayo—. *Esti tien la pachorra de su padre. ¿Verdá, vida?*

Y le besaba con una energía como de batalla.

A Melina le gustaba cogerle y levantarle. Reía cuando le lanzaba a lo alto, sin soltarle.

—Un día va a caerte y tendremos un disgusto —advertía Chayo.

Salían a la calle con él, en el cochecito de Melina que había resucitado Pepín. La cría empujaba orgullosa camino abajo hasta San Juan en unos paseos a los que nunca se sumaba el padre.

A veces se unían Norina o Charito. Hasta Mari Luz. Y entonces Melina se sentía poderosa e importante porque llevar aquel crío entre algodones era mucho más que jugar con Mariquita Pérez.

—Y a este sí que no se le toca. No vayáis a ensuciarlo y se ponga malo o lo *manquéis*.

Padre no cambió con la llegada de Manolín. Pasaba más tiempo con él Melina, le hacía más carantoñas Chayo.

Habituada a observar, no halló en su padre más afección a Manolín que a ella o a su madre. Es posible que ya fuera demasiado tarde.

Sin trabajo, con problemas para encontrarlo y ocuparse en algo que le sacara de su eterna derrota, Pepín Fernández volvió al consuelo de los bares.

Un día lo encontró Melina dormitando en un banco junto al cementerio. Anochecía. Regresaba ella de la catequesis. Se asustó.

—Padre, padre. —Lo movió suavemente.

—Déjame en paz…

Insistió:

—Padre…

Al volverse hacia quien lo importunaba, Pepín se topó con los ojos de Melina. Le pareció que estaba asustada, o quizá la reprochase encontrarle así.

—Mira, Negrona —hablaba espeso, como si la lengua no fuera capaz de levantar las palabras—. Miiira… No te rindas nunca nunca. Ni aunque estés muerta. Nunca.

La niña le ayudó a incorporarse, y él le pidió que se sentara a su lado.

—Tu padre nunca se rindió. Ni a los fascistas, ni a Franco… Ni al cabrón de De Silva que me apañó hasta los higadillos. Nunca me rendí. Ni a tu madre. Pero ya me ves… Porque me ves, ¿verdad? —Asintió ella asustada. No sabía cómo actuar, pero su instinto la mantenía atenta y lo más firme posible—. ¿Sabes lo único que me ha derribado, que me está matando?

Negó Melina sin dejar de mirarle. Él volvió a dejar caer los ojos al suelo. Escupió limpiándose con la mano inútil.

—Ni las balas pudieron conmigo… sujétame que me caigo —y vomitó frente a la mirada espantada de su hija—. ¿Sabes lo que me tiene así? La miseria, el no poder daros de comer. Me ha derrotado la vida, Amelia. Ya no soy nadie ni valgo para nada. Hicieron bien en aplicarme la Gandula.

Un coche de la Guardia Civil se aproximó despacio al banco.

—Vienen los guardias, Padre, vámonos a casa.

—¡Que les den *pol* culo! ¡Que los maten ya! —gritó. Un agente salió del coche.

—¿Me enseña su cédula, por favor?

—En el bolsillo de la chaqueta la llevo. Cójala usted.

—Espere —le indicó Melina mientras rebuscaban en uno de los bolsillos, luego en el otro, hasta que en uno interior dio con el papel—. Aquí tiene.

El agente leyó con atención el documento mientras observaba de reojo a Melina. Lo cerró y se lo devolvió a ella.

—Es tu padre, ¿verdad? Llévatelo a casa antes de que volvamos a detenerle por vago y por mendigo.

—No es vago ni es mendigo —respondió ella suavemente, pero ofendida.

—Por eso no lo detenemos. Y porque estoy seguro de que ahora mismo os vais de aquí. ¿Vives lejos?

Señaló la casa, frente al cementerio.

—Pues tira y no te entretengas.

Consiguió Melina incorporar a su padre y con paso corto y un desordenado cimbreo consiguieron llegar al portal. Allí volvió a sentarse Pepín para reponer. Melina se quedó frente a él. Le pareció que trataba de contenerse, como quien quiere expresar algo y no sabe o no puede.

—Yo también creía —dijo finalmente a un palmo del rostro de su hija— que Manolín lo arreglaría todo. Pero Manolín murió. Y nunca regresará.

XXXVI

Volvieron a cambiar de casa.

No daba para el alquiler de La Belonga y encontraron una buhardilla en Oñón, junto al arroyo.

Después del tropiezo del cementerio, Melina no volvió a ver a su padre borracho. Se ocultaría. O, como quiso pensar ella, la vergüenza de aquello alumbraría el coraje para escapar de la bebida.

Pepín regresó a pequeños trabajos de carpintería que algo de dinero traían a casa, pero la supervivencia seguía en manos de lo que llegaba de El Regatu y de La Cuestona.

El cerdo y la berza llenaban de aromas la cocina y de sustancia los estómagos. En San Martín, allá por noviembre, ese año hubo fiesta tras la matanza. Hasta *bollu preñau* pudieron hacer, aunque con pan de maíz, y *empanaes* con morcilla, tacos de jamón y huevos.

El trigo llegaba escaso desde Castilla y el que se molía cerca era muy malo, según criterio de Chayo y tía Lita.

No pasaron hambre, como tras la guerra, pero había que racionar. Y alimentar al crío exigía los sacrificios de los demás.

Debió ser entonces cuando Chayo pidió ayuda a su hermano Ludivino.

Había sido, de todos, el único que hizo fortuna en América. Abandonó Montevideo tras un desencuentro con los hermanos por la administración de una empresa quebrada. Le acusaron de llevarse el dinero y se largó al vecino Paraguay. En Asunción le fue bien, montó hoteles y algún café. Según Pepín eran cafés de alterne, como los de las minas de Cartagena, donde se cantaba y se bailaba y con algo de propina se iba uno con el artista a los apartados.

Querido Ludivino:

Espero que al recibo de la presente te encuentres bien. Aquí estamos todos bien de salud. He tenido otro niño que se llama Manolín, como el que se nos fue, y Melina crece ya y es toda una moza, aunque igual de *ruinuca* que lo era yo de cría. Padre y madre siguen bien. Últimamente los vemos más porque nos bajan carne, como de La Cuestona llega también verdura. Nos defendemos, pero con tantas bocas que alimentar estamos volviendo a pasar penalidades. Las cosas están tranquilas y Pepín ya no se mete en líos. No es que se haya hecho del otro bando, pero después de que lo detuvieran parece que se le quitaron las ganas de seguir enredando. No sé qué sería de nosotros si lo poco que tenemos hubiera que seguir repartiéndolo con los emboscados o la República. Pero no encuentra trabajo, salvo el que le dan algunos conocidos que saben de su buen oficio. A veces me da pena que no pueda trabajar como antes, con lo que él sabe. Por eso te he escrito esta carta, para que si pudieras nos ayudaras para que él pudiese volver a trabajar la carpintería desde su propio taller. Nos cuesta mucho que alguien nos preste dinero. Aquí hay gente que hace eso, pero no quiero pedírselo. Como *diz* Padre, si alguna vez tienes que pedir, que sea a alguien a quien quieres.

Tu hermana, Rosario.

Mieres, 28 de mayo de 1946

Ludivino viajó a España personalmente a llevar el dinero.

Fue la primera vez que lo vio Melina.

Impresionaba, la verdad. Se daba un aire a Chayo, pero en espigado y simpático. Pelo rubio perfectamente cortado y peinado con gomina, gabán negro largo, sombrero de fieltro ligeramente ladeado.

A Melina le pareció una estrella resplandeciente y cercana. Como esos que cantaban en la radio de casa, un Gardel de la familia. Entró en la buhardilla con el aire seguro y apuesto de quienes se saben triunfadores.

Pepín y él habían sido amigos de niños, pero algo pasó entre ellos que no quedó escrito y se dieron la espalda. La distancia abrió más la grieta.

La memoria nunca borra las traiciones. Las entierra, todo lo más.

Hizo fortuna con negocios sórdidos. Burdeles, se decía. Él lo negaba. Y se decía también que tenía buenos amigos entre los militares. De eso sí presumía.

—Siempre hay que llevarse bien con los que mandan, sobre todo si eres extranjero y haces negocio.

Chayo no le contó a su marido el motivo del viaje hasta que su hermano estuvo en casa.

Le costó sentarlos frente a frente. Compartían mesa en la estrecha cocina de la buhardilla.

—Al final no me fue mal, Pepín.

—Ya veo. Dicen que llevándote lo de tus hermanos y montando negocios feos en el Paraguay.

—Dicen muchas cosas, pero no todas son ciertas.

—Tampoco creas que me importa mucho.

—A tu hermana sí, a Dios gracias.

—Por eso estoy sentado contigo en mi propia casa, Ludivino. Por ella.

—Haces muy bien. Hay que hacerlas felices.

Pepín miró a su mujer, que atendía la cocina aparentemente distraída. Aparentemente. Melina vigilaba el sueño de Manolín, pero escuchaba la conversación.

—¿Para qué nos has sentado aquí, Rosario?

—A lo mejor puedo decírtelo yo —medió Ludivino.

Con un gesto pidió permiso a Chayo para fumar. Extrajo de una cajetilla un cigarrillo americano mientras ofrecía otro a Pepín, que lo rechazó. Ludivino se encogió de hombros y prendió el suyo con un mechero dorado. Clac. La tapa sonó pesada y contundente al caer sobre la llama. Aspiró lentamente. El humo envolvió su mensaje.

—Quiero abrir una carpintería en Mieres. ¿Qué te parece?

Pepín no se esforzó en ocultar la sorpresa. Ni la irritación hacia Chayo en cuanto leyó lo que había tras lo que acababa de escuchar. Estuvo a punto de levantarse.

—Escúchale, por favor, Pepín. Escúchale, y luego échale si quieres.

—Hazle caso a *la tu muyer* por una vez en la vida, Pepín Fernández... Por una vez en la vida.

Le contó que la situación en Paraguay no era buena y que estaba pensando en regresar a España antes de perder todo lo que tenía. Sus amigos no le iban a servir de mucho, y entre los que venían no podía hacer gran cosa. Que allí pintaban bastos. Y en España no es que fueran oros, pero parecía que había más terreno para quienes como él carecían de...

—Escrúpulos políticos.

... dijo. Y por eso pensaba regresar. La guerra había terminado también en Europa y aquí se veía un horizonte de estabilidad mientras allá el general Morínigo se abría a los partidos y afrontaba revueltas.

—¿Y qué mejor que abrir sociedad con la familia?

Chocante, insólita, pero no descabellada la propuesta. Se lo dijeron con una mirada Chayo y su marido.

Les explicó que los comunistas podrían llegar al gobierno en Paraguay. Ironizó con una suerte de intercambio familiar no recomendable.

—Tú te vas allí con los tuyos y yo vuelvo aquí con los míos.

Los recelos de Pepín se batían sin fuerza contra la necesidad y la determinación de Rosario. El orgullo del carpintero pesaba menos que la desesperación. Suele suceder. También en esta ocasión.

—Yo aún no voy a regresar, pero mientras lo hago prefiero que los míos, y tú estás entre ellos... pese a lo que hiciste —aspiró otra calada y prosiguió observando atentamente la reacción de Pepín— vayan mejorando. Sobre todo si, como me parece a mí, hay negocio en una carpintería que lleves tú. O que llevemos a medias. Una inversión: tú pones el talento, yo el dinero, y los dos ganamos. Quién sabe si podremos hacer aún más cosas en el futuro.

XXXVII

Ludivino no dejó Paraguay.

Poco después de su visita se desató allá una guerra civil que en menos de un año apartó de la política cualquier atisbo de contestación a los regímenes militares que se sucedían en el país desde la guerra del Chaco.

No vino a refugiarse a España. La pasó escondido en algún lugar de Bolivia.

Cuando sus amigos del Partido Colorado barrieron todo atisbo de contestación con su victoria en la guerra, él resucitó con sus negocios y su poder.

La hegemonía política abrió, es ley de vida, la puerta a la corrupción. Y ahí navegaba bien Ludivino Agüeros. ¿Para qué regresar?

La carpintería funcionó. Un local frente a la buhardilla, en la calle Doce de Octubre, donde recuperó Pepín Fernández el oficio y su nombre. Siempre con un empeño.

—Cuando ahorre suficiente le devolveré a tu hermano su parte del negocio. No quiero deudas con él.

Conjurada la miseria, regresó de su derrota.

Solo a medias. Nunca pudo desprenderse de la amargura de haber perdido la República y las fuerzas para intentar recuperarla. Su vigor y voluntades revolucionarias se le atascaron dentro y le secaron hasta el alma.

También Manolín fue creciendo sin padre, aunque su condición masculina le unió a Pepín con un hilo que Melina jamás conocería. En ese mundo de hombres él tenía más espacio. Ellas caminaban siempre un paso atrás.

Hasta en los juegos, desde crío, Manolín era el fuerte y tomaba mando.

Melina aceptaba. Cada vez menos dispuesta, pero no había más remedio.

Un día que Pepín no encontró sus zapatos suficientemente limpios, advirtió a Melina, que barría la escalera...

—Voy *limpiámelos* yo con lo primero que encuentre.

Y lo hizo.

Cuando pasó frente a ella sin apenas mirarla y con los zapatos brillantes, Melina corrió escaleras arriba. Tirado sobre una silla, el vestido que se había cosido en Educación y Descanso, sucio de polvo y betún. Con él había sacado su padre brillo los zapatos.

Nunca consiguió limpiarlo del todo.

Siempre quiso creer que se había confundido, que no fue a propósito.

Como tampoco ella midió lo que pudo haber sucedido el día en que las monjas de la catequesis y las señoronas de la costura la eligieron para ir a Oviedo a representar a Mieres.

Qué iba a saber ella de uniformidades y de símbolos.

La vistieron con una camisa azul oscuro de un tono que ella encontró favorecedor, con un escudo como de flechas, y una falda de color beige. Le gustó tanto que corrió a casa a enseñárselo a su madre.

Nada más verla, Chayo se llevó espantada las manos a la cabeza.

—Pero ¿cómo se puede ser tan *babaya*? *¿Pa eso estudies tantu y vas tantu a clase y hables con doña Lucrecia?* ¡Quítate ese disfraz de la Falange antes de que venga tu padre y te eche de casa a tortazos!

No fue a Oviedo. No la dejó su madre ir vestida así. Ni de ninguna manera. La excusó en una repentina indisposición, algo le cayó mal y andaba descompuesta.

Aquello que para Melina había sido una inocente exhibición de ingenuo entusiasmo fue para su madre un aviso de que tanta catequesis y tanto estudio la desviaban de la realidad, de su vida, de la que le correspondía. Ni eran católicos ni ricos ni, desde luego, falangistas. Y por necesidad o por descuido estaban dejando a la cría en manos de quienes le metían en la cabeza ideas y educación de un mundo que ni era el suyo ni era para ella.

Bastante tenía con soñar las historias de las novelas que había empezado ella a leerle y ahora devoraba sola en su habitación.

—Ya no me lees historias, madre.

—Voy siempre apurada, y cada vez me *duel* más la cabeza.

No protestó por dejar la catequesis.

Había aceptado Chayo —imposible no hacerlo— la primera comunión con las niñas pobres, todas juntas, con lo mejor de su armario, limpias y el velo de misa sobe la cabeza, mientras Pepín estaba ausente. No pudo ser como Melina quería, al estilo de su amiga Mari Luz, la afortunada poseedora de la Mariquita Pérez, que comulgó vestida de blanco para envidia y admiración de amigas y rivales. Tocaba lo que tocaba. Pero si del velo de rigor y la exigencia de comulgar se pasaba a vestir de cuerpo y alma a la niña de falangista, estábamos ante una barrera infranqueable para Chayo.

La vida de su hija encarrilaba un tiempo nuevo en el que era más importante aprender que jugar, conocer que salir. La propia Melina empezaba también a tomar conciencia. La niña extrovertida y alegre seguía siéndolo, era de risa fácil y conversación presta, pero también se guardaba mucho para los adentros porque lo había aprendido para amortiguar el rechazo de su padre o la distancia con las otras niñas de clase. Aunque esta quizá se la impusiera ella misma.

A veces salía con Norina y Olivia, o con Charo, su prima. Paseaban hasta el carrín de la Piedra, o se paraban en el Palau y así veían cuál era la película que ponían en el Esperanza. No siempre había para cafés, claro, y entonces bajaban al parque Jovellanos o esperaban en el Carolina a Emilia, que trabajaba en Telefónica, justo enfrente y solía invitarles.

—¿Y a ti no te gusta ninguno, Melina?

Se lo preguntaba Charo sin ocultar su extrañeza. Sonreía y se encogía de hombros.

—*Pa la mi Melina tiene que ser finu y potente. Y desos nun ye que haiga muchos* —decía Olivia mientras se frotaba el índice y el pulgar, como si contase dinero.

—No es verdad —reía ella—. No me gustan los mineros porque me dan miedo desde cría, y aquí no hay otra cosa que mineros.

—Bueno —terciaba Norina—, Serafín arregla bichos de esos grandones en la Casa de la Radio, y *tol ratu* lo rechazas.

—Pues si a ti te hace tilín, *to pa* ti... Ah, no ¿verdad? *Entós* porque *quiés* que yo me *lu lleve*...

El rigor de la selección natural la fue distanciando de sus amigas. Era inmediato: echarse novio y dejar el grupo.

Quedó sola, con una soledad no buscada pero tampoco indeseada. Mejor así que echarse un novio minero y andar siempre con la angustia de si vuelve o no, o cualquier otro que le dijera qué hacer, cómo y cuándo.

—Claro que me gustan los chicos, doña Lucrecia. Pero no estos, ni así.

Ya no le daba clase, pero se citaban a menudo.

Sobre todo desde que a ella le comunicaron que no podía seguir en el Aniceto Sela. Sin motivo preciso. Doña Leonor simplemente le informó de que ya no contaba con ella.

Fue seca, distante. Se diría que hasta despectiva.

—Usted ya ha hecho aquí lo suyo. Y bastante se le ha permitido, dadas las circunstancias.

—¿Qué circunstancias? —quiso ella saber.

—Las conoce perfectamente.

Tenía razón. Demasiados años se consintió que una maestra de la República ejerciera durante el nuevo tiempo. Pero ni la estrecha vigilancia de Bustos había sido capaz de encontrar en ella el menor rastro de expresiones de desafecto al régimen o agitación liberal. Su lucha era silenciosa y con mirada larga. Como entendía la Educación.

Quedó pendiente de destino.

—¿Por qué no te gustan estos?

—No lo sé, la verdad. Son toscos y mandones. Y no encuentro ninguno guapo.

—Si tú estás mejor así…

—Madre dice que soy muy *escogía…* muy *milindris,* pero a mí me gustaría ser como usted o como Elvirín, la tratanta, o todas esas mujeres que son fuertes sin tener un hombre detrás. O delante, que es como se ponen cuando están contigo. Hasta el *mi hermanu* pretende mandar más que yo.

—Yo no estoy sola por voluntad propia, Melina.

—Pero no necesita un hombre para solucionarle los problemas.

—Ni cuando vivía lo hacía.

Doña Lucrecia miraba a la niña como quien contempla satisfecha un trabajo bien resuelto. Su infancia no había sido fácil, esperando a un padre que no llegaba, viendo a su alrededor muerte y desgracias, sangre y fuego en el aire y en los sueños, sufriendo en casa el zarpazo afilado de la pobreza y la represión de este régimen infame. Pero no buscó refugio en nada que no fuera ella misma. Y en el ejemplo de mujeres que tenían que sobrevivir y aplicar un coraje para el que la tradición de hombres sostenía que no estaban preparadas. Como Chayo, como su tía Lita, como Elvirín, la tratanta de Las Regueras, o Vicenta, la pescadora, o doña Flora. O ella misma, Lucrecia. Que solo tuvo que sembrar en tierra fértil algunos principios elementales de libertad, y esta brotaba de un ánimo vigoroso e inteligente como el de Melina.

Ya no era la cría especial que ella intuyó. Era una joven dispuesta para la vida que si no se malograba podría hacer cosas por sí misma y, sobre todo, para las demás.

Soñó doña Lucrecia con una Melina que rebasara su propia vida y su tiempo.

El regreso

—Baja ya, Melina, que *ye* tarde y *ties* a tu padre *desesperau*.

Madre no iría a la boda. Quedaría con Lita y Adela preparando el agasajo para los invitados.

Lita. Necesitaba a su tía. Aquí. Ahora.

Allí sigue, atento al trajín alrededor del portal de la buhardilla de Oñón.

Está a dos pasos de Pepín, a su espalda. No se conocen.

En el exterior de la casa, curiosos esperando algo, movimiento en el portal, mujeres entrando y saliendo. Manolín y algún amigo endomingados.

Nervios. Atmósfera de fiesta íntima.

Pero todo eso ya no va con Melina. Está en otro tiempo, no sabe cuál. La memoria se ha hecho presente para resucitar una ensoñación de futuro que creyó sepultar.

Lo que se entierra, o está muerto o termina brotando.

¿Cuánto tiempo había pasado desde la última vez que pensó en él?

Observa cómo se acerca despacio a su padre. Guarda lo que había sacado del bolsillo y parece preguntar algo a Pepín.

Este mira extrañado al forastero y afirma mientras señala la ventana.

Melina se retira como ante un disparo.

Vuelve al barco, a los bailes, a la canción de Asturias, a Buenos Aires.

Respira hondo mientras un bullicio de miedos y esperanzas le estalla dentro como una explosión de burbujas metálicas y ácidas.

Aquel recuerdo de lo que pudo haber sido acaba de surgir como anhelo de futuro, y ha caído en su red. Solo puede aceptarlo.

Y actuar.

XXXVIII

Adela, la guisandera, era menuda y ancha, tenía el pelo pajizo siempre cubierto con un pañuelo y no dejaba de sudar jamás.

Vivía en Ujo, Caudal arriba, cerca de donde se decía que Pepín había matado a un guardia civil. Se decía, porque nunca encontraron cuerpo alguno ni nadie denunció nada. Se decían tantas cosas.

Bajo una tejavana pegada a la casa se almacenaban trastos de cocina en una especie de alacena gigante. Observó Melina que se ordenaban por tamaños y formas. Había desde un perol grande como los que llevaban las vendedoras de pulpo a las fiestas de *prau* hasta cazos, ollas y sartenes en perfecta formación. Ponerse ante ellos era disponer de un vistazo de lo adecuado para cualquier guiso que se pudiera imaginar.

Le agradaron el orden y la limpieza de aquel sitio.

Alrededor de la puerta había plantas de yerbabuena y de menta, y macetas alargadas con manzanilla, romero, o hierba de San Juan. Rodeaban la casa macizos de flores que no conocía y líneas también floridas como borduras de escudos imaginarios.

Olía a hierba fresca y a desconocidos aromas terrosos o dulzones.

Contempló admirada el lugar antes de llamar a la puerta.

Apenas lo había hecho cuando desde dentro respondió Adela.

—Pase.

La entrada daba a una estancia parecida a una cocina, pero más amplia. Había varias mesas y dos fogones distintos. En el de la derecha hervía un cazo que desprendía un olor mentolado y algo áspero. A la izquierda, Adela atizaba el fuego con leña de un capazo metiendo los dedos igual que hacía Rosario, como si no quemase.

No se giró al entrar Melina.

—Me alegro de que al fin hayas venido. Las cosas deben tener su tiempo y hacerse como es debido. Minuto más minutos menos de cocción y arruinas el guiso o matas la planta.

—¿Es usted bruja? —preguntó risueña Melina.

—Algunos lo creen, mi cría. Lo creen porque sabemos de plantas y cómo domarlas.

—¿Domarlas?

—Sí, sacarles lo mejor para que nos sirvan de alivio o de cura.

Se mantuvo de espaldas a ella, hurgando el fuego. Melina escrutó el lugar, tan ordenado y limpio como la alacena de fuera. Por las ventanas entraba luz, ristras de ajos y cebollas colgaban de las paredes. Sobre una mesa de madera central, pequeños montones de hierbas o plantas cortadas parecían dispuestos para empaquetar.

—Vendo algunas plantas con indicaciones de qué hacer con ellas. Para guisar o para curar. O para las dos cosas, que casi siempre van unidas.

Se volvió saludando a Melina con una sonrisa amplia y luminosa. Sus ojos vivos lo fueron aún más y se colorearon sus mejillas de un rojo suave, como cuando algo te contenta desde dentro.

—Me *presta* mucho que hayas venido. ¿Quieres que empecemos ya?

Melina dejó sobre una silla el bolso y asintió mientras se acercaba a ella.

—Dígame qué tengo que hacer.

—¿Sabes pelar castañas?

Nunca lo había hecho para cocinar. Quizá se tratase de una pócima para curar algún mal.

—Sí.

—Pues ponte. Porque vamos a empezar con algo que nunca has hecho, seguro. Esta *ye* mía. Me la enseñó mi madre.

¿A qué tanta confianza? Empezar por una receta propia y secreta le pareció una consideración acaso excesiva.

—¿Me va a enseñar el primer día los misterios de su cocina?

—Te diré algo, moza… El maestro solo lo es cuando aparece el alumno adecuado. No soy yo quien te va a instruir, eres tú quien me convierte en alguien capaz de hacerlo.

Pensó en doña Lucrecia y en las muchas veces que no entendió cuando le decía que el valor del profesor no es lo que sabe, ni siquiera lo que es capaz de enseñar, sino lo que termina sembrando entre quienes atendieron a sus enseñanzas. La memoria, le decía, no es el método, es más bien un camino, aunque la educación moderna no lo entienda así.

Mejor despertar la curiosidad que hacinar conocimientos sin gobierno.

—Vamos a hacer un pote de castañas. Ve quitándoles la piel y si no puedes las cortas por la mitad y las escaldamos.

La guisandera puso ante ella dos cestos repletos de castañas.

—¿Todas esas? —preguntó Melina alarmada.

—Y más. El domingo tengo fiesta en Turón y hay que hacer pote *pa* veintitantos. Como te voy a llevar conmigo, quiero que aprendas ya, *pa* que me ayudes.

—No sé si puedo.

—Claro que podrás.

Mientras pelaba una por una las dos capas de cada castaña, observó cómo Adela colocaba en el fuego una olla grande y brillante donde puso agua a hervir. A su lado, una sartén en la que comenzó a pochar cortes finos de cebolla, ajo y pimientos.

—¿Cómo vas, *mozuca*?

—Lento, pero bien, creo.

—Si no puedes quitar la segunda piel, déjalo, ya la irán perdiendo cuando cuezan…

Se preparaba como un pote, como tantas veces había hecho en casa con su madre. Las castañas olían suave y, según probó, regalaban al guiso un sabor y un aroma de sutil dulzura.

El domingo, en Turón, se organizaron igual, pero desde primera hora. Las castañas estaban ya peladas. Listas.

La guisandera se movía como en casa. Ágil, veloz. Había que ser rápida. Empezaron por la mañana en el fogón de la casa.

—Cuando haces para tanta gente hay que medir muy bien la ración y cómo combinas los ingredientes. Si te pasas o si no llegas, lo arruinas. Como cuando asustas *les fabes*... lo sabes, ¿no?

—Claro.

—Pues eso, asústalas, ni mucho ni poco, lo justo. Vigila la sartén, que hay mucho en ella.

Ella, la moza nueva, despertó la curiosidad de casi todos. Algunos la conocían, la *fía* del *carpinteru;* otros admiraron su presencia, *ye* guapa la moza; los más miraban a quien por primera vez había traído de ayudante la guisandera más solicitada de la cuenca minera.

Fue una jornada agotadora.

Al final del día, Adela le dio cinco pesetas.

—Tu parte, mozuca.

—Pero si soy una ayudante que está aprendiendo. Debería pagarte yo a ti.

—Ya lo haces. Sacando lo mejor de mí.

En casa anotó Melina receta y cantidades. Subrayó con un lápiz rojo la importancia de medir las raciones.

Acumuló durante semanas conocimientos y trucos que alumbraron nuevos olores y sabores nuevos. Entendió cómo mover el arroz con leche, conoció la dosis exacta de anís para mejorar *les casadielles,* la *carne gobernada* con cebollas y vino blanco, que podía cocinarse por el olor, como el *quesu* picón que Adela convertía en una salsa que algunos se tomaban casi con cualquier cosa.

La guisandera fue una escuela para la cocina y para la vida.

Con el tiempo conoció las flores que rodeaban la casa. El poder terapéutico de la salvia y la melisa, o cómo la milamores ayudaba al sueño. Igual que la planta de San Juan, que calmaba las ansiedades.

—Mira esto —señaló un día una planta de celidonia—: si la frotas por las heridas las desinfecta y las cura… Y si la cortas y sacas su sangre gualda, las gárgaras te alivian la garganta.

Comprobó que el chocolate caliente aliviaba el dolor menstrual.

Había encontrado su camino.

Siguió aprendiendo y anotando, descubriendo y, junto a Adela, dando de comer por pueblos y fiestas, y hasta en alguna ocasión atreviéndose con recetas de plantas medicinales.

Una vez curó a su hermano Manolín una fuerte diarrea con yerbabuena y manzanilla.

Hasta la noche en que todo volvió atrás. Cuando la vida volvió a oscurecerse.

Se ve que, pese a los cálculos de la guisandera, no era aún su tiempo.

XXXIX

La llamarada iluminó de un naranja de infierno toda la calle.

Se oían voces desordenadas, gritos. Las llamas asomaban sus lenguas afiladas mientras unos hombres escapaban calle abajo —riendo alguno— y otros se afanaban en evitar que el fuego alcanzase a las viviendas.

La carpintería ardió rápido. El festín de las llamas fue tan veloz como doloroso. Un quejido de maderas y cristales rotos brotó desde dentro, y cruzó el aire de Oñón aquella noche.

Melina se despertó con los primeros gritos y contó hasta cuatro los que huían después del incendio.

Uno de ellos sacó una pistola y disparó al aire cuando alguien trató de seguirles.

Los bomberos tardaron poco en llegar desde las Escuelas de San Pedro, pero ya todo se había perdido.

Chayo quedó en casa con Manolín, y Melina bajó con su padre a contemplar el desastre. Él no habló. Y a ella le pareció que lloraba. Le pareció.

Le tomaba ella del hombro como tratando de consolarle cuando escucharon a su espalda una voz que a

Pepín le resultó familiar. Dolorosa y sarcásticamente familiar.

—Vaya, carpintero, se te ha jodido el negocio. Qué pena.

Su tono no era precisamente lastimero. Melina, que se giró inmediatamente, no reconoció al hombre pequeño y de aspecto reptiliano que pronunciaba esas palabras.

—El comandante De Silva, señorita. Para servirle a usted y a su señor padre. Somos viejos conocidos —añadió con un guiño forzado.

—¿Qué hace aquí, De Silva? —preguntó Pepín; y su voz sonó amarga, profundamente amarga.

—Velar por la seguridad de las personas, don José. Llevo años haciéndolo, como sabe. Y es mi deber averiguar qué ha pasado y por qué.

Pepín Fernández intuyó en ese momento que su viejo enemigo no era del todo ajeno a lo que estaba sucediendo.

—Muy rápido ha venido con sus hombres a ver el espectáculo.

—¿Le parece un espectáculo? Yo creo que es un desastre. Un tremendo desastre que deja en desamparo a un hombre bueno y trabajador y a su familia. Y eso me apena profundamente. Por esa razón he venido. Para comprobar la magnitud del desastre.

—Que usted celebra —añadió Pepín ante una Melina que no pudo sino asombrarse por la afirmación.

Eugenio de Silva se dirigió a ella.

—¿Ve usted, señorita? Así es como algunas personas agradecen nuestros desvelos.

En ese momento Melina recordó. Era el guardia que años atrás había perseguido y detenido a su padre. Aquel famoso falangista, eterno comandante de puesto y que según doña Lucrecia era uno de los carniceros —así lo llamaba— de la represión franquista. A él se había referido madre alguna vez.

—Han sido cuatro hombres, señor. Y uno de ellos llevaba una pistola.

—¿Los ha visto usted? —preguntó De Silva fingiendo interés—, ¿podría describirlos?

—Sombras, señor. Eran sombras. Negras sombras cobardes y armadas que se escondían en la noche y huyeron como ratas.

—Muy poético, señorita Amelia. Pero ¿alguna pista más? Hay mucha gente armada todavía. Puede haber sido cualquiera. Piense, además, que su padre tenía muchos enemigos, ¿verdad, carpintero?

Pepín Fernández asistía ensimismado a la extinción del incendio que arruinaba de nuevo su vida. Sintió que la guerra volvía a estallar, que la calle era una cárcel y la voz del torturador anticipaba de nuevo oscuros dolores interminables.

Todo perdido. Todo. Hasta el pudor y el miedo.

—Ha sido usted. ¿Me lo niega? —le espetó como toda respuesta.

De Silva sonrió. Encendió un cigarrillo y siguió mirando cómo los bomberos terminaban de apagar las llamas. La calle olía a humo y madera mojada.

—Eso es una acusación muy grave que pasaré por alto dadas las dramáticas circunstancias que está viviendo.

Respiró hondo. Volvió a aspirar el cigarrillo.

Melina percibió la sorda pelea sin palabras entre los dos hombres. Su padre, de espaldas a De Silva con el rostro contraído. Detrás, el comandante de puesto de la Guardia Civil, contemplando la escena algo menos tenso, pero atento a cómo pudiera reaccionar Pepín.

Le pareció que aquellos dos hombres concentraban allí, y en ese momento, un aquí y ahora de Españas en guerra nunca acabada. Ya no se disparaban, pero el odio no había desaparecido y la autoridad aún temía a sus víctimas.

Dio por buena la intuición de su padre. Tal parecía que aquel hombre sabía cómo había pasado. Y tenía el porqué.

Melina rompió el momento. No podía con aquella tensión.

—¿Por qué lo… habrán hecho?

—Hay gente muy mala. Hay personas capaces de cualquier cosa con tal de hacer daño. Y, como le digo, su padre tenía muchos enemigos.

—Mi padre ha pagado ya por lo que tuviera que pagar, si es que algo hizo mal.

—Es una manera de verlo. Pero a veces los designios de Dios, sus caminos de justicia se nos escapan a todos. El infierno puede estar en cualquier parte. Usted lo sabe, porque es cristiana y va a misa. ¿A que sí?

No respondió Melina. Tomó de la mano a su padre, que aceptó dócil que su hija tirara de él. Entraban en el portal cuando De Silva terminó de abrochar su miserable victoria.

—Mañana enviaré a alguien para hacer balance de daños y darle cuenta de cómo vamos a orientar las investigaciones.

Entraron en el portal y Melina tuvo que sujetar a su padre como aquel día en que lo encontró borracho en el banco junto al cementerio.

XL

Nunca se detuvo a nadie por el incendio, pero se acuñó como verdad difícil de batir que habían sido hombres de De Silva los que quemaron la carpintería de Pepín Fernández.

A falta de motivos para ir contra él, de una mínima excusa para armar la acusación que permitiera su venganza, De Silva organizó una caza al hombre condenándole a la miseria.

La buhardilla de Oñón volvió a estrecharse.

Melina siguió escribiendo, tomando notas, inventando combinaciones de olores y sabores. Practicando en casa.

De vez en cuando veía a Adela. Alguna vez volvió a cocinar con ella. Hablaban de sus progresos y de volver a estar juntas para seguir aprendiendo, pero el oficio no daba para mucho.

—Cuando esto pase, Adela. Cuando volvamos a levantarnos y pueda respirar.

Tampoco pudo encontrar alivio en doña Lucrecia.

Se fue. Se la alejaron lo más posible. La espera de destino se resolvió con el indisimulado castigo de una vacante de maestra en Canarias.

—No me pueden mandar más lejos, Melina querida. Como hizo Primo de Rivera con Unamuno, como han hecho con muchos otros a quienes no querían escuchar. No pensé que fuera tan importante, que me concedieran tanto valor. Pero allí seguro que hay cosas que hacer, y mozos a los que enseñar. Y, después de todo, aquí solo me quedaba el recuerdo de mi marido, una tumba y la esperanza de verte crecer. Y esto, mi cría, ya me lo llevo.

Se puso Melina a coser cuando no encontró trabajo como cocinera. Manolín era aún muy crío para ayudar.

En La Zapatillera halló acomodo junto a otro medio centenar de mujeres que zurcían lonas y bordaban alpargatas. Luego cosió en La Fábrica de Mieres y con su prima Charito comenzó a bordar por casas. A hacer encargos.

Así conoció a Milia.

Era del Oriente asturiano, morena, pizpireta y de bellísimos ojos azules. Cosía en La Fábrica y se fijaron en ella porque lo hacía rápido y con una precisión que rayaba lo perfecto.

—¿Dónde aprendiste a coser tan bien?

—Me enseñó mi madre, que había mucha tarea en casa con ocho hermanos.

Tenía un novio minero que se llamaba Eulogio y ayudaba a su padre en la lechería que había frente al Yaracuí.

—La leche se la traen todos los días de las vacas de allá.

Hablaba el deje del Oriente, que es más cántabro que astur, y era curiosa y decidida. Ella y su hermana Mari Paz se turnaban para ayudar al padre en la tienda.

Pepín lo conocía. Habían compartido charla y sidra alguna vez en Casa Pepe y sentían la misma frustrada tristeza por una derrota que cada uno gestionaba a su manera.

—Hay que resignarse, Pepín, y vivir este tiempo oscuro lo mejor posible. Esto no lo va a cambiar nadie hasta que se muera Franco.

—O lo mate alguien...

—¿Quién va a hacer eso? ¿Los que anduvieron por el monte? ¿Los que están escondidos en sus casas? ¿Nosotros, Pepín...? ¿Quién lo va a hacer?

Cuando salían de coser, y si no había trabajo pendiente en alguna casa, Milia llevaba a Melina a la tienda. Le enseñó a sacar la nata de la leche hervida y a darle al arroz con leche un punto preciso e inexplicable de dulce de canela y amargo de limón. Milia hacía el mejor arroz con leche que Melina había probado nunca.

—¿Te explicó la guisandera por qué no hay que girar la cuchara hasta que ya lleva un rato haciéndose el arroz?

—Sí, creo que para no pegarse.

—No solo. Si echas canela en rama debes tener cuidado de no deshacerla cuando mueves la cuchara, porque se hace trocitos pequeños que te arruinan el arroz en cuanto te descuides.

El dulce de la cocina no disipaba la amargura que se instaló en Oñón desde el incendio.

Todo se fue a negro, como los finales de las películas del Esperanza, cuando ese ojo blanco se iba cerrando sobre la imagen y solo quedaba el recuerdo de lo visto contra un fondo oscuro que daba paso a las luces.

Ninguna prendió en la buhardilla.

No es que volvieran a una existencia oscura, es que en la incómoda estrechez de aquel espacio ardía sin llama casi cualquier esperanza de futuro. A los Fernández Agüeros se lo habían quemado como los muebles y los sueños que ardieron la noche del incendio.

Melina aparcó la cocina más allá de la exigencia diaria de alimentar a una madre cada vez más afligida por las jaquecas, Manolín fue creciendo sin llenar un espacio que solo en la imaginación de su padre había llegado a ser suyo.

Pepín Fernández decidió que seguiría vivo solo porque no tenía el valor de pagarse un tiro.

XLI

Algún tiempo después regresó Ludivino para hacerse cargo de las deudas de la carpintería y, liquidadas, llevarse a su familia al Paraguay.

Al menos lo volvería a intentar, aunque se estrellase en la rocosa negativa de su cuñado.

Como en la otra ocasión que recordaba, Melina volvió a sentir la fascinada atracción de sus ojos verde claro. Esta vez lo vio como un hombre guapo, muy guapo. Perturbadoramente guapo, se dijo. En el cruce de miradas, que se le antojó más adulto que ningún otro de años atrás, creyó ver un leve fulgor de codicia en él.

Manolín se escondió tras su hermana ante aquella figura imponente que se movía como lo haría un rey y hablaba con una voz profunda y ronca.

—A ver, Chayona —volvió a llamarla así, como cuando eran críos—, qué les das a los tus *fíos* para que estén tan *chévere*. Tan guapos y con esa cara de listos, porque al padre no han salido.

Melina seguía anclada en el cruce de miradas. Agitada. Ignoraba si abrumada u orgullosa por lo que en él vio. Tío y sobrina, atracción decididamente reprobable.

Hombre y mujer, humanos. ¿Completamente imposible? Decidió que sí. Descartó cualquier idea que pudiera brotar en tan delicado territorio.

Dejó Ludivino sobre la mesa una bolsa de papel.

—No lo toquéis —ordenó casi riendo mientras le daba el abrigo a su hermana y en voz más baja le decía—, lo vuestro vendrá luego, antes los críos… A ver, chicos —volvió a dirigirse a ellos—, ¿qué creéis que trae aquí el tío Ludivino?

Saltó Manolín nervioso.

—No sé, no sé —y alzando la voz comenzó a enumerar deseos—. Un trompo, un tren eléctrico, un rompecabezas, un balón, una construcción, un puzle…

—Noooo —le cortó Ludivino—. Nada de eso.

—¿Qué, tío?

—Te doy una pista, se mueve solo.

—¿No es el tren?

Melina observaba admirada la capacidad de seducción de su tío. Y su arte para dialogar de igual a igual con un crío de diez años.

—Una pista más… —silencio. Se revolvía el *guaje*—, tiene cuatro ruedas.

—¡Un coche! ¿*Ye* un coche?

—Sí.

Y sacó de la bolsa un cochecito de lata que se movía dándole cuerda. Manolín se sentó en el suelo concentrado en su nueva joya. Chayo le mandó a su cuarto cuando el rac rac de la cuerda y el estrépito de su sonora imitación del ruido del motor hicieron inaudible cualquier otro sonido.

Ludivino extrajo entonces una cajita roja, un cubo de terciopelo que depositó sobre la mesa.

Sus ojos verdes cayeron, esta vez suavemente, sobre el ánimo de Melina.

—Esto es lo tuyo.

Intervino Chayo, para decirle, con ese tono blando e impostado del que reprocha cuando quiere agradecer, que malcriaba a sus hijos.

No respondió. Siguió posado en Melina, que tomó en sus manos la cajita. Lo hizo con delicadeza, como si fuera el continente tan quebradizo y frágil como lo que imaginaba podía contener.

La abrió por la línea dorada que la dividía en dos, y en su interior brillaron unos pendientes que se le antojaron bellísimos: de unos aros de oro colgaban láminas diminutas, espejos de mil colores, que parecían tener luz propia.

—Están hechos por los indios guaranís. Grandes artistas. Para muchachas hermosas como *vos* —y sonrió turbando a su sobrina mucho más de lo que ella pudiera esconder—. Te pusiste roja, Melina. ¿Te da vergüenza el regalo?

Negó con un gesto mientras dejaba salir su profunda gratitud con una sonrisa que a Chayo le recordó aquella Melina que de cría parecía vivir en una permanente alegría.

No percibió el anhelo que el gesto de su hija acentuó en la mirada de aquel hombre magnético.

—¿Por qué no te los pones? —preguntó él.

—¿Ahora?

—Claro, mi cría —intervino Chayo—. A mí también me parecen preciosos.

Le temblaban las manos cuando intentaba ponérselos.

Ludivino se aproximó para ayudarla, y de su cercanía le llegó un perfume sutil y delicado que terminó de astillar la poca entereza de ánimo que le quedaba. Estalló en un llanto sereno, de emoción contenida.

—¿Lloras, Melina?

—De ilusión, de alegría, tío Ludivino… es tan bonito y eres tan amable…

Y le dio un beso en la mejilla que reavivó en él esa codicia que disimuló con el arte que da la constancia.

—Mi sobrina querida… eres adorable.

Mientras Melina, aturdida, se serenaba y reordenaba sus emociones, observó la expresión satisfecha de su madre.

Chayo se había casado casi a la edad que ahora tenía su hija, y sin embargo para ella era aún su niña. Una cría feliz. Nerviosa y abrumada por ese Ludivino quizás excesivo en sus lisonjas, pero capaz de arrancarle destellos de felicidad como jamás había hecho su padre. Quizá como jamás hiciera ella.

—¿Dónde está el bolchevique? —preguntó mientras Melina buscaba el reflejo del cristal en la ventana para verse con los pendientes—. ¿No quiere ver a su antiguo camarada?

—Marchó de paseo a Oviedo —excusó Chayo sin convicción—. Te vería mañana, si estás por aquí.

—Estaré, estaré —y añadió socarrón—. Pero seguro que le surge algo inesperado.

En la comida habló mucho.

De lo bien que estaba Paraguay y de las oportunidades que había allí, no como aquí, que se levantaron para parar al comunismo y no han sido capaces de traer otra cosa que pobreza y hambre.

—Y tu Pepín, Chayona, amargado y sin futuro. Y no sé si pensando aún que puede con Franco. Ya no estará con los revolucionarios, se le habrán quitado las ganas, ¿no?

Chayo se encogió de hombros.

—Creo que sí. Eso me parece. Pero ya casi no hablamos. No habla en casa lo poco que para —y añadió, tras un silencio, como a modo de consuelo—. Al menos no llega borracho. Ni me pega.

Ludivino se detuvo en los niños. Miró luego a su hermana. Y lo lanzó.

—He venido a por vosotros. A por todos vosotros, para que dejéis de una vez todo esto y os vengáis conmigo.

La conmoción volvió a las tripas de Melina cuando ya estaba consiguiendo encontrar la calma. Miró a Chayo, que no pareció sorprenderse. Ignoraba que su madre ya acariciaba desde tiempo atrás la idea de irse todos a Paraguay. Si no había avanzado era porque seguía atada al precepto de que a una mujer le estaba prohibido todo lo que no diera por bueno su marido. Y Pepín ni quería oír hablar del exilio y menos aún acercarse a Ludivino.

«¿Crees que vamos a estar mejor allí que aquí? ¿Que el *mafiosu del tu hermanu* va *cuidate a ti y a los nenos* mejor que yo o que vamos a tener allí lo que aquí no tenemos?», le preguntaba Pepín cuando ella se atrevía a sugerirlo.

Y no había forma de salir de ahí.

—¿Las mujeres en Paraguay están mejor que aquí? —había preguntado Melina.

Ludivino le regaló otra sonrisa. Admiración, pero sin rastro aparente de codicia.

—Allá serías una reina. Y con guaranís, con dólares. Con dinero.

Se tocó los pendientes y sintió un latigazo de ambición. Cómo no abrazar la tentación de esas promesas. Su sueño de adolescente había estado siempre más allá de estas montañas. Más allá de la cuenca de un río dolorido y sucio; más allá de coser para otros, de vivir para otros. Estaba cansada de esperar lo que nunca llegaba. No quería ser reina ni rica, solo ser ella, Amelia Fernández, capaz de hacer y de decidir por sí misma. De ser la mujer que de cría le había prometido a la tía Lita que sería. La mujer que había empezado a ver Lucrecia. O Adela.

¿Y si tenía ante sí una oportunidad?

Esa noche, en la cena, se le adelantó Chayo.

—¿Y si Melia se va con Ludivino a Paraguay?

Pepín Fernández sorbió la sopa, echó un trago de vino y miró alternativamente a Chayo y a Melina.

—¿*Pidiótelo* él, Melia? —Pronunciar su nombre así denotaba irritación, o desconcierto.

Asintió ella.

—¿Y tú *quiés* ir? —preguntó clavándole los ojos.

Había en él un eco lejano de algo parecido a la admiración. La Negrona era una cría lista y capaz. No sabía quererla, pero estaba aprendiendo a verla como alguien respetable.

No esperó la respuesta.

—Sabes que hace negocios sucios y trabaja con putas…

Eso decían. Melina lo evitó.

—Padre, tengo diecinueve años y quiero una vida mejor.

—Y allí la vas a tener… Eso crees.

No, no lo creía. En realidad, no sabía. Se estaba metiendo con más intuición que criterio en una ensoñación de futuro que en realidad no era nada.

—No lo sé, padre. Ni siquiera sé si él hablaba en serio.

—Lo hacía —aclaró Chayo—. Completamente. Lleva años queriendo que nos vayamos con él.

—¿Y por qué no lo hacemos?

—Porque no —volvió a cortar Pepín.

—Yo quiero salir de aquí, padre. Ser alguien más que la *fía* del *carpinteru* que cose y cocina muy bien y lee y escribe primorosamente.

Tiró él de sarcasmo.

—Y allí en América, como *aten* los perros con *longanices* serás alguien importante, mucho más que tu familia. *Andate* con ojo, Melina, que *tu tíu nun ye trigo limpiu.*

—¿Eso *ye* un sí, padre?

—¿Qué voy *facer?*, ¿*amarrate* a la cama? *Yes* mayor, curiosa y muy lista *pa* saber lo que *ties* que *facer.*

Su hermano Nolín, que no había abierto la boca en la cena, se lo preguntó esa noche.

—¿Vas a irte con tío Ludivino?

—No lo sé, mi crío. No lo sé. Pero puede que no sea mala idea.

—Me voy yo entonces contigo.

—¿*Quiés* venir?

—Si vas tú, sí.

—No querrá padre.

—Pues me escapo.

Tumbada en su cama, enfrentó esa noche sus dudas tratando de atisbar qué había tras la puerta que inesperadamente se abría ante ella. ¿Cómo sería? ¿Quién estaría?

—¿Quieres de verdad marchar a Paraguay?

Temía lo desconocido, pero más aún la certeza de que su destino en Mieres era la frustración y el sometimiento. La voluntad de los hombres, hasta de los más buenos y sabios, era la barrera contra la que se despedazaban sus sueños. Por ser mujer.

Pensó en doña Lucrecia y en las chicas de la escuela, amargadas casi todas, con ganas de escapar, sometidas a la tiranía sobre la tiranía, multiplicada su ansiedad por lo que el país sufría, por el hambre pasada, por el dolor de los hombres en la cárcel y por no poder ni vivir sin su permiso.

Y se dijo también, porque lo intuía, que el futuro ilusorio puede también ser engañoso. Más incluso que esa certeza de destino escrito. El fracaso, como la muerte, es paciente y nunca avisa.

Le llevó tiempo decidirse. Pero escogió saltar.

—Sí, Manolín, quiero marchar.

XLII

Pepín Fernández no acudió a despedir a su hija a la estación.

Un gélido «buena suerte» y una huida ante el amago de abrazo de Melina fueron todo el afecto que le dedicó en su partida.

Ella sabía de la silente consideración que le tenía su padre, y había fantaseado con la posibilidad de que en este adiós rompiese con una vida entera de distancia, con diecinueve años de no haber sentido el roce de su piel.

No quiso. O no supo. A ella le dolió. Aún lo hace cuando resucita la escena en su memoria.

Terminaba de hacer orden y recuento de lo que llevaría en una bolsa grande de cuero que le había regalado la tía Lita y una maleta de las que en El Regatu esperaban el viaje a América de los Agüeros.

—Iba a ser para Joaquín, y ya ves —Lita, puesta en jarras, contemplaba a su sobrina depositar con cuidado su vestido rojo de las fiestas y una blusa azul en la que ella misma le había cosido sus iniciales—, llenándose ahora de *coses de muyer,* de una valiente que se va no sabe adónde para ser lo que ella sabe que *quier ser.*

—Ay, tía Lita, qué cosas dices. Como si no tuviera miedo. Como si no pensara alguna vez que *toy* loca y me voy a arruinar la vida.

—Yo también tendría miedo... —entró en ese momento Chayo—... pero me faltaría el valor para *facer* lo que tú tas *faciendo*... Pasar por encima de él, del miedo, porque sabes lo que quieres.

—*Ya-y* metiendo a la moza tus ideas y tus *coses* —terció la madre—. Que mira lo que *conseguisti,* que se me vaya al *otru lau* del mundo sola.

—Sola no, tiene a sus tíos en Asunción. Y va *facer* lo que tú no te *atrevisti* porque Pepe *nun* quiso. Tu *fía ye* valiente y demuestra que también *tien conocimientu* y, como *diz* doña Lucrecia, *pespetiva*. Porque además de coser bien y cocinar como los ángeles sabe que el *pueblu quéda-y pequeñu.*

Melina levantó la vista y miró un buen rato a su tía Lita. La admiraba. Le daba pena que no hubiera podido estudiar, que ese talento se hubiera quedado sin aprovechar más que en casa, limitando su ingenio a lo doméstico o a la incomprensión. Ella misma, su *negrina,* se lo iba a poner en valor llegando donde Lita debió.

Te lo prometo, tía Lita. Se lo dijo en silencio. Y selló la promesa con un beso de los que quedan para siempre en la imprevisible memoria de la piel.

Asomó en ese momento Pepín.

—¿Te despides ya?

—Llevo tiempo haciéndolo, padre.

Se calló, porque él no lo entendería, que desde que llegaron de Paraguay los billetes y dineros para el viaje había recorrido todos los lugares que fueron suyos jugando, aprendiendo o amando. O esperando.

Dos días antes, se detuvo un largo rato a la puerta de la carpintería de Entrearroyos, hoy cerrada y muerta, y recordó las horas en que aguardó una caricia, una mirada, algo del fulgor que lleva a los ojos el ver a quien amas. La memoria dibujó al fondo del cristal tintado y sucio la sombra que ella fue al pie de la escalera, o en la esquina de las herramientas, y un pellizco amargo llevó lágrimas a sus ojos. No pasaron de ahí.

El dolor de aquella evocación se estrelló en la rocosa determinación que habían ido construyendo primero la niña, después la adolescente y finalmente la mujer para no sufrir por los abandonos y las ausencias. Sabía que estarían siempre ahí, porque la memoria de lo que no recordamos y nos marcó es más consistente que los recuerdos vivos, pero se había fortalecido para evitar sus brotes.

—Pues que tengas suerte —le dijo Pepín desde la distancia de un metro y toda una vida—. Y escribe de vez en cuando.

El paso que ella dio buscando abrazo fue como una señal para su padre, que lo esquivó y desapareció.

Chayo le siguió tras regalar a su hija una mirada compasiva y triste.

—Pero ¿tú crees —se escuchaba cada vez más lejos— que puedes despedirte así de la tu *fía*?

Melina volvió a contener las lágrimas mientras Lita la abrazaba sin decir nada.

—En una cosa tiene razón —le dijo a su sobrina mientras se separaban—, escribe. Pero no de vez en cuando

—y sonrió como queriendo borrar lo recién vivido—, sino todos los días. Hasta en el barco, mi cría, escríbeme lo que allí veas, y todo lo que te pase.

Poco después bajaban a la estación las tres mujeres y Manolín con el bolso de viaje y una maleta pequeña.

Arrastraba Melina la sensación de que aquello era poco para empezar una vida distinta, tan lejana e incierta, pero había insistido mucho Ludivino en que no hacía falta llevarse nada porque de todo había para ella en su casa nueva.

También trabajo.

Como cocinera tendría futuro, pero quizá podía ser más útil junto a él, organizando las actividades de su negocio. Había que aprovechar los talentos de su sobrina, que, según él, eran su belleza, su clase y su inteligencia.

Bajando desde Oñón a la estación del Vasco, Melina Fernández volvió a sentir como de niña el picor amargo de la carbonilla en la garganta, esa nube gris que todo lo tiznaba, su olor sutil pero persistente, el sonido lejano de los castilletes… hasta pudo escuchar de nuevo una sirena que le hizo sonreír al recodar cómo las temía de pequeña. Esta vez no vio la sombra de ojos vivos de los mineros.

—¿Cómo? —bromeó tía Lita que tiraba de la maleta como si tuviera piedras—. ¿*Nun vas salir* corriendo con la sirena? Ah, no, que la pusieron *pa* despedirte.

En la estación Chayo recolocó a su hija la chaqueta verde que le había hecho para el viaje, alisó los pliegues de su falda y agitó temblorosa la melena oscura que enmarcaba su rostro redondo.

—Ten cuidado, Melina, mi niña. Ten muchísimo cuidado.

Miró a su hijo que entregaba a su hermana la bolsa con una expresión de pétrea tristeza.

—Te vamos a echar de menos. ¿Verdad, Manolín?

Asintió el niño y se abrazó a su hermana. Chayo se acordó de Ludivino y su despedida en Gijón.

—Me quiero ir contigo, Melina.

Los abrazos del adiós son tristes. No son como los del encuentro o los de novios, que te alegran el alma y te llenan de energía. Melina sentía que se vaciaba un poco con cada uno. Manolín, tía Lita, Chayo... se fueron quedando con algo de ella, como si depositara en ellos lo que dejaba allí para siempre: la infancia, la sorpresa, el abrigo.

—Ya vendrás, Nolín, o volveré pronto yo a buscarte.

—¿De verdad?

Se iluminó su rostro sin malicia, ante una promesa que no ofrecía duda. También la ingenuidad puede habitar en una despedida.

Desde el tren ya en marcha les regaló Amelia su mejor sonrisa.

Contra el fondo gris del andén, quedaron recortadas tres sombras tristes de partida. Su hermano miraba fijamente cómo se alejaba el tren, mientras su madre agachaba la cabeza y, según creyó ver, la tía Lita apretaba el puño golpeando al aire como queriéndole enviar un latigazo de fuerza y confianza.

A sus diecinueve años Melina Fernández Agüeros emprendía un viaje mucho más largo que las dos o tres semanas que tardaría en llegar a Asunción. Estaba convencida de que la soledad que empezaba a experimentar, ese vacío que le había quedado con los crueles abrazos del adiós, sería la verdad de su vida a partir de aquel momento.

No volvería a ver a su padre en mucho tiempo.

Le dejó una herida en la memoria y la voluntad renovada de nunca esperar lo que no estuviera en su mano.

XLIII ·

Llegó a Bilbao seis horas después. Flora había anotado en un papel la dirección de una pensión justo frente a la estación de tren. Allí pasaría una noche hasta la salida del barco al día siguiente. Era de algún familiar o algo así.

—Treinta pesetas, señorita.

—¿Tanto? —preguntó Melina al hombre que la atendía sin demasiado entusiasmo—. ¿Ni viniendo de parte de Flora?

—Ahí lo pone —señaló un papel sucio clavado con una chincheta junto al teléfono—. Es para todos igual.

—¿Conoce usted a Flora? —insistió.

—Son treinta pesetas.

A la mañana siguiente embarcó en el *Magallanes,* un viejo buque que, según se consignaba en el billete, pertenecía a la compañía Trasatlántica.

Su destino era Buenos Aires. Allí habría alguien que la acompañaría en la segunda parte del viaje hasta Asunción, la capital de Paraguay. Iría a recogerla en coche. Un sencillo viaje de dos días hasta su destino final.

Melina sintió cierta excitación cuando aguardaba su turno para embarcar. Después de todo, se trataba de una aventura que podría ser vivida como tal una vez que sus miedos se hubieran quedado en el fondo, como los posos del café.

El puerto tenía el aspecto de una romería en su apogeo.

La ciudad parecía haberse reunido para viajar o para despedir a quienes partían a América. Un gentío de personas en movimiento, voces, algún llanto, disputas en las filas de viajeros que ascendían lenta y constantemente a través de las pasarelas en un flujo incesante, gritos de advertencia al elevarse la carga que se estibaba casi al mismo tiempo que entraban los pasajeros. Rostros jóvenes de temor y desconcierto.

Algunos hombres pastoreaban a grupos de viajeros de aspecto modesto y ademanes de servidumbre.

El pasaje era un enjambre desordenado, pero no uniforme. Modales y ropas anticipaba el origen y su destino, al menos dentro del barco.

El matrimonio que acababa de llegar en coche casi hasta la pasarela del *Magallanes* iría a primera, naturalmente. Nadie les despidió, salvo los dos sirvientes que trasladaron su equipaje. El joven que abrazaba a una muchacha que llorosa negaba con la cabeza sería de segunda. Tenía mejor aspecto que la mayoría de los emigrantes que embarcarían en tercera, con derecho a litera y a médico de a bordo.

—¿Me permite su autorización, señorita?

Una voz amable, pero imperativa, la sacó del juego de adivinanzas.

—¿Cuántos años tiene usted? —preguntó también.

No llevaba uniforme. Podría ser cualquiera, aunque por su aspecto no parecía particularmente inquietante.

—¿Es usted policía? —preguntó Melina decidida.

El hombre la miró de un modo que le pareció amable, casi afectuoso.

—No, soy subinspector de muelles. Y también tengo a mi cargo que se cumpla la ley.

Melina extrajo de un pequeño bolsillo cosido en el hombro de su vestido el documento que habían firmado Pepín y Chayo, que autorizaba a su hija a viajar. Junto a él, el que acreditaba que ella era Amelia Fernández Agüeros, hija de José y Rosario, vecina de Mieres y nacida en el año 1934. Personal de tercera categoría, según se consignaba en el papel.

Viajaba al porvenir en segunda, pero para su país era una ciudadana de tercera.

—Eres muy joven para ir sola, ¿no?

Recordó que en la familia de su madre los hombres habían embarcado a América nada más cumplir los dieciséis. Como Ludivino, como los demás hermanos.

—Mis tíos ya viajaron hace tiempo. Eran más jóvenes. Y me esperan allí.

—Pero eran hombres, tú no.

Empezó a sentirse incómoda cuando el hombre no pareció conformarse con comprobar que sus papeles estaban en orden. No dejaba de mirarla.

—¿Me disculpa?

Y sin obtener permiso acercó su mano a la de ella como si quisiera ayudarla a llevar la maleta. Melina apretó más fuerte aún. Pero él no soltaba.

—Disculpe, señor. Pero prefiero no dejarla.

—Pesa mucho, muchacha…

Un súbito tirón resolvió la disputa. El hombre arrancó la maleta de la mano de Melina y echó a correr.

Apenas un par de trancos después algo en su camino le derribó hasta estrellar la cara en el suelo. Cuando se alzó sangraba por la nariz como había visto Melina hacer a los cerdos que sacrificaban en El Regatu.

Pronto se concentró alrededor un tumulto como aquel del moro de los regulares. Alguien le acercó la maleta. Quizá el que zancadilleó al ladrón, que de nuevo estaba en el suelo, boca abajo, con la rodilla de un guardia civil apretándole la espalda.

—¿Está bien, señorita? —preguntó su ángel de la guarda.

—Sí, muchas gracias.

—Vuelva a la cola, por favor —y dirigiéndose a los curiosos que rodeaban la escena—. Y ustedes, sigan a lo suyo. No ha pasado nada. Todo está en orden.

Melina obedeció aferrada a su maleta y palpando la bolsa de cuero, mientras afrontaba un nuevo temor en el que hasta hoy no se había detenido. Habría de ser más cuidadosa.

Mientras se llevaban al falso inspector, el guardia de paisano se acercó de nuevo a ella.

—Disculpe, viaja usted sola, ¿verdad? E imagino que con autorización.

—Sí, señor —respondió ella dispuesta a volver a mostrar los papeles.

—No, no hace falta. Creo que ya se los enseñó a él… Pero tenga cuidado. En ese barco viajan cientos de personas que van a estar juntas durante dos semanas. Los hay buenos, pero también muy malos y del barco no se puede salir. Créame, pueden robarle algo más que el dinero.

—Muchas gracias, señor.

—Por curiosidad, ¿dónde va usted?

—A Asunción. Primero a Argentina y desde allí a Paraguay.

—¿Tiene familia allí?

—Mis tíos. Todos los hermanos de mi madre emigraron de jóvenes.

—¿Después de la guerra?

Tardó en entender la pregunta y la intención.

—No, mucho antes. La guerra les pilló allá.

—Muy bien. Buen viaje, señorita. Y hágame caso, sea muy prudente.

XLIV

Ludivino había pagado un billete de segunda clase, que daba derecho a camarote compartido y acceso a comedor y a algunos salones vetados a los pasajeros de tercera.

—Buenos días.

No era un espacio amplio, pero sí parecía cómodo. Más que su cuarto en Oñón. Había dos lavabos en la pared del fondo y una cama a cada lado.

Sobre una de ellas, una mujer deshacía su maleta.

—Buenos días —repitió Melina.

La otra se giró despacio, mostrando una sorpresa que chocó a la joven. No podía ignorar que el camarote era compartido.

—¡Ah, eres tú!

Le calculó Melina la edad de su madre, aunque sus cuarenta y tantos parecían menos gastados que los de Chayo. Miraba firme y cauta al tiempo. El cabello pulcramente recogido en un moño acentuaba la melancólica delgadez de su rostro. Le pareció hermosa.

—¿Me conoce?

La miró la otra de arriba abajo con el descaro de los que acostumbran a juzgar.

—Acabo de ver cómo casi te roban la maleta, muchacha.

—Sí, qué susto —le tendió su mano—. Si no llega a ser por el guardia que estaba por allí, me veo viajando sin ropa... Me llamo Amelia Fernández Agüeros. Encantada.

—Ana del Río —tomó su mano y tiró suavemente de ella para darle dos besos—. Igualmente. Y ese guardia no estaba allí por casualidad. Vigilan que no se les escape nadie. O que no se vaya sin pagar.

Volvió a su quehacer sobre la cama.

—No te importa que haya cogido este lado, ¿verdad? Prefiero la cama de la izquierda para dormir de cara a la pared.

Se encogió de hombros Melina.

—No me da más. Me pongo en la otra.

—Eso es. Hay que llevarse bien, vamos a estar unos cuantos días juntas.

Se escuchaba un bullicio lejano de voces y maquinaria. El camarote no aislaba del aire tenso que rodea las partidas inminentes, una emoción de aventura y desapego que era como un hilo invisible que uniera los destinos de quienes se desgajaban de su tierra para ir a la arriesgada conquista de lo incierto.

Seguir vivos como árboles sin raíces.

Desde la cubierta, cuando agitaba la mano, aunque no tuviera nadie a quien despedir, Melina tuvo esa sensación de manera mucho más perceptible. Notó la comunión de todos los que desde el barco decían adiós a su vida y sintió de manera precisa y casi vehemente que no estaba sola, que estaban todos unidos por la misma suerte.

—A mí no me gustan las despedidas —aclaró Ana cuando Melina regresó al camarote—. Son una formalidad demasiado aburrida o demasiado dolorosa.

A Melina le atravesó la ausencia de su padre en el adiós.

—También puede doler el no tenerlas. Es como si no te importara lo que dejas o lo que se va.

Ana del Río volvió a mirar despacio a esa joven morena y endomingada. Parecía una aldeana vestida de verbena, pero le agradó su disposición al diálogo y su aparente falta de complejos.

—Eres muy joven, ¿verdad?

—Diecinueve años, señora.

—¿Cómo te trató la guerra?

—Como a todos, doña Ana, mal y bien. Las guerras nos sacan lo peor y lo mejor. A mí me pasó por encima, pero me enseñó a ver cómo somos de verdad.

La aldeana engañaba, pensó Ana. Su rostro y sus gestos expresaban una timidez serena, casi inseguridad, pero su forma de hablar y el par de frases que ante ella había hilado no eran las de alguien sin fondo ni argumentos.

—Tú has estudiado algo más que labores, ¿verdad Amelia?

—Melina, estoy más acostumbrada.

—Melina —concedió Ana.

—Sé coser y me gusta mucho la cocina. Pero también leer y aprender. Mi madre me leía a menudo. Y tuve la suerte de tener una maestra que me guio por donde tenía que ir, doña Lucrecia.

—Pero has dejado de estudiar, porque no creo que vayas a Argentina a continuar con tus estudios.

Melina le contó que seguía viaje a Paraguay y que tenía familia allí, varios tíos que habían seguido la tradición familiar de enviar a los hombres a América. Le habló también de su curiosidad, de sus ambiciones o de los consejos de tía Lita.

Consideró prudente no ir más allá en el relato de sus orígenes.

—Así que asturiana que viaja a reunirse con su familia...

—Así es.

—Y no lo hace en tercera, de modo que entiendo que a esa familia no le ha ido demasiado mal.

—Eso creo.

Le cayó bien a Ana del Río aquella joven despierta y valiente.

—Pero no sabes lo que te vas a encontrar.

—No creo que me vaya a engañar mi familia.

—Uy, hija —respondió Ana algo dramática—, en la familia están los peores y más crueles enemigos. Empezando por los más cercanos, como el marido o los hermanos.

O el padre, pensó Melina.

—La familia es lo último de lo que debes fiarte, créeme.

Ana del Río tenía ademanes de mujer distinguida y educada. Le recordaba un poco, vagamente, a aquella sirvienta que les impidió en casa de Mari Luz tocar a Mariquita Pérez. Menos estirada, eso sí.

Todavía no sabía nada de ella y ya había empezado a contarle su vida.

No era un comercio justo.

—¿Usted ha estudiado? —le preguntó.

Respondió con una sonrisa, como si hubiera estado esperándola y le agradara contestar.

—Así lo quiso mi padre, y así fue.

Estuvo Melina a punto de revelarle, con un punto de admirada envidia, que a ella le había sucedido lo contrario, pero siguió manteniendo la prudencia. De Pepín había aprendido que Franco podría estar en todas partes.

Continuó Ana.

—Nos marchamos a Francia cuando empezó la guerra y allí hemos seguido. —Se encogió de hombros y miró a la joven que escuchaba atenta; su cruce de miradas derivó en sonrisa—. Pero lo que hago no tiene que ver con lo que quiso mi padre. Digamos que a mí me sirvió para descubrir lo que de verdad quería y a él para comprender que no íbamos a estar de acuerdo.

Callaron las dos. Melina esperando más y Ana dosificándose.

—¿Y qué es lo que hace? —preguntó al fin.

—Soy actriz. Todavía de segunda, como el camarote, pero también con esperanzas, aunque cada vez me queda menos tiempo.

Melina no pudo evitar una admirada exclamación. Nunca había visto una actriz de verdad. O al menos alguien que lo pareciese. Los cómicos a los que iba a ver alguna vez al Pombo o al Capitol eran personas como cualquier otra, que paseaban por el pueblo y salían a los chigres después de la función. Estaban completamente desprovistos de la divinidad de las estrellas de cine.

Ana le pareció una diva del Esperanza.

—¿Y hace usted películas?

—En España pocas, no me quieren mucho. Pero fuera sí —le divertía el brillo en los ojos de Melina— y alguna muy conocida. ¿Te gusta el cine?

—Mucho, respondió ella. En mi pueblo hay uno, el Esperanza, al lado del teatro. Voy con mis amigas. A veces con mis padres también. Pero tampoco hay mucho dinero para películas o teatro.

De repente, Melina vio a su compañera de camarote como una suerte de deidad terrenal tangible, a su alcance. Por eso era tan distinguida, poseía ese don de saber moverse en el firmamento. Humana, sí, pero en otra altura.

Ana, que convivía en la misma medida con la frustración y algunos éxitos, empezaba a sentir cierta admiración por esa muchachita salida de algún lugar remoto y atrasado, pero con maneras y carácter de mujer audaz.

Quizá, como ella, lo pagaría con el precio de la soledad.

XLV

En cubierta, sentada en un banco, apoyado el papel en uno de sus libros, escribió Melina la primera carta de su nueva vida. A madre y a la tía Lita:

No os podéis imaginar la suerte que he tenido con mi compañera de viaje. Es una mujer elegantísima, una actriz que se llama Ana del Río y es encantadora. Me trata como si fuéramos amigas. Bueno, más como si fuera su hija, pero estoy muy bien con ella. Lo pasaremos bien. Va a Brasil a rodar una película.

Solo llevamos dos días de viaje y he visto todo el mar del mundo. En el horizonte solo hay mar por todos lados y a todas horas. En el barco hay mucha gente. Dividen a los pasajeros en primera, segunda y tercera. En primera van los ricos y en tercera los emigrantes. Gente como nosotros, como yo, pero el billete que compró el tío Ludivino es de personas de más categoría. Me alegro, porque no sé si me gustaría pasar las que pasan ellos, todos amontonados en cuartos pequeños o durmiendo en cubierta. He visto a niños hacer sus cosas en cualquier sitio.

En la despedida del puerto había mucha gente triste, llorando. Chicos que viajan solos, mucho más pequeños que yo, y que muestran una tristeza que me duele hasta a mí, y no soy su madre.

Me acuerdo de la abuela y el abuelo de El Regatu. ¿Cómo pudieron ser tan crueles con sus hijos? Todos aquí vamos buscando una vida mejor, pero los hay poco mayores que Nolín, que aún no han tenido tiempo de saber cómo es la que quieren. Mujeres solas no viajan muchas. Aparte de mí y de doña Ana, creo que hay otras dos que van a Buenos Aires, aún no lo sé bien.

Hoy vamos a ir al baile de cubierta. Y dice doña Ana que me va a enseñar a bailar.

Todavía no he empezado a marearme. A ver si voy a ser como tú, tía Lita, que no te caes ni aunque se hunda el mundo a tus pies.

—Hola.

Una voz infantil rompió su concentración. A su lado se había sentado un chico que no debía de tener más de diez o doce años. Le recordó a su hermano. Estaba sucio y olía a sudor.

—Hola. —Melina plegó el papel, y lo guardó junto al lápiz entre las páginas del libro. El chico siguió el movimiento con la mirada.

—¿Me enseñas a leer?

Estaba pálido, y unas ojeras grises cercaban sus ojos oscuros. Desoyó Melina la pregunta y buscó aclarar la preocupación que inmediatamente le asaltó.

—¿Viajas solo?

Negó con la cabeza.

—¿Con tu madre?

Volvió a negar. Clavó los ojos en el suelo. Le colgaban los pies desde el banco y comenzó a moverlos hacia delante y hacia atrás.

—¿Tu padre?

Respondió con un gesto afirmativo.

—¿Y dónde está?

Se encogió de hombros. Y a Melina el gesto se le clavó como una daga. Se cargó de repente con la soledad de ese chico.

—¿No te ha enseñado él a leer?

—No sabe.

Seguía sin levantar la vista y el movimiento de las piernas se aceleraba.

—Nunca había visto a nadie escribir —dijo al fin.

—Y te gustaría...

—Mucho.

¿Podría ella hacer algo así? Sobre todo, ¿debería hacerlo? No tenía ni la menor idea de cómo habría que responder a eso, pero recordó a doña Lucrecia y su afán por enseñar a todos y siempre, por dar lo que uno era y sabía para poder ayudar a los demás a ser mejores.

Se encontró con la mirada del niño. Ignoraba que unos ojos pudieran hablar así.

—Vale. Lo haré. Pero tendrás que trabajar.

—¿Cómo?

—Practicar lo que vaya enseñándote.

—Ah...

—¿Has ido alguna vez a la escuela?

—No, vivíamos muy lejos y tenía que cuidar de las ovejas.

Melina se levantó y se puso frente a él. Detuvo el chico el movimiento de sus piernas. Se miraron.

—¿Cómo te llamas?

—Edelmiro Vázquez Marín, para servirle a Dios y a usted. Todos me llaman Mirín.

—Muy bien, Mirín. Mañana a esta hora… ¿sabes cuál es?

—Sí. Está a punto de anochecer.

—Pues a esta hora nos vemos aquí…

—Gracias, señora.

Señora. La había llamado señora. Primera vez que lo escuchaba. Se sonrió. Un chico solitario y curioso había puesto el primer ladrillo de la nueva vida de Melina. Ya era una mujer. Y podía enseñar. Sola, sin necesidad de que nadie le dijera cómo y qué hacer.

A Ana le contó que iba a empezar a enseñar a leer a un crío.

—Perderás el tiempo —le advirtió—. Cuando se baje del barco lo olvidará. Y si no lo olvida, será peor para él. A veces es mejor vivir en la ignorancia la existencia propia que conocer otras a las que nunca podrás llegar.

—Si lee y escribe podrá estudiar y tener un mejor futuro.

—Qué deliciosamente ingenua eres, querida Melina. Pocas veces disponemos de nuestro propio futuro.

—Yo he elegido estar aquí.

—Pero no lo que vendrá después. A veces la ceguera evita que conozcamos la dimensión de nuestro abismo.

—Es usted muy pesimista, doña Ana.

—Realista, jovencita. Respiro por la herida de lo vivido.

Quizá tuviera razón, pero no estaba Melina dispuesta a concedérsela.

Esa noche subieron juntas al baile de cubierta. Ana le enseñó unos pasos de vals en medio de un corro de pasajeros que las observaba con curiosidad. Morbosa curiosidad en algún caso.

Cuchicheos, comentarios, y finalmente un aplauso que comenzó siendo tímido, de unos pocos, y se convirtió en una ovación que a Melina le pareció estruendosa.

Mucha gente se acercó a saludar a Ana. Algunos con admiradas reverencias, los más con curiosidad.

—No sabía que fuera usted tan famosa.

—Tampoco yo —bromeó ella—. El público siempre es inesperado. No sabes nunca dónde está el tuyo y mucho menos cómo reaccionará a tu trabajo. Hoy no tienen más remedio que conocerme, hemos dado espectáculo. Mi obligación es atenderles y en cuanto pueda, escapar.

XLVI

No han pasado ni diez días y ya os echo de menos.

He empezado a enseñar a leer a un niño que va en el pasaje. Se llama Mirín. Me ha dicho que viaja con su padre, pero cuando estoy escribiendo esto todavía no le he conocido. Quedamos a última hora del día, a punto de anochecer, en la cubierta del barco.

Ya identifica las letras y empieza a entender palabras.

Me acuerdo mucho de vosotros, de madre, de Nolín, de la tía Lita. También de padre, porque yo lo quiero aunque él no me corresponda. Y de doña Lucrecia. Me han servido de mucho su paciencia y sus lecciones. Ahora me doy cuenta del valor que tiene un maestro, o una maestra. Mirín atiende con una concentración absoluta; podría caernos un rayo y él no dejaría de mirar las letras. Es listo. Pero me da pena que vaya a ser cierto lo que dice mi compañera de camarote, doña Ana, que pierdo el tiempo con ese niño, que echará a perder todo lo que está aprendiendo porque no seguirá estudiando. Eso dice ella. Por lo visto es muy famosa, cosa que yo no sabía. Hace unos días bailamos las dos en la cubierta y luego mucha gente se fue a hablar con ella.

Sigue tratándome muy bien, casi como a una hija.

Pero tiene un sentido del humor extraño, un poco amargo, como si no se creyera ya casi nada de la vida.

Ahora tengo que dejar la carta porque veo venir a Mirín. Qué hermosa sonrisa. Parece más feliz que cuando me pidió que le enseñara a leer.

Cuidaos mucho, y decidle a padre que también a él lo añoro.

—¿A quién escribes en ese papel? ¿Es una carta? —preguntó mientras se sentaba junto a Melina.

—A mi madre, a mi familia. No sé cuándo las podré enviar, pero quiero que algún día sepan todo lo que ahora me está pasando.

—¿Les has hablado de mí?

—Claro, ¿te importa?

—No lo sé.

Hubo un silencio y Mirín volvió a su movimiento de piernas sobre el banco.

—¿Empezamos? —animó Melina.

—Vale —y añadió—. Mi padre quiere conocerte.

—¡Ah! Muy bien. Estaré encantada.

La eme con la a, ma; la de con la e, de; la erre con la a, rra, y todo junto, madera. Una plana, y otra plana, y se suceden las líneas y las hojas van marcando el progreso. Una, dos, tres, Mirín avanza rápido.

—¿Podrías escribir esas letras? —preguntó la inesperada maestra.

Asintió el muchacho mientras tomaba el lápiz y copiaba con precisión de calígrafo y letra firme las letras de Melina.

—Muy bien, *guaje*.

—¿Cómo dice?

—Nada… en mi tierra a los mocitos como tú se les llama *guajes*.

La miró extrañado, como si el misterio que para él suponía Melina se agrandara con el conocimiento de palabras ocultas.

—Me gusta que me enseñes palabras.

—Cuando sepas leer aprenderás muchas.

Se fueron acostumbrando uno a otro, como se matricularon en atardeceres con soles rojizos y cansados que caían sobre un horizonte inacabable.

Un día Mirín no acudió al banco de clase. Esperó Melina a que el sol se escondiera. El espectáculo se tiñó de una sutil melancolía sin Mirín.

Tampoco fue la tarde siguiente.

Tras la tercera ausencia Melina decidió ir en su busca.

Y compartir su inquietud con Ana.

—Los esfuerzos inútiles conducen a la melancolía —sentenció ella—. Ya te dije que ahí no había nada que rascar.

—El crío aprende rápido y estaba disfrutando.

—Pero su padre o quien quiera que esté con él es más largo que vosotros. Y no querrá que siga perdiendo el tiempo. Hay que ver lo testarudas que sois las buenas personas.

Los camarotes de tercera clase eran habitaciones llenas de gente que exudaban miseria, una algarabía de rincones oscuros y voces incesantes.

Se escuchaba perfectamente el ruido de los motores y olía a aceite rancio.

Había sobre todo hombres, pero también algunas mujeres, todos moviéndose con dificultad alrededor de grandes hileras de camas alineadas. Algunos dormitaban. Notó Melina golpes de calor humano y hedor lejano a vómito y orín.

Le incomodó, pero comenzó a andar entre las camas del sollado. Un niño lloró al fondo.

—Cállenlo ya de una puta vez, que nos están dando el viaje —escuchó decir junto a ella.

—A ver si te voy a callar yo a ti de una hostia, jodido borracho —respondió alguien al otro lado.

No vio a Mirín.

Sintió alivio al salir al estrecho pasillo metálico que comunicaba los sollados y la cubierta. Intentó en el siguiente.

Una maleta en la puerta casi le hace caer.

Era algo más pequeño, pero el olor era similar. Voces desordenadas, y alguna más alta, como de discusión lejana. Le pareció que la atmósfera era más oscura aún de lo que veían sus ojos, como si estuviera cargada de un aire pesado e invisible.

Cuando había avanzado a la mitad de la hilera de camas, vio en una a la izquierda el cuerpo bocabajo de un niño. Como dormido.

Podría ser perfectamente Mirín.

No había nadie a su alrededor.

Se sentó en la cama y lo llamó por su nombre. El chico se dio la vuelta despacio. No era él.

Le conmovió lo sombrío de su mirada.

—¿Quiere algo de mí, señora? —se ofreció, incorporándose.

Negó ella. Mientras el chico la seguía mirando. ¿Esperaría algo?

—Estoy buscando a un *guaje* que se llama Mirín Vázquez.

—¿Un qué?

—Un chico, como tú… Es de tu edad más o menos.

—No lo conozco. ¿Quiere algo de mí?

—No, solo eso.

Se volvió a tumbar. Esta vez boca arriba y sin dejar de mirarla. Se quedaron los dos como suspendidos, él observaba curioso a la joven y ella trataba de escudriñar el ánimo del muchacho.

Entonces el barco se movió de arriba abajo como si alguien hubiera querido levantarlo. Melina se agarró a la barra metálica del pie de la cama, y el joven casi cae al suelo.

Juramentos, algún grito, y movimientos desordenados entre las camas en todas direcciones. Como si estuvieran buscando refugio todos de repente.

Un segundo movimiento, este más prolongado y suave, sacudió camas y pasajeros, pero aquellas no se movieron.

Melina buscó la salida lo más rápidamente posible, y se dirigió hacia las escaleras que llevaban a la cubierta. El barco seguía moviéndose con una oscilación constante que desequilibraba y comenzó a marearla. Tenía que salir rápido al exterior.

Detrás apretaban pasajeros de tercera ávidos del mismo remedio. Casi la empujan escaleras arriba.

Ya en cubierta, comprobó que era un denso oleaje, de tormenta, lo que provocaba ese movimiento. Instintivamente inspiró hondo varias veces. Sintió miedo por estar allí. Por primera vez temió el mar, que ofrecía su cara menos amable.

Tranquila, Melina, contabas ya con esto. Y estos barcos son muy seguros, no va este a naufragar.

Mientras se dirigía a su camarote le pareció ver a cierta distancia a un hombre y un niño cogidos de la mano que se dirigían a una escalera de las que bajaban a tercera. Le pareció que el niño era Mirín. Apresuró el paso.

Tuvo tiempo de confirmar que era su alumno.

También de sentir la fugaz llamarada de una mirada asustada que Melina interpretó como una petición de auxilio.

XLVII

—No te compliques la vida, muchacha, que todavía no sabes con quién tratas.

—Es un niño y me ha pedido auxilio.

—Y aunque así fuera, ¿puedes dárselo?

—Claro que sí —respondió Melina a Ana del Río.

—Pero, alma de cántaro, si no sabes distinguir la proa de la popa, ni una actriz de una aspirante... Deja las cosas en su sitio y al destino en paz.

Claro que no quería complicarse la vida, pero tampoco dejar las cosas en su sitio.

El niño no le era ajeno, como no lo son los seres a quienes entregamos parte de nosotros mismos.

Probó a buscarle siguiendo el camino en el que le perdió la tarde anterior. El mar seguía revuelto. Bajó dando tumbos las escaleras estrechas y empinadas. Le recordó la revirada estrechez de la que unía o separaba en Entrearroyos la casa y la carpintería. Algunos caminos pueden acercar o alejar, según se tomen.

Sin saber por qué sintió miedo.

Un miedo sin razón, nebuloso, como si se estuviese adentrando en un espacio abismal, de mar oscuro. Incierto y peligroso.

Escuchó un lejano bullicio de multitud que lo llenó todo cuando se asomó a otro de los sollados de tercera. No había estado en él el día anterior. Era como los demás, con las camas en hilera, y el olor incómodo a sudor y tela sucia. Le pareció una pintura irreal de miseria.

Cuando consiguió afirmar los pies en medio del gentío y el movimiento del barco, tuvo una extraña sensación de llamada. Sintió como si un hilo invisible arrastrase su mirada en una dirección concreta. Se dejó llevar, y, sin esperarlo, se cruzó con el pozo de los ojos de Mirín. Estaba al final del sollado, sentado en la última cama, junto a un cuerpo acostado de espaldas.

—¿Estás bien? —le preguntó al llegar a su lado.

El chico negó con la cabeza. Mansamente, sin énfasis.

El cuerpo a su lado dormía y despedía un aroma lejano de alcohol que a Melina se le antojó violento.

—¿Es tu padre?

—Sí.

—¿El que quería conocerme?

—Ahora ya no. Dice que no tengo que aprender a leer, que donde vamos no me servirá de mucho. Que si él no sabe yo tampoco lo necesito.

Mirín hablaba quedo y triste.

—Pero yo quiero aprender —añadió.

—¿Cómo se llama?

—Evelio Vázquez.

Se sentó junto al chico y zarandeó a su padre. Suavemente al principio. Algo más fuerte hasta que empezó a moverse.

—Don Evelio.

No estaba segura de que fuera lo más inteligente, tampoco el momento adecuado, pero creyó poder persuadirle.

—¡María! ¡María! —repitió el nombre como saliendo de un sueño agitado. Melina sintió que una mano de hierro le apretaba el brazo.

—No, don Evelio —respondió mientras Mirín le aclaraba en voz baja que María era su madre—, soy Amelia Fernández, y estoy enseñando a leer a su hijo.

Se sacudió la cara para salir de la ensoñación, soltó el brazo y miró fijamente a Melina con expresión de sueño. Y sorpresa.

—¿Y qué hace usted aquí?

—He venido a buscar a su hijo para seguir con las clases.

Se incorporó y obsequió al pequeño con una mirada incendiaria. Agachó él la cara, sometido. Melina se levantó.

—Ya no quiere más clase —dijo—. Ni yo. Búsquese otro para su caridad, señorita.

Orgullo o ignorancia. O ambos, pensó ella.

—Es listo y aprende rápido, debería dejarle, señor.

—Le he dicho que no quiere, ¿verdad, chaval? Díselo tú a esta joven.

Sin levantar la vista, negó con la cabeza.

Recordó Melina a su padre. Esa indiferencia que la hizo sentirse inútil y pequeña por no poder arrebatarle ni una brizna de afecto. Pero al menos nunca se plantó ante su ambición por saber más.

Echó un órdago.

—¿Le dejaría a mi cargo durante la travesía?

—¿A su cargo?

—Sí, vengo a por él todos los días y me lo llevo hasta la noche…

Evelio Vázquez había viajado desde Zamora con su hijo, después de vender sus animales para pagar los dos pasajes. Su mujer había muerto meses atrás y el viudo apostó por la mejor vida que prometía en sus cartas Sebastián, el primo de María que había ido a la Argentina y a Brasil. No era rico, pero tenía un trabajo no mal pagado en un país en el que la gente podía decir lo que pensaba sin que lo metieran en la cárcel. Allí olvidaría.

Desde que tres semanas atrás salieron de casa, todo habían sido dificultades y mentiras. No hablaron con nadie que no se aprovechara de ellos. Su miseria parecía atraer a los insectos pegajosos de la explotación. Todos picaban. Todos chuparon su sangre hasta que no quedó nada.

—¿Y que pretende usted, señorita? ¿Por qué lo hace?

Notó su desconfianza. Percibió la débil rebeldía de quien se cansó de ser víctima.

—Porque su hijo es listo y puede aprender.

—¿Y qué gana usted?

—Nada. No quiero ganar nada. Solo ayudar.

—Algo buscará —y volvió a tumbarse dándole la espalda.

—Hágalo por su hijo. Si se lo lleva a América pensando en una vida mejor, empiece por darle lo que usted no tuvo nunca... Antes de llegar ya habrá ganado.

Evelio Vázquez se revolvió en la cama. Sin mirar a Melina, reconoció que podía tener razón. ¿Y si de verdad no quería sacar nada de ellos? El chico era tímido y flojo para el campo, pero ya decía su madre que sabía pensar y habría que instruirle. Desde que murió María había descuidado a Mirín. Lo primero era aliviar el dolor, y eso requería un empeño firme en el único remedio a su alcance, el alcohol. Anestesiado, se olvidó de todo menos de su pena. La suya y la del chico fueron dos soledades fronterizas, entre el alcohol y el miedo. Hasta que surgió lo de América y lo apostó todo a esa ficha.

—Yo también huyo y busco una vida mejor —añadió Melina—. Tengo un hermano como él, y pienso que me gustaría que alguien le ayudara como yo quiero hacer con su hijo, don Evelio.

A veces la verdad puede quebrar asperezas como embota filos.

Evelio siempre había sido austero. La muerte de María le volvió agrio, y el alcohol y la acritud parieron un ser violento que él mismo no reconocía. Odiaba a aquel hombre que descargaba su frustración sobre lo único que le quedaba, su hijo.

La apuesta americana era una forma de escapar también de la rabia contra sí mismo.

Ahora una muchacha, apenas adolescente, le removía las entrañas hasta sentirse culpable. Quizá tenía razón. El padre que fue quería que su hijo prosperase. Se preguntó si no sería ese precisamente el motivo de su viaje.

Giró en la cama para volver a enfrentar los ojos de Melina.

—¿Aprenderá antes de llegar a Brasil? —Y la miró como si pudiera escrutar su alma.

—Ya lo tiene casi, don Evelio.

Volvió a las clases. Regresaron los encuentros. En cubierta, y algún día allí en el sollado, ante la sorprendida mirada de los otros pasajeros. La curiosidad derivó en atención y esta en interés. Una mujer y otros dos niños se sumaron al improvisado grupo escolar. La mediación de una admirada Ana del Río consiguió en el comedor dos mesas, lápices y papel, para las clases de doña Amelia, como empezaron a llamarla.

Cuánto pensó en doña Lucrecia, sin saber lo cerca que estaría de volver a verla.

XLVIII

El puerto de Las Palmas le pareció a Melina desde el barco más pequeño y sereno que el de Bilbao.

Grúas en movimiento, descargas, tráfico de camiones, alguna sirena y saludos desde tierra llenaban un paisaje que se le antojó decididamente exótico.

Aquello era tierra firme, pero una isla. Y eso debería imprimir carácter.

Días después de haber tomado la decisión de irse a América, Melina había escrito a doña Lucrecia para hacérselo saber.

Tardó en recibir la carta de respuesta. Desde su exilio forzoso en aquellas islas lejanas, le animó a afrontar la aventura con valor, como se enfrentan los que progresan y cambian el mundo a la incertidumbre de sus propias acciones.

«Los miedos son los peores compañeros siempre: te ciegan, te cargan con pesos imaginarios, te privan de toda claridad. El temor a lo que pueda pasar te hace sufrir por ello; anticipar el dolor no es prepararse para enfrentarlo, sino dar la batalla por perdida.» Melina lo leyó y releyó mil veces.

Llevó la carta consigo para tenerla entre los dedos, aunque se la sabía de memoria.

Pensaba en ella, en todo lo que le había dado, en cómo su semilla estaba brotando en Mirín o en Consuelo, ya mayor, una mujer adulta despierta y viva, que aprendían a leer como quien ve a Dios, cuando observó en tierra algo que quebraba completamente la serena neutralidad del paisaje.

En aquella isla lejana, en aquella ciudad de mar depositaria del primer exotismo de su aventura, Amelia Fernández Agüeros tuvo la repentina visión de una imagen familiar.

Sin que su vista centrara el foco, su corazón percibió algo muy próximo.

En el momento en que Ana del Río se acercaba a ella en la cubierta del Magallanes, vio que aquella figura familiar que había roto el paisaje ajeno levantaba una mano en ademán de saludo.

Se tuvo que agarrar a la borda para no caerse.

Miró a Ana, que se alarmaba por la evidente conmoción.

—Es… es… es doña Lucrecia, mi maestra…

Cuando el barco atracó, Melina tuvo constancia de lo que esa mujer había envejecido. De cómo la huella del exilio había abierto surcos en su piel y de que hasta sus andares parecían más torpes cuando se paseaba nerviosa esperándola.

—¿De verdad? ¿Es tu vieja maestra a la que mandaron aquí que ha venido a verte al puerto?

—Sí, Ana… Me parece un sueño, pero es ella.

—Tienes un par de días para volver a disfrutarla, pequeña.

El tiempo que pasó hasta que pudo bajar el pasaje fue una espera eterna para una Melina a la que el corazón parecía querer arrancarle las costillas.

Claro que había pensado en verla en algún momento del viaje, pero la isla de su destino forzoso estaba lejos de aquel punto de escala. Y se le antojó un sueño irrealizable pese a que nunca volvería a estar tan cerca de ella.

El abrazo se prolongó tanto que Melina tuvo la certeza de haber tomado con exactitud la medida del vigor corporal que aquella mujer había perdido. Tenía más huesos y más arrugas.

Conservaba, eso sí, la inteligente viveza de sus ojos.

—Estás preciosa, mi cría —le dijo doña Lucrecia enjugándose las lágrimas—. Y muy mayor. ¿Qué tienes ya?, ¿diecinueve?

Sí, le decía Melina en silencio, y las palabras se le ahogaban en la garganta.

—¿Cómo...? —acertó a decir.

—¿Cómo he sabido cuándo esperarte? Sencillo, informándome de cuándo llegaba tu barco. Me dijiste que irías en el *Magallanes*... y no podía dejar de venir a verte.

Le mostró Melina su carta, siempre la llevo, la cubrió de besos, le cogió la mano sin querer soltarla. Se dejó llevar por una alegría inabarcable, se permitió olvidarse hasta de sí misma, para disfrutar de aquel inesperado regalo del cielo.

El día corrió sin horas, y se metió en la noche sin que las dos mujeres tuvieran conciencia del tiempo presente.

286

Hablaron del pasado, celebraron lo que vivían y compartieron la mirada al futuro.

—El pueblo donde me mandaron está en Tenerife, se llama Cherche, y es un lugar precioso. Con muy buena gente. Me recibieron muy bien. Vine ayer de allí, en barco. Y me vuelvo mañana… Hoy no hubo clase, porque ya les dije que tenía un compromiso muy importante con alguien muy querido.

Había en su voz y sus ademanes una suerte de serena resignación. No le pareció triste a Melina. Acaso cansada.

—¿Y tú cómo estás?

—Bien, doña Lucrecia. Con miedo y con esperanza.

—Podrás. Podrás con todo, Melina.

—¿Y usted volverá, doña Lucrecia?

—Ya no. Tengo una vida en la isla y gente que me necesita. Me mandaron lejos, pero esa distancia también me ha hecho más libre. No he encontrado mi Melina aquí… pero aprenden bien. Y soy útil.

—Yo estoy dando clases en el barco, ¿sabe? Enseño a leer a algunos pasajeros… Un par de críos, alguna mujer…

No pudo quedarse con ella en la pensión. Y esa noche volvieron a despedirse.

—Me sé su carta de memoria, pero quiero conservarla siempre. Porque es un mapa de mi vida, una guía para ser fuerte.

Fue la última vez que se vieron. La dos tuvieron la misma intuición. El destino les había regalado una despedida. Y la una a la otra un proyecto de vida y la cosecha de una siembra feliz. Adiós.

La vida era eso. Pasar en silencio, pero abriendo surco. Para sembrar. Y si es posible, disfrutar de lo recogido. Si es posible, naturalmente. Porque las cosechas, como las derrotas o los amores, no están nunca del todo en nuestras manos.

XLIX

En Brasil volvió a vivir la despedida.

Allí desembarcaron Ana y Mirín con su padre, Evelio.

—Gracias, doña Amelia. No sé cómo podré pagarle nunca —agradeció él, lloroso.

—No tiene que hacerlo. Mi recompensa la lleva de la mano.

Le faltó tiempo al niño para soltar al padre y colgarse del cuello de Melina. Le alzó ella apretándole en sus brazos como hacía con las muñecas que le prestaban en la catequesis. ¿Sería así abrazar a los hijos?

Besos, lágrimas. Suerte en lo que venga, que Dios los acompañe.

—Me dejas sola, princesa.

Ana del Río disfrazaba su tristeza de ironía.

—Para una persona buena que conozco. Me quedaré huérfana sin tu guía.

—Mejor —respondió Melina—, así no tiene usted que cambiar.

—Además, aprendes rápido. No abundan talentos como el tuyo. Y menos aún sin saberlo.

Acarició su rostro con la ternura de los instantes inacabables.

—Te he tomado cariño, Amelia. Doña Amelia.

—Me hace mayor.

—Lo eres, querida, una dama. Escríbeme.

—Y usted a mí.

—Y si ves en cartel una película mía no pases a verla. Puede que decidas hasta dejar de respetarme.

—No la creo a usted tan mala.

—Vulgar. Comparada contigo... y, por favor, deja de tratarme de usted si no quieres que deje yo de hablarte.

Ana le recordó a doña Lucrecia, a Lita, le evocó la figura de su madre, de todas las mujeres como las que ella quería ser. Hasta Elvirín, que en su tosquedad poseía también la firme determinación de Ana del Río.

Volvió por un momento al encuentro de días atrás con su profesora. Había desempolvado miedos agazapados tras la fascinación de la aventura del viaje. Estaban ahí, ocultos en la novedad y las esperanzas de futuro.

—Hablar con ella me ha traído paz —le había explicado aquella noche a Ana—, mucha paz. Y la alegría de encontrarme con alguien a quien debo tanto. Pero también me ha recordado quién soy, y lo sola que estoy. Como ella. Como usted, quizá.

—Has decidido ser fuerte, no someterte; vivir por ti. Y eso asusta, claro que sí. Pero ese temor te va a acompañar siempre. A los diecinueve y a los cuarenta y tres. Incluso cuando estés con un hombre —pareció pensarse sus palabras un instante, y continuó—. Sobre todo cuando estés con un hombre: no someterse es un extravagante y carísimo ejercicio.

El abrazo de despedida trajo a Melina aromas de madera dulce y una sensación de amor adulto tan inesperada como turbadora. Sintió que algo la ataría siempre a Ana del Río.

—¿Sabes una cosa? —le dijo cuando se alejaba—. He pensado muchas veces en mi madre cuando estaba contigo. Creo que hubiera sido una estupenda actriz. Me leía los cuentos y me representaba las novelas como si ella misma las viviera. Y me lo hacía creer. Que mi madre hiciera los personajes, les pusiera voces, se pusiera alegre y triste con ellos es algo que forma parte de lo más hermoso de mi vida, de mi infancia.

Retrocedió hacia ella para volver a besarla en la mejilla.

—Es una estupenda actriz. Si emociona con su interpretación está haciendo arte. Muéstrale mis respetos, querida.

—Lo haré, Ana. Encantada. Suerte…

—Tú también, mi niña. Y no dejes de escribirme. No quiero ya perder más piezas de valor.

Esa noche ocupó el camarote una argentina áspera que se presentó exigiendo silencio y anticipando su deseo de soledad. Día y medio de viaje con un contacto solo para dormir lo harían soportable, se dijo Melina.

Volvió a escribir.

Cuando escribo la presente estamos acercándonos a Buenos Aires. Es curioso cómo se alimenta y padece nuestro corazón. Cuando subí al barco no conocía a quienes hoy he despedido con tanta pena como si fueran de mi familia. Ahora vuelvo a estar sola y entonces os echo de menos muchísimo más. A vosotros, y también a ellos. Me ha dicho doña Ana que madre es una estupenda actriz porque interpreta lo que nos lee como si estuviera en ello. A mí me parece que tiene razón. Cuando me escribáis me tenéis que contar cómo está Neli o Norina, si siguen con esos novios tan estirados o les han mandado ya a paseo. Bueno, el de Norina no lo es tanto, pero un poco rarito sí me parecía. Decidle a Manolín que aquí hay muchos chicos de su edad, pero que no se piense que por eso quiero traerlo aquí. No me gustaría que viajase como ellos o que tuviera delante el futuro tan oscuro que se les presenta. Tampoco es que el mío esté claro o ya dibujado. Pero al menos sé que quien me espera en puerto es mi familia. Y eso ayuda mucho a la calma.

Sobre cubierta volvió a vivir otro atardecer como los que hasta un día antes había disfrutado con Mirín. En poco tiempo subiría Consuelo con sus cuadernos de caligrafía, dispuesta y curiosa como una niña incluso a sus años.

De repente, una melodía familiar. El sonido dulce y metálico de una armónica le llegó desde algún lugar no demasiado lejano. Competía con éxito con el espumoso golpeteo de las olas en el casco. Lo silenció, al menos para ella.

Miró alrededor por si aparecía su alumna y en vista de que no, se dirigió hacia la música. Sonaba en la cubierta inferior.

Nada más pisarla vio a un joven, no mucho mayor que ella, concentrado en combinar y organizar el aire que distribuía aspirando y soplando a través de las celdillas de una armónica. Miraba al horizonte, como si sus ojos descansaran para que toda su atención se pusiera en la música.

Al verla cambió las notas y comenzó a interpretar una canción que a Melina le resultó muy familiar. Era una melodía que había escuchado en casa muchas veces, que se oía en ocasiones en los chigres y en algún baile, y que madre le había dicho que fue una especie de himno en las revueltas del año que ella había nacido. Asturias patria querida, Asturias de mis amores, dicen que cantaban, o Asturias tierra bravía, Asturias de luchadores que alguna vez escuchó a padre. Y aquel chico en el barco la estaba tocando para ella.

Respondió al regalo con una sonrisa de gratitud.

Se hubiera sentado a su lado, pero le venció la timidez.

Seguía el hombre tocando mientras la miraba, y diría Melina que hasta le devolvía la sonrisa, o eso parecían decir sus ojos.

Estaban solos, pero sus aplausos sonaron como una ovación.

Se levantó el chico, y tras un par de reverencias guardó la armónica y descubriéndose le tendió la mano.

—Ramón Noriega, asturiano como usted.

—Encantada —la tomó ella, con sincero agrado.

Era un mozo bien plantado, guapo, de vidriosos ojos azules y con una sonrisa imposible de resistir.

—¿Cómo sabes que soy asturiana?

—Porque te oí hablar y alguna vez te he visto dar clases al crío y a Consuelo.

Como si se tratase de una representación teatral, entró su alumna en escena en ese momento.

—Vaya, Ramón —intervino con desparpajo—. Veo que ya has conseguido conocerla. Te ha costado todo el viaje, ¿eh?

Observó Melina que el joven se ruborizaba. Se sintió halagada.

—Me ha atraído como el flautista de Hamelin... —se dio cuenta de que Consuelo no entendió—. Es un cuento que habla de que la música puede atraer lo que se proponga. Si quieres hablamos de él hoy.

—Como usted quiera, Melina. Pero la música que hace este chico con esa flauta cuadrada es sonido de los ángeles, créame.

—Bueno —terció él—, las dejo entonces, señoritas. Y... bueno... encantado de conocerla... eh...

—Melina.

—Melina. Puedo hacer música para usted cada vez que lo quiera.

—Muchas gracias. Estaré encantada.

Se llevó él la armónica a los labios y sopló tres notas como de cierre de sinfonía.

Solas en la clase, mientras revisaba los ejercicios de Consuelo sobre el papel que les había cedido el capitán del *Magallanes,* Melina rumió preguntarle a su alumna por Ramón. Quién era, de dónde venía, qué sabía de él. No lo hizo.

Prefirió que si algo hubiera de suceder no pasara por otras voluntades que la suya.

L

En dos días habremos llegado a Buenos Aires. Desde allí viajaremos hasta Paraguay en coche. A ver a quién manda Ludivino a buscarme. Padre diría que a uno de sus matones, pero yo sigo pensando que exagera cuando suelta tanto veneno contra él. La verdad es que me he desenvuelto muy bien yo sola. Seguramente es porque en un lugar cerrado, con poca posibilidad de escapatoria, todo el mundo tiende a ser amable. O que al estar unidos todos por un mismo destino, es más fácil que nos entendamos entre nosotros. Sea como sea, la verdad es que no me he sentido verdaderamente sola en ningún momento. Y pienso que tampoco necesito a nadie para llegar al final de mi camino. Pero me digo también que eso no deja de ser un pensamiento ingenuo en un mundo en el que nadie hace nada gratis. O casi nadie. Doña Ana, la actriz, se ha quedado en Brasil. Un rodaje, decía que tenía. Me dio pena despedirla. Ella sí dice que soy ingenua, pero me anima a que no cambie demasiado. Lo justo para que no me engañen. También me dio pena despedir a Mirín, ese chico al que enseñé a leer. Ahora sigo con Consuelo hasta Buenos Aires. He aprendido el valor de las despedidas. Lo duras que son cuando llegan, porque anticipan ausencias dolorosas. Aunque, claro, una despedida en la que no está quien despides es mucho peor. Como una muerte. Como el adiós a quien se nos va sin que hayamos podido hacer nada. Estoy pensando en padre, claro. Me dolió mucho que no viniera a la estación. Yo he visto aquí padres con sus hijos y he sentido envidia.

Se dejaba caer Melina en la melancolía de lo que estaba escribiendo cuando escuchó el metal dulzón de la armónica.

Antes de que su oído afinara para localizar de dónde venía, se había plantado ante ella Ramón Noriega.

—Hola. ¿Qué tal está hoy la señora maestra?

Recibió ella la pregunta retórica con una sonrisa y respondió con alegre franqueza.

—Muy bien. Mejor ahora que me acompaña la música.

—¿Solo la música? —fingió decepción.

—Y lo que trae. ¿Siempre se presenta usted por sorpresa?

—A veces no.

Pensó en tía Lita y en Ana. Les hubiera gustado conocerle. O a ella le habría encantado presentárselo. Lo hará.

¿Cómo que se lo presentará? Dónde vas tan deprisa, Melina, se tuvo que decir.

—Por lo que sé viaja usted sola, ¿verdad?

—Según se mire —volvió a lo que estaba escribiendo—. Embarqué sola, pero me he sentido muy bien acompañada en todo momento.

—No me extraña.

—¿Por qué?

Se desataba entre ellos un juego cómplice sin declarar, una conexión sólida e invisible más de instinto que de razón.

—¿Usted que cree?

—Nada. No creo nada. Lo está diciendo usted todo.

Se sorprendió Melina de su ausencia total de timidez. Ella, insegura y arisca, tonteaba con un desconocido con la confianza de dos colegiales.

Ramón volvió a su armónica. Media docena de notas que tampoco le sonaron a ella ajenas.

—¿Puedo sentarme?

Hizo Melina sitio.

—Ya que no puede escapar, me va a decir, Melina. —Fingió duda—. ¿Verdad?… Me va a decir de dónde viene y adónde va.

—¿Y si me lo dice usted primero?

—A Buenos Aires, a trabajar en el almacén de mi tío Pancho. Un textil, lo llaman, creo. Y vengo de una aldea pequeña que hay en oriente, casi en Santander. Ahora usted.

—De Mieres —respondió ella sonriendo—. Y voy a Asunción, en Paraguay para trabajar con mi tío Ludivino.

—Pues ya sabemos más el uno del otro.

Quedaron en un silencio que no resultó incómodo.

—Yo tengo veinticinco años, volveré rico y voy a montar mi banda de música.

—Por soñar…

Le despertaba ternura ese joven osado y atractivo. También ella soñaba. Siempre lo había hecho. Pero se lo guardaba. Aunque costara a veces.

—¿Tú no tienes sueños?

—Como todo el mundo.

—Por eso estamos aquí, ¿no? Para cumplirlos.

Y de repente, como si el reclamo de una urgencia lo exigiera, Ramón Noriega se levantó, tomó de la mano y la cintura a Melina y comenzó a girar con ella danzando sobre la melodía imaginaria de un vals, o quizá de un pasodoble… o de lo que fuera. Para ella fue un arrebato repentino de dicha, una ocasión inesperada para gozar con toda su alma de algo que no solía disfrutar por timidez o delicadeza. Él le aplicó a ella toda la del mundo. Daban vueltas en silencio, o quizá no. Acaso él tarareara una melodía que, de llegarle a Melina, lo haría lejana, apenas ornamental porque su atención se había anclado en la presencia de él, en la cercanía de él, en esa forma sutil de tomarle la mano, de sujetarle la cintura con la pulcritud de una gasa perfumada. Aquel chico tenía el alma sensible y de su cuerpo salía música. La armónica era él, no la pieza de metal.

La improvisada danza le recordó el día del baile con Ana, porque volvieron a despertar atención. Ahora no era una actriz que alguien reconociera, sino dos jóvenes dejándose llevar por una melodía secreta adornada por el mar desde la lejanía rítmica y constante de las olas contra el casco.

Surgieron las palmas y las voces, encarriló Ramón sus pasos al ritmo que le marcaban… e inesperadamente, brotó del círculo de entusiastas una voz masculina y ronca que comenzó a entonar «El emigrante» como si fuera el mismísimo Juanito Valderrama. Se detuvo la danza y callaron las palmas. Nadie objetó, no hubo protestas por el final del baile. La voz y la letra cosieron las almas de todos los presentes. Ramón apretó contra sí a Melina, que se dejó llevar y durante unos segundos abrazó su abrazo el dolor agridulce de la nostalgia.

> *Adiós, mi España quería,*
> *dentro de mi alma te llevo metía.*

Y se posó la añoranza, y la media docena de hombres y mujeres que escuchaban supieron por primera vez que hablaba de ellos, de su infortunio y de sus esperanzas, del dolor por su España que empezaban ya a sentir. Y era solo el comienzo del viaje, pero fue la conciencia de lo que eran y les esperaba.

> *Y aunque soy un emigrante, jamás en la vía*
> *yo podré olvidarte.*

Ramón sacó del bolsillo la Hohner y comenzó a envolver la voz, a adornarla, a elevarla y a darle el contrapunto.

Melina no podía creer lo que vivía. Era una emoción compartida, una experiencia común de nostalgia a corazón abierto, no sabía si triste o alegre, melancólica en todo caso y completamente desprovista de artificio.

Aquello era magia en un primer golpe de lúcida realidad.

Las metas se van forjando a base de tropiezos y sacrificios, de dolor y de esperanzas, pero, sobre todo, de conciencia de lo que uno es y a lo que aspira.

Melina Fernández miró a Ramón como nunca lo había hecho, como si siempre hubiera estado ahí. Quizá fuera así.

En aquel barco, en aquel momento, supo que ese hombre no saldría jamás de su vida.

—¿Y cómo imaginas lo que te espera?

Lo dijo cuando todo se calmó, cuando tras los aplausos y los abrazos quedaron solos en el mismo lugar en que Ramón había vuelto a interrumpir su carta. Melina demoró la respuesta.

—Bonito. Y distinto. Espero que mejor.

—Claro. Si no es mejor, todo esto no merece la pena.

Sintió que a ella sí.

Quiso abrazarlo, pero no se atrevió.

LI

Pascual Echevarría, al que llamaban «el Vasco», había recibido el delicado encargo de recoger y trasladar, segura y confortable, a una hermosa *cuñita* emparentada con su patrón, el gachupín Ludivino Agüeros, dispensador de divertimento carnal para las más sobresalientes autoridades del país.

Admiraba al jefe: era un tipo despierto que vivía como lo hacen los señores gracias a su discreción y a la envidiable calidad de su producto. Bien lo sabía él.

Largo como era, subió de dos zancadas la escalera principal del Palace Hotel, donde José Asunción Flores tocó la primera guarania en un caluroso enero. Era un edificio colonial con aire de templo griego por su fachada poblada de columnas de capiteles jónicos y corintios.

En el pequeño mostrador de madera apretó la campanilla hasta hacer salir al recepcionista.

—¿Qué se le ofrece, caballero? —preguntó con fastidio.

Buscaba a un tipo con el que don Ludivino quería tener una plática. Algo de negocios o de política, no sabía demasiado bien. Emilio Menéndez era su nombre. No se hallaba en el hotel.

—Ha dejado la llave, sí. Está hospedado, pero no tiene fecha de salida.

El Vasco se tocó el ala del sombrero a modo de saludo y se acomodó en un sillón junto a la escalinata. Sacó de su pitillera de plata labrada un cigarrillo y se dispuso a esperar.

Estaba acostumbrado.

En las guardias hay que administrar la paciencia y activar los pensamientos, porque si te toma el letargo estás perdido. Hasta puede que muerto. Hizo recuento de lo pendiente.

Localizar al españolito. Fácil. Citarle con don Ludivino y que no se revolviera.

La niña. La sobrinita. Le pareció *churra* en la foto que le había dado el jefe para que cuando fuera a por ella a Buenos Aires no se equivocara de *cuñita*. De moza, como diría un gachupín.

La volvió a sacar del bolsillo de la americana. *Churra,* sí. Hermosa. Le debieron de quitar la foto bien *cuñataí,* pero ya gastaba aire de señora.

En unos días llegaría a Buenos Aires y él sería su guía. Había hecho servicios menos dignos, desde luego.

Echevarría, hijo de un marino de Bermeo y una india guaraní, llevaba al servicio de Ludivino Agüeros desde el principio de los tiempos. De los buenos tiempos. Le gustaba llamarse su «capataz de carne», pero, claro, eso no se podía escribir en las tarjetas. Seleccionaba y educaba a las mujeres que servían en el quilombo. Una suerte de *caficho* elegante que gozaba de la confianza del jefe, una paga alta y el gusto andar entre ellas enredando y probando. Que no era poco.

Botella ha kuña maro na icambavai, la botella y la mujer deben estar húmedas, como se decía en su guaraní natal. Y si no lo estaban, se les ponía. Sin violencia en lo posible. Cuando no lo era, aplicaba la receta del corazón, infalible y sin rastro, que lo del rastro era esencial en el negocio porque la carne se ha de presentar intacta siempre.

—Vamos a ver, *ñaysandi,* no te me llores acá. *Pensá* en tu familia, que esto lo haces por ella. Qué de aquí sale su sustento… como puede salir su desgracia.

Alguna vez no tenía más remedio que llevársela, la desgracia. Por mantener el orden, tan necesario como la calidad del producto. En esas ocasiones comisionaba a gente de la Chacarita, esa parte oscura de la ciudad que a veces el río devoraba, quién sabe si como castigo por sus muchos pecados. Los *mitais* allí eran menos escogidos y al mirar por lo suyo siempre cerraban sus encargos sin dejar nada suelto.

El Vasco lavaba el negocio.

Era su misión y su privilegio. Cuanta menos agua o ropa sucia le llegara al patrón, mejor estaría haciendo su trabajo.

Volvió a mirar el reloj. En este encargo no barruntaba complicaciones. Entrarle al camionero con el aire de cordial amenaza que se gastaba en los arrimes para que no se pensara lo de hablar con Agüeros sería cosa fácil.

Dos, quizá tres horas y un par o dos de *pilsen* mediante, vio cómo el recepcionista informaba sobre él a un tipo carnoso y de rostro infantil. Ese de allí le está esperando, pareció decir.

El gordo se le acercó con pasos reservados y mirada inquieta.

—¿Me buscaba usted, caballero? —preguntó acentuando su español de allá.

—Si usted es Emilio Menéndez, sí.

—Yo soy, sí. ¿Qué se le ofrece?

Le sonó forzada la pregunta, porque nada iba a ofrecerle, sino más bien reclamar. Sería el habla.

—Me envía don Ludivino Agüeros, al que creo que conoce, para concertar con usted una cita.

Menéndez se tomó tiempo en observar al hombre que tenía delante. No parecía un ordenanza. Alto, delgado, avanzada la treintena, le evocó la osada chulería de los cancheros, los enteraos; altivo, sin el menor rastro de servidumbre. Olía a perfume caro y a tabaco, y su pelo refulgía en perfectas líneas rectas domadas con brillantina.

Para ser emisario, se las gastaba de señor. Podía ser un lacayo o un milico.

—Discúlpeme, caballero. ¿Quién ha dicho?

Sonrió el Vasco de medio lado, con sorna, devolviéndole la puya.

—El cachopo que más despunta de todos los de la madre patria. Lo tiene que conocer su excelencia, porque creo que se ha *meñado* a más de una de sus damas.

No tenía duda de quién era, pero se tomaba tiempo para digerir y esconder su desconcierto. ¿Para qué le querría el proxeneta del presidente?

—Ah, sí, claro. Discúlpeme. Creo recordar incluso que nos vimos hace tiempo en…

—… el quilombo de Bella Vista.

—Ahí… Eso es.

Permanecían los dos hombres de pie, uno frente a otro. El Vasco con la ventaja de la altura. Menéndez levantando la vista sin achantarse.

—¿Y sabe usted qué materia quiere tratar conmigo el señor Agüeros?

—Ah, señor mío… —impostó el Vasco una sobreactuada decepción—, yo soy el que ejecuta, un *mandao* que procura hacer bien lo suyo. Pero ni pienso, ni decido ni pregunto por las órdenes. Ya usted sabe.

Asintió el español.

—Pues estaré encantado de conversar con él aquí en el hotel. Pero solo voy a estar un par de días más en Asunción, de modo que tendrá que ser esta tarde o mañana.

Miró el Vasco al cielo como pensando, y volvió a la conversación negando con la cabeza.

—Pues no lo sé, pero me da… me da, ¿eh? Que no lo tengo seguro… me da que no va a querer venir aquí. Porque me ha dicho que quiere conversar en *ñemi* o sea, discreto… dirían ustedes.

—Verá —respondió Menéndez—, es que tengo muchísimas cosas que hacer… negocios que cerrar, ya sabe, en los pocos días que me quedan por aquí. Y no sé si tendré tiempo para ver a su… jefe.

—Sí, claro que sí, hombre. Seguro. Le conviene. Porque igual es algo interesante también para usted.

—¿No me ha dicho que no sabe?

—No, claro. Imagino. Y como le conozco bien, diría que su interés es por algo bueno para los dos.

—Tendremos que vernos aquí, créame que lo siento.

El gordo le estaba saliendo vueltero.

—Pues creo yo más de sentir… lamentar, el no venir. Créame también.

—¿Me amenaza? —Elevó el tono el español.

—Por Dios, qué piensa usted tal, *mbóre*. No, no… es que estas cosas si nacen mal paridas, luego se tuercen y van a peor. Seguro que es rápido y fácil.

Apretaba al gachupín, que no parecía querer complicaciones, pero se defendía sin fuerza, poco recio. Bien. Laburo fácil. Era peor con las minas o cuando alguien se resistía un chin.

Jugaba a su favor que Menéndez sabía que el asturiano tenía hilo engrasado con la autoridad de Asunción. Y le inquietaba desconocer con quiénes, hasta dónde y, sobre todo, en qué barco en un país en el que las asonadas eran tan frecuentes que casi se alternaban con las crecidas del río Paraguay.

Y si se sabía cuánto subirían las aguas, nadie podía apostar sin riesgo en qué dirección y hacia dónde lo harían.

Cerró la cita a gusto del patrón.

LII

La primera imagen de América que sorprendió a Melina fue el pálido tono achocolatado del Río de la Plata, turbio de fango, sereno y orgulloso, como un inmenso mar desorillado que se desafiara a sí mismo renunciando a su carácter.

Luego en tierra, más colores. Los de los conventillos que, según decían, los italianos habían pintado con la sobra de los barcos, cada uno con un tono, para diferenciarse y brillar.

Hacía frío en el invierno austral.

—El barrio de la Boca —anunció alguien a su espalda.

Era un puerto estrecho, como con escasa ambición. Pero en sus muelles bullía un incesante ir y venir de hombres y mercancías al son de una coreografía caótica.

De semejante cáfila sobresalían voces y tonos de singular musicalidad.

El barco se aproximó a una zona de carga que atravesaba una vía de tren. Sobre ella parecía moverse una enorme estructura, como un puente.

—Dicen —le susurró Ramón al oído— que es el puerto más bonito de América.

No lo esperaba Melina, y saludó la sorpresa con una sonrisa de melancólico afecto. Estaba a punto de perder algo que nunca había tenido. Y dolía.

—Para mí hoy —añadió— el más triste de mi vida. Todos los puertos son tristes, porque respiran el dolor de las despedidas, pero este es hoy el peor.

Volvió a abrazarla, se atrevió a hacerlo sin el estímulo de la música o la emoción del baile de días atrás. Simplemente porque quería hacerlo. Ella sintió refugio. Y lloró hacia dentro.

—Quédate conmigo, Melina. —No era una petición, sino una súplica que sus ojos reforzaban con lágrimas contenidas—. Quédate y empezaremos aquí algo nuevo.

Le dijo que sí en silencio, asustada de sí misma, de lo que estaba a punto de hacer. Nunca se había dejado arrastrar así por la emoción.

Pensó en su padre, las veces que deseó que la abrazara, que lo buscó sin palabras. Las veces que se hubiera refugiado entre sus brazos. Cuánto de añoranza de aquello tendría este abrazo de Ramón. ¿Cómo saber si lo amaba o estaba escondiéndose a su abrigo? ¿Era la mujer o era la niña quien se estaba dejando llevar?

Cuando los marineros tendieron la pasarela comenzó a agolparse a su alrededor, en tierra, una legión de rostros expectantes que buscaban a alguien entre el pasaje que salía. Un pasaje que en la mayoría de los casos sabía que nadie le iba a estar esperando.

A Melina sí.

Lo recordó cuando una voz la sacó de su refugio. A punto estaba de dejarse vencer por el abrigo paternal del joven músico cuando la llamada se metió entre ellos.

—¿Amelia Fernández Agüeros? ¿Alguno de ustedes viaja con ella?

Un hombre alto, tocado con un sombrero de fieltro del mismo color que su abrigo gris, se abría paso entre los que bajaban del barco, con lo que parecía una fotografía en la mano.

Más que interesarse, exigía.

Anunciaba el destino escrito que ella estaba a punto de modificar si dejaba vencer a la niña temerosa.

Cerró los ojos hasta escuchar intensa y claramente los ruidos sordos de desamor, miedo o determinación de la tormenta que vivía en su interior. Una tempestad en la que una parte de ella iba a naufragar. Hay decisiones que no se pueden tomar sin desgarro. Lo aprendió en ese instante eterno.

Lo dijo en voz alta antes de arrepentirse, para que no hubiera marcha atrás.

—No puedo, Ramón.

No acababa de llegar a puerto para traicionarse a sí misma al primer contratiempo. Salirse del camino marcado era una opción temeraria.

Ponerse en manos del destino en vez de guiarlo ella, una cobardía.

—Ahora no puede ser, Ramón.

Peleó él, noqueado. Sabiendo que había perdido.

—Melina… No sé quién es el que te busca, pero no vayas con él. Por favor. Quédate conmigo.

Se atrevió entonces a besarla y ella volvió a dejarse llevar. Como tantas veces había imaginado, como el día del baile.

Por poco tiempo.

—Veo que congeniaron —se escuchó la voz de Consuelo que se encaminaba ya a la pasarela—. Me alegro mucho.

Se separaron como dos niños pillados en falta.

Consuelo encaró a Melina al darse cuenta de que lo que parecía un principio era en realidad un final. De algo que no existió.

—Mucha suerte, niña. Te la mereces.

Y la abrazó sabiendo que probablemente no volverían a verse.

Volvió a decir su nombre el Vasco.

—Yo soy, señor.

Miró él la foto, luego a ella y después se detuvo en Ramón, a quien saludó con una inclinación de cabeza y una sonrisa gélida.

Un tango sonó en algún lugar lejano. «Caminito», quizá. Descendía ya por la pasarela cuando la melodía tocó donde siempre lo hace el tango, en la piel y el corazón. La armónica de Ramón se anudó en su melancolía mientras ponía pie en tierra.

El hombre alto del sombrero, delgado y bien parecido, le tendió la mano y tras estrechársela cogió su equipaje.

—Mi nombre es Pascual Echevarría, y me envía su tío Ludivino para cuidar de usted hasta que llegue a casa.

Hablaba un español distinto y hermoso, pero no era el mismo que escuchaba de fondo en el puerto. La erre de su apellido era en sus labios una che forzada, *Echevas-hría...*

—Muchas gracias, don Pascual.

—El Vasco, me llaman. Y estoy encantado de servirla, *cuñataí.*

La palabra le sonó a canción, a esa historia lejana de alguien que cae embrujado por una música y se enamora de quien ya está añorando. La había escuchado alguna vez en el Pombo. Recordó algo de su letra y ahora hablaba de ella.

Volvió a sentir frío. Y la seguridad de que cuando sientes que las canciones hablan de ti es porque estás en manos de la melancolía.

No comentó nada al hombre de su tío, que comenzó a abrirse camino entre el caos con determinación y paso rápido. Antes de apresurar el suyo para seguirle, Melina se giró hacia la cubierta. Ramón ya no estaba allí.

Un dolor sin filos, consistente y amargo, se llevó por un instante su fuerza. Casi tuvo que pedir auxilio al hombre, pero se sobrepuso y logró alcanzarlo. Al sentirla a su altura, el Vasco le preguntó sin detenerse.

—¿Se ennovió usted durante la travesía, señorita?

Melina se molestó. Lo tomó como una osada impertinencia, una frivolidad de un sujeto que la acababa de conocer y cuyo único valor era el de un empleado de su tío. No contestó.

El Vasco siguió hablando sin mirarla.

—Eso nomás sucede mucho en los barcos, porque la soledad es grande y alivias agarrándote a otro tan solo y temeroso como tú. Pero eso pasa pronto. Al tipo puede que ya se le olvidara.

Notó las miradas sorprendidas de algunos de los que habían viajado con ella en el barco. Saludó las sorpresas con sonrisas de educada confirmación. Sí, a ella venían a buscarla, lo que anticipaba apoyo y refugio en lo que para todos los demás era una aventura incierta y probablemente solitaria. Melina no quiso aceptar culpa alguna por salir con ventaja.

No perdieron mucho tiempo en el control. Registrada su entrada, visados los documentos, el Vasco la guio hacia el exterior.

Volvió a avanzar deprisa hasta una verja alta recién pintada. Detrás fluía el tráfico de la capital. Era lento y ruidoso. Al otro lado de la calle, un edificio de tres plantas con dos arcadas enormes en la base que le otorgaban un aire señorial. En la acera, un coche rojo, brillante y de formas redondeadas, forrado con láminas de madera, como esos que llamaban «rubias» en España.

—Un Tucker Torpedo, doña Amelia. No está hecho para *collones*.

Atravesaron la calle solo después de que el Vasco se plantara en el centro y consiguiera detener un coche, pese a las protestas de su conductor. Melina admiró la firmeza de su guía, que a punto estuvo de tenerla con el tipo, al que invitó a salir y medirse con él. No lo hicieron.

—Porteño de mierda —masculló mientras metía el equipaje y cerraba el portón trasero—. Siéntese donde quiera, señorita. A mi lado o en el asiento de atrás. Nos esperan dos días largos de viaje.

Ella volvió a evocar su infancia. Sin saber muy bien por qué, recordó aquella mañana en que sintió miedo de Nolo Carrizón cuando supo que había matado a Amable.

Este Vasco se le antojó una suerte de Carrizón lejano y frío.

Sentada en la parte trasera respiró hondo cuando el coche arrancó. Miraba por el retrovisor el Carrizón de Ludivino cuando notó en el bolsillo del abrigo un papel doblado.

No lo abrió hasta que el espejo no dejó de reflejar la mirada intensa y felina, sin emoción alguna, de Pascual Echevarría, apodado «el Vasco».

El destino

Ahora está allí.

Tanto tiempo después.

Ramón Noriega se ha aparecido en su ventana como en el marco de una pintura milagrosa, el día en que está a punto de casarse con Adrián.

Vuelve Melina a exponer su voluntad y sus proyectos a la matemática inexacta de la intuición. Decidir en segundos si su tiempo ha llegado. De ser así, todo estallará aquí y ahora. Incluida la esperanza de recuperar a su padre.

Todo menos ella misma y las únicas certezas que ha tenido: sus convicciones, vivas y en ejercicio, y ese sentimiento que creyó muerto o enterrado y ahora la penetra con la intensidad de un hierro candente que la abriese en canal.

Se angustia cuando observa que Ramón abandona la escena tras hablar con Pepín.

LIII

Ludivino cerró la puerta de la habitación que había reservado para Melina y guardó cuidadosamente la llave en el bolsillo de la americana.

No estaba seguro de haber tomado la mejor decisión, pero no iba a dejar de sacar partido al favor que le hacía a su hermana Chayito.

Melina no respondía a la línea media de las mujeres de su edad. Conocía a muchas, trabajaban para él algunas incluso más jóvenes. Ninguna como ella. Guapa sin deslumbrar, lo bastante despierta para tener ambiciones, provista de la prudente discreción de los jóvenes sabios, le parecía que debía llevar en la sangre más de los Agüeros que de los Fernández de La Cuestona. Era de su casta, no de la del estúpido revolucionario de su cuñado. Cómo estarían de bien aquí Chayo y los críos si ese socialista desatinado no se hubiera empeñado en seguir allí, sufriendo la victoria de sus enemigos, borracho del sueño imposible de acabar con Franco. Ignorante de que la España de verdad, no la de esos intentos de República caótica, solo podría organizarse con la mano dura de los militares. El único progreso lo trae la disciplina. Bien lo sabía él, que tantas veces había agradecido a su padre el que de mozos enviara a todos sus hijos a ganarse la vida en América. Aquel *guaje* que se aferraba entre lágrimas de desesperación y miedo a la firmeza inamovible de su padre se había convertido en un verdadero hombre de provecho, la persona rica e influyente que jamás habría podido ser en su país.

Gracias al sufrimiento, a la vida en el alambre, a los palos.

A saber pelear el miedo. A no ser un cagón.

—*Diz mi padre que quier mandarme a América* —le contaba angustiado a su amigo Pepín Fernández.

Sostenía Fernando Agüeros, el padre, que para ganarse la vida, mejor lejos de la pobreza de una España imposible. Asentía resignada Aurorina, la madre, con la verdad en las tripas: irían mandando a los *guajes* por el mundo porque cuantas menos bocas, menor miseria.

—¿Y qué vas *facer*? ¿Irte?

—Ni *llocu*. Me escaparé, me iré de casa y me esconderé donde no me pueda encontrar.

Llegó a planear la fuga con él, con Pepín Fernández, el de la Cuestona, su amigo del alma desde que fueron capaces de hablar y trotar. Pero el plan falló porque el cobarde que luego se casaría con su Chayito no tuvo pelotas para coger aquella noche el camino de León y desaparecer para siempre. Lo dejó solo y apenas aguantó dos días hasta que los carabineros le atraparon tiritando de frío y miedo en una ermita cerca de Busdongo.

Aún escuecen los palos del padre cuando lo llevaron a El Regatu. Pero dolió más la traición del amigo.

Pepín le dijo que se había dormido, pero siempre supo que aquel comunista o socialista, o lo que fuera, era un mentiroso y un cabrón. ¿Cómo ha de ser si no un hombre que no mira por su familia sino por su causa? ¿Alguien que pone sus escrúpulos y su desatinado idealismo por encima de los de su propia sangre no es un desgraciado?

Ludivino apretó con fuerza la llave de la habitación de Melina en el caserón de Los Laureles. Llegaría en un par de días, de la mano del Vasco, o el indio, que era como él motejaba a Pascual Echevarría. Estaba seguro de que la custodia sería eficaz y no se dejaría arrastrar por esa tendencia suya de salvaje guaraní, liberando el puma que lo devoraba por dentro al olfatear a una mujer. Y no era fácil resistir los instintos ante esa sobrina suya que sin brillar rozaba lo hipnótico.

Hasta él mismo jugó a la seducción con ella.

Se lo quitó de la cabeza. Como el pensamiento del Vasco aplicado en ese juego.

Ahora tocaba afrontar lo inevitable. Preparar la respuesta al momento en que Melina tuviera conciencia de cuál era el negocio y la posición de su tío Ludivino. De dónde venía todo aquello. Que el *kije* de Pepín tenía razón cuando le hablaba de putas y negocios oscuros.

Tendría que aceptarlo, después de todo. Y plegarse. Su sobrina era una Agüeros.

—Don Ludivino.

Una voz áspera de mujer lo recolocó en el presente.

—Dígame, doña Eulalia.

317

La mucama que mandaba desde hace años en la casa con el aire de firmeza y exigencia que imprimía él a sus asuntos reclamaba desde la planta baja, asiendo la barandilla de la escalera como si a través de ella llegaran arriba los requerimientos.

—Han dejado una nota de parte de... a ver —miró al sobre sin soltar el pasamanos—: el señor don Emilio Menéndez.

—Ah, sí. Muchas gracias. Bajo inmediatamente.

—Y otra cosa, don Ludivino.

—Dígame —y volvió a lamentar la manía que tenía esa mujer de dar las informaciones poco a poco, como si el dosificarlas otorgara más empaque a la comunicación.

—Hay algo más, señor.

—Me lo imagino —respondió cuando ya casi estaba a la altura de Eulalia.

Soltó esta entonces la barandilla y le dijo, a mitad de camino entre la solemnidad y la preocupación:

—Ha telefoneado el señor Echevarría...

—¿El indio?. Ejem... ¿El Vasco?

—Don Pascual, sí. Con noticias —e hizo una pausa dramática.

—¿Me lo va a decir o lo tengo que adivinar? No sé si sabe usted que ha ido a Buenos Aires a recoger a mi sobrina.

—Lo ignoraba, señor, pero ahora me preocupa algo más.

—¿Ha pasado algo?

—No definitivo, afortunadamente.

—Eulalia —estaba ya verdaderamente irritado.

—Dice don Pascual que ha habido un incidente. Algo grave.

Sonó trágico. Temió Ludivino algún accidente.

—¿Están bien?

—Mi impresión, por su tono, es que sí. Pero me dice que mañana por la tarde estará aquí para contárselo.

LIV

Melina se despertó sin una conciencia clara de dónde estaba. Un paisaje crepuscular de tonos rosáceos y tejados que se sucedían a toda velocidad la fue reubicando.

El cabello alisado y brillante del Vasco en el asiento delantero actuó de interruptor, y a su visión casi despertó completamente. No podía creer que hubiera sido capaz de dormirse con el traqueteo de emociones que estaba viviendo desde que el barco entró en Buenos Aires y la vigorosa agitación a que sometía al coche lo que parecía una carretera colonizada por baches y badenes.

Su puño custodiaba la nota de papel. El Vasco comentó su despertar.

—*Pucha...* ¿Se cayó la dama? Cansa el barco, ¿no es cierto?

—Supongo que sí —respondió Melina con desgana. El horizonte exterior era una planicie inabarcable.

Sin ganas de hablar, volvió a cerrar los ojos.

Ramón le había dejado escrita una dirección en Buenos Aires junto a un corazón atravesado por una flecha. Sintió lástima. Por los dos.

¿Y si hubiera desaprovechado la oportunidad de su vida? ¿Y si él estaba sufriendo por ella?

A veces las oportunidades se presentan a traición en una curva del camino.

—¿Estás segura de lo que vas a hacer, Melina?

Ante ella, su tía Lita unos días antes de empezar el viaje.

—No. Sí lo estoy de lo que no quiero. Y es seguir aquí, asfixiada en un ambiente estrecho que me aprieta como si llevara zapatos pequeños. No quiero coser para la Fábrica de Mieres ni hay quien me dé trabajo de cocinera, más allá de Adela y sus *fiestes*... y ni aprender puedo. ¿Qué me queda? ¿Resignarme? ¿Esperar? ¿Como la niña que aguardaba el abrazo que nunca llegó? ¿O mis amigas que se echan de novios a mineros que las ignoran por miedo a quedarse solas? Yo quiero vivir, aprender... Y aquí no puedo. Mira lo que le pasó a doña Lucrecia por hacerse valer en medio de toda esta porquería.

—¿Y si es verdad lo que dicen de Ludivino?

—Son cosas de padre. Madre se quiso ir allá y él se negó. Tan mal no debería estar allí. Y si me pongo en lo peor, ¿qué? ¿Me va a poner a mí de puta? Quiero hacer mi vida, tía Lita.

Sentada en la trasera de un coche conducido por un desconocido que le provocaba desasosiego, Melina dudó si estaba haciendo lo correcto, lo que ella quería. Se aferró, consciente y segura, a su propia determinación, y trató de convencerse de que lo mejor era no haberse quedado con Ramón. Pasase lo que pasase, ella debía ordenar el mapa de su vida en lo que su voluntad pudiera.

Demasiadas horas había esperado en la carpintería lo que nunca llegó porque no estaba en su mano.

Esto sí. O al menos decidía por sí misma.

Un rumbo claro te arma mejor para superar las tormentas.

Dobló el recuerdo de Ramón hasta dejar la nota en un pequeño cuadrado que guardó en el bolso que le había regalado *güelita* y decidió saber quién era el tipo que se estaba ocupando de ella.

—Así que es usted hijo de vascos. —Levantó la voz porque en aquel viaje era también difícil hacerse oír.

—No señorita, de vasco y de india guaraní.

—O sea, medio indio…

—*Pos* eso parece.

—¿Y hace mucho que trabaja para mi tío?

—*Pos de mitai.*

—¿Perdón?

Sonrió él desde el retrovisor. Tenía un diente mellado y el gesto incompleto, como si solo riera la mitad.

—Quiere decir «chico» en guaraní. Aquí… bueno, allá en Paraguay, combinamos los dos idiomas, el español y el de mi madre.

—¿Y qué hace usted exactamente?

Volvió a mirarla entre divertido y paternal.

—Mucho usted quiere saber así, a la primera.

—Seguro que usted sabe casi todo de mí.

—Bueno, según. Que su madre de usted es hermana de don Ludivino y… —pensó no hacerlo, pero lo dijo— y su padre comunista, o así, que luchó contra Franco. Más no sé.

Cuidado, Melina; no te fiaste desde el principio, no lo hagas ahora.

—Mi padre luchó siempre por darnos lo mejor que pudo.

—Pues claro, señorita. Quién lo duda.

De nuevo silencio.

El Vasco volvió a mirar por el retrovisor. Esta vez con curiosidad.

—¿Se me molesta usted porque hablo demasiado?

—No, ¿por qué dice eso?

—Hay *pos* porque talmente parece que le incomodo, mi *cuña*. Y yo lo único que quiero es que usted se sienta cómoda, porque es la sobrina del patrón y tenemos un largo viaje por delante. Nos quedan dos noches, señorita, hasta llegar allá. Con sus días. Hay que correr la Argentina hasta alcanzar el sur de mi país, y llegar a Asunción, donde vive su tío. Y solo quería darle bola. O sea, conversación, como ustedes dicen allá.

No le hacía Melina al Vasco un melindroso inquieto por impresiones ajenas. Tenía más bien ademanes de hombre seguro y andares y gestos de los que usan los que se ven elegantes.

—O sea, es usted mi protector.

—Si usted lo quiere, llámelo así.

—No me ha dicho qué hace con mi tío Ludivino.

—Pues este… los trabajos de confianza. Los que él haría, pero no puede porque es un patrón muy ocupado.

—¿Por ejemplo?

—Mi dueña… este mismito que ahora hago. ¿En manos de quién pondría a su pequeña y querida sobrina española? No de cualquiera, ¿vio?

—¿Como un ordenanza?

—Che, señorita, no soy esclavo patrón. Hombre confianza, que es otra cosa.

—Mi padre tenía un hombre de confianza que se llamaba Nolo. Y hacía el trabajo que nadie quería hacer. El trabajo más duro, a veces hasta… matar a alguien.

El Vasco casi detiene el coche.

Atravesaban en ese momento una hilera de casas de lata a los dos lados de la carretera. Un viento lejano arrastraba nubes de polvo a ras de tierra. El aire era seco.

—¿*Pos* qué me dice, doña Amelia? ¿Qué la gente de su padre andaba matando a otros por ahí?

—Estábamos en guerra en España… Todos se mataban.

—*Pos* aquí, que es la guerra muy de la patria, hubo una hace no mucho, pero ya pasó y perdieron los comunistas. Pero ahora no… y yo no, señorita, yo no mato, no me gusta, es feo. Salvo si me van a matar, claro. En este mundo a veces *ties* que matar *pa* que no te baleen a ti. Pero si usted quiere saber si soy un… ¿Cómo se dice? Un matón… Noooo… se caiga mi *ñema*. El patrón nunca manda matar. En su *bisnes* no hay sitio para quitarse así a la gente. Es honesto y es bueno.

—¿*Bisnes*?

—Pues… sus negocios, sus cosas.

—¿Y cuáles son?

No siguió la conversación el Vasco. Anochecía, y debían buscar dónde alojarse. En seis horas no habían conseguido ni salir de Entre Ríos.

—¿Le parece que vayamos buscando dónde pasar la noche, señorita?

Melina comenzó a sentirse incómoda. Profunda e inevitablemente incómoda.

LV

Una luz de atardecer, de un rojo intenso como Melina no había visto nunca, envolvía ya la atmósfera fría y pelada del camino cuando el Vasco detuvo el coche frente a un cartel luminoso. Alguna letra chisporroteaba sin terminar de encenderse, pero se podía leer en él «La Paraguaya».

—Aquí se está bien, doña Amelia —explicó él—, es de una india amiga que nos tratará *chévere*.

El lugar parecía solitario, como perdido.

Detrás, una gasolinera permanecía abierta.

El luminoso permitía ver una casa de fachada alargada con puertas y ventanas alineadas y una especie de corredor a un palmo del suelo. Absolutamente nada alrededor. Ni un árbol.

El Vasco se dirigió al otro extremo de la casa y entró en lo que debía ser la recepción. No tardó en salir junto a una mujer de aspecto amable que la miraba fijamente mientras asentía a las palabras del hombre, que Melina no podía escuchar.

—*Vení*, muchacha, *vení* —le indicó ella con un gesto mientras alzaba la voz—. *Dejá* que el indio porte tus valijas del maletero y *entrá*, que hace frío.

Eso hizo Melina. Ella, exagerando la sonrisa, le dio dos besos cuando estuvo a su altura. Sudaba y olía a hierba caliente y ropa limpia.

—Me llamo Anahí, señorita. Venga dentro, que estará bien. ¿*Querés* un *matesito*?

Debió de mostrar demasiado desconcierto Melina, porque la mujer aclaró inmediatamente.

—Es un té con hierbas de aquí. Está muy rico.

Quedó junto al mostrador mientras la anfitriona salía por una puerta que estaba al otro lado. Encontró asiento en un sofá azul brillante frente a la recepción.

Se sintió como si estuviera en otro mundo. Habían pasado siglos desde que salió de casa, y ahora se enfrentaba a su primera noche en un continente lejano, en algún lugar aislado de un país desconocido, con personas que intentaban sin éxito hacerle sentir bien.

Era como si fuera la protagonista de una película en color, una presencia distante en un mundo irreal que, sin embargo, era ella misma.

El Vasco pasó por delante llevando su maleta y la bolsa de viaje.

Anahí dejó sobre el mostrador dos extrañas tazas sin asa, humeantes, de las que sobresalía una caña metálica de extremo aplastado.

—Esto aquí se llama «mate». Nosotros en Paraguay lo llamamos «tereré». Se puede tomar con azúcar o sin azúcar, ¿Vos que preferís?

Melina no sabía qué responder. A lo lejos, se escuchó la voz del Vasco.

—¡Amargo! Tómelo amargo, doña Amelia. Sabe más.

Asintió y la mujer le alcanzó una de las tazas.

—Descuide, *cuñataí,* no quema. La bombilla guarda dentro el calor. Tómela con la palma de la mano. Eso sí, tenga cuidado al hacer así —e imitó un gesto de sorber— porque ahora arde. Espere a que se enfríe un chin.

El primer trago le supo muy amargo, pero le gustó la contundencia de los sabores. No era uno solo, notó hierbas de distintos tonos y un regusto final agridulce y potente.

—¿Lo puedo probar ahora con azúcar? —preguntó.

—Como usted quiera —concedió Anahí y tomó la bombilla de Melina.

Se la devolvió tras verter dos cucharaditas sobre la capa de hierbas que cerraba la boca.

—Espere a que el azúcar baje y pruebe…

—Gracias.

Demasiada presencia del dulce. No le gustó tanto.

—Prefiero amargo.

Llegaba en ese momento el Vasco.

—Tiene gusto y sensibilidad, señorita. Como su tío.

Tumbada poco después en la cama, siguió sumida en una extraña sensación de irrealidad.

Pensó en el mate como algo simbólico, como una metáfora de lo que empezaba a vivir. De la vida, de todas las vidas. Algo que se sabía amargo y había que tomar a sorbos. Algo escondido en un recipiente que no dejaba ver su interior y que era mejor disfrutar abriéndose a todas sus posibilidades. Podía quemarte, claro. Para evitarlo había que aplicar la paciencia y aprender de los demás.

Cayó en un sueño profundo justo cuando apretaba el pecho una sensación de lejanía y desamparo que le recordaba lo vivido en casa, en la carpintería, frente a la sólida desatención de su padre, en sus muchas noches de un desafecto que ni siquiera la solícita disposición de su madre aliviaba por completo.

Y volvió a soñar.

A sumergirse en un viaje de pesadilla que la trasladó a aquella niñez. Pero no esperaba el amor en la carpintería, sino en un banco sucio de hollín en medio de la calle. Como aguardando un tren o un tranvía. Unas voces de niños gritaban a su alrededor, jugaban, pero no podía verlos. Olía a carbonilla y sonaban las sirenas por un incendio lejano. Filas de hombres con mono azul y los ojos blancos desfilaban ante ella. Sus miradas eran amenazadoras. Agachó la cabeza, y al levantarla ya no estaban. Supo que soñaba y quería salir del sueño, pero no pudo. Tampoco podía correr, ni moverse. Estaba otra vez sola. Los niños seguían jugando tras ella. Alguien se sentó a su lado. Era doña Lucrecia, que con gesto amable le decía algo que ella no podía escuchar. Abría mucho la boca y de ella salía un olor insoportable, como el de aquello que le sacaron a padre de la entraña siendo ella cría. Volvió a ver el cubo, y en su interior no había vísceras ni una materia oscura y densa, sino un corazón que palpitaba como queriendo escapar de su encierro. Lucrecia había desaparecido y la calle ya no existía. Ante ella, de repente, un mar. Grandes olas sacudían el casco del barco desde el que veía cómo se ahogaban hombres y mujeres, algunos de los cuales le resultaban familiares. Vio a Amable, a

Nolo Carrizón, al moro que un día se topó en una esquina. Ramón apretó su mano contra la borda antes de lanzarse al agua sin que ella pudiera evitarlo. Corrió a buscar ayuda, pero solo encontró a dos de sus compañeras de colegio que corrían enloquecidas entre lágrimas, con Mariquita Pérez mutilada y, en la proa del barco, una figura de hombre con gorra de marino, que se giró al escuchar sus gritos silenciosos. Era su padre, Pepín Fernández. Le faltaba el corazón. Tras él, Eugenio de Silva riendo a carcajadas con el brillo anaranjado del fuego en sus ojos de dragón. Presa de un pánico incontrolable, corrió a lanzarse por la borda, pero ya no había agua, sino enormes lenguas de fuego ante las que se vio forzada a retroceder.

Se despertó agitada cuando ya no tenía escapatoria.

Incorporada y confusa, tuvo tiempo de observar una sombra que rápidamente se movió junto a la ventana que daba al exterior.

Esto no era un sueño. Había alguien curioseando.

Dos toques leves en la puerta. Tum, tum.

—¿Está bien, señorita?

El Vasco se interesaba por ella al otro lado.

—Muy bien, gracias.

Se asustó. En realidad, sintió miedo. No podía ser más vulnerable de lo que en ese momento era frente al mundo.

—Me pareció que gritaba… y me alarmé.

—Estoy bien, muchas gracias. Era una pesadilla.

En ese momento, sin permiso, abrió la puerta.

Melina se puso en guardia. Él se acercó sin perder la

mirada, desplegando lentamente una ensayada sonrisa de seductor.

—Tengo que velar por usted, Amelia. También en sus sueños. Mi madre me enseñó que para los indios guaranís uno no puede hacer lo que no sueña, y que los horrores de las pesadillas son augurios de lo que puede suceder.

Esperó respuesta, pero Melina estaba tan asustada que apenas le salía la voz. Al segundo intento pudo susurrar:

—Le pido por favor, don Pascual, que salga de aquí.

—Es mi obligación velar por usted.

—Pues déjeme entonces, se lo pido por favor.

Ajeno a la súplica, el Vasco alcanzó el lado contrario de la cama y se sentó a sus pies.

—Descanse tranquila, señorita. Haré guardia para evitarle las pesadillas.

No tenía fuerzas para luchar. Se recostó, cerró los ojos e intentó calmarse. Tenía el pulso como si hubiera subido a El Regatu corriendo desde Mieres.

Pasos alrededor de la cama. Un peso junto a ella. Olor a ropa sucia y un lejano aroma a perfume. También alcohol.

Se sobresaltó cuando el Vasco rozó su mejilla.

—*Kuña Ipora* —susurró mientras acercaba la otra mano a su cuello.

Melina se incorporó y lo apartó de un violento manotazo. El Vasco rio.

—Brava la mina, como su tío. Y muy hermosa. Qué desperdicio que no vaya a formar parte de las fiestas. Al menos eso dicen… que veremos.

Se acercó a ella con intención de besarla y Melina respondió con una bofetada que le dejó la mano derecha dolorida.

—Mi tío acabará con usted cuando le cuente esto.

—¿Qué? ¿Que le gusté y nos cogimos no más un puntito? Me conooooce. Y seguramente a usted también. No está pasando nada… ¿o no podemos *maloquear* sin que se *encocore*?

—Va a salir de aquí ahora mismo, señor Echevarría. O llamo a la policía, que también aquí hay, ¿verdad?

—Y… bueno, según la hora. Ahorita *pos* puede que no. Pero descuide, que no la importuno. No más pensé que podría necesitar de mis servicios. Si no es así, sigo quedando a la orden. Y si quiere protección o quiere macho… *pos* aquí estoy para servirla.

LVI

Cuando comprobó a través de la ventana que el Vasco entraba en la recepción se sentó en la cama con las manos en la cara. Quería llorar, pero no podía.

Otra vez sola.

Decidió huir. No tenía otra salida. No hacía falta llegar a destino para comprobar que padre tenía razón. Si su tío enviaba alguien así a protegerla, o tenía un discutible concepto de la seguridad o no disponía de nadie con mejor armazón moral. En cualquiera de los casos, anticipaba una atmósfera que no quería respirar Melina.

Rehízo su maleta y llenó la bolsa. Escapar. ¿Hacia dónde? ¿Cómo?

Recordó las luces de la gasolinera. Era su única posibilidad.

También podía pedir ayuda a Anahí, pero la prudencia no se lo aconsejó.

Temblando, insegura y asustada como un animal en una cacería, Melina Fernández salió de su habitación media hora después con la bolsa al hombro y levantando su maleta sin hacer ruido.

La gasolinera permanecía encendida. No vio a nadie.

Al aproximarse, un leve murmullo de música. Había alguien en el interior. Un hombre mayor escribía a lápiz acercando mucho los ojos, como si las lentes no fueran suficiente.

Melina tocó el cristal. El hombre mostró una franca sorpresa.

—¿Qué *querés* a estas horas?

No entendió muy bien ni el sonido le llegó claro.

—¿Me puede ayudar? Necesito ayuda, por favor.

El hombre se había levantado hasta la puerta acristalada. No abrió.

—¿*Sos* gallega?

—¿Gallega? —Le sorprendió el tino del viejo—. No, asturiana…

—Gallega de España, no más. Lo digo por el habla. ¿Qué se le ofrece?

—Necesito ayuda…

—¿Qué ayuda? ¿*Tenés* deudas? ¿Te persiguen? ¿*Necesitás* refugio? —señaló el hotel—. Donde la india es barato…

—¿Me puede abrir, por favor?

—Y… No. No puedo, señorita. No. Por la noche cobramos por aquella ventanita de allá. Vaya usted al hotel…

—¿Dónde estamos? —le interrumpió.

La miró fijamente sobre sus lentes de pasta. Llevaba un par de días sin afeitar, y las ojeras dibujadas en su rostro acartonado y magro delataban su turno de trabajo. La mina estaba realmente perdida.

—¿No lo sabe usted?

—Me han traído aquí desde Buenos Aires. Llegué ayer en barco.

—Está usted en Monte Caseros, provincia de Corrientes. ¿La trajeron aquí?

—Camino de Asunción…

—Otro tanto por delante…

—No le escucho bien… ¿Me va a ayudar?

Algo distrajo la atención del hombre tras Melina. Una camioneta acababa de parar.

—¿Nafta, señor? —gritó un tipo desde la cabina. Era joven, algo grueso y parecía cansado.

—*Servite* vos —devolvió el otro desde dentro.

Eso hizo.

Melina entonces decidió tentar la suerte. Se acercó al hombre que ya repostaba.

—Buenas noches, ¿va usted a Buenos Aires?

El conductor la miró de arriba abajo incrédulo.

—Bueno… mañana pronto supongo que saldrá algún colectivo cerca de aquí…

—¿Un colectivo?

¿Qué hacía una española de madrugada en una gasolinera en plena ruta nacional 14 preguntando por Buenos Aires? Y pidiendo traducción. O se había lanzado en paracaídas o estaba muy muy perdida.

—Yo voy a Buenos Aires —dijo al fin—, perooo…

El corazón de Melina botó como queriendo cambiar de sitio. ¿Le estaría la suerte sonriendo?

—¿Me podría llevar?

El hombre volvió a mirarla. Más despacio. Era hermosa. Y tan vulnerable.

—A cambio de qué.

—Tengo dinero, unos pocos dólares que traje de España.

Le tendió la mano y se presentó con una formalidad acaso excesiva en un lugar y en un momento como ese.

—Ernesto Gaitán Ferreira, rutero ocasional, tachero en Buenos Aires, nacido en Santiago… de Compostela. O sea, gallego de los de verdad.

Le tranquilizó a ella el tono y el mensaje. Buscó su monedero, pero el joven se lo impidió.

—Me hará usted compañía y así no me duermo, ¿de acuerdo?

De repente se sintió a salvo. Por primera vez en mucho tiempo algo parecido a la alegría se le agarró al esternón. Le plantó dos besos y colocó sus cosas a los pies de su asiento.

LVII

Se había dormido cuando Ernesto le anunció que estaban entrando en Buenos Aires.

Se desperezó mientras admiraba la enorme avenida por la que entraban en la ciudad que apenas hacía veinticuatro horas acababa de abandonar.

—Avenida Libertador, Melina. Nos lleva directamente al centro.

—Ayer mismo salía de aquí con un dolor en el pecho, una duda, y una esperanza…

—Lo encontrarás, seguro.

—… Y ahora estoy de nuevo, con otro hombre que no conozco.

—Pero que te ha cuidado de verdad —rieron los dos— y que te va a llevar al sitio que tu Ramón apuntó para que supieras donde estaba.

Se iba metiendo la ciudad en los ojos y en el alma. Ya no era el lugar de paso desde el que partía a una nueva vida. Ahora era su vida la que iba a recomenzar aquí.

Durante el viaje Ernesto y ella se hicieron confidencias. Él había llegado diez años atrás, con sus padres, en un barco muy parecido al *Magallanes*. En tercera, como casi todos. Su madre ya no vivía y mantenía a su padre con el camión y el taxi, que de ahí le venía el nombre de *tachero*. Le aclaró a Melina que a los españoles les llamaban gallegos porque la mayoría de los emigrantes había salido de allá.

—No se complican mucho la vida por aquí.

—O sí, según se mire. Pero ya lo descubrirás tu misma.

Detuvo en coche en un cruce de calles entre las que moría un callejón estrecho.

—Ahí es, creo.

—Gracias, Ernesto. Nunca olvidaré lo que has hecho.

—Ni a mí, descuida. Tampoco me olvidarás a mí. En esto soy más argentino que gallego… en la insistencia, digo.

Despedida y dos besos.

La camioneta se alejó. Atravesó a Melina una suerte de desamparo. Fue solo un instante. Hasta que comprobó el nombre y el número de la calle. Pasaje de las Flores, 74.

Ahí estaría Ramón. Trató de calmar sus nervios con un par de inspiraciones profundas.

Por fuera parecía una casa deshabitada. Fachada gris, cuatro pisos con algún cristal roto y contraventanas cerradas en los pisos superiores. La pintura no había podido soportar la humedad.

Llamó y volvió a llamar. No había timbre y golpeó varias veces la puerta. Suave al principio. Con fuerza la tercera vez.

Nada.

Se impacientó. La casa estaba en uno de los laterales del callejón, al interior. Melina miró alrededor. Ni restos de movimiento o de vida. Por no haber, ni una maldita planta o una flor. Desde el cruce llegaba un sordo sonido de tráfico y voces.

Llamó por última vez. La misma muda respuesta.

Nunca un silencio le pesó tanto. Ni los de su padre en la carpintería. Al menos la soledad que provocaban podía amortiguarse volviendo a casa. Aquí no tenía lugar al que volver.

Buscó a alguien para saber si el lugar estaba cerrado temporalmente por ser fiesta o algo así.

—Disculpe —abordó a la primera persona que se topó en la boca del callejón—, ¿sabe si esta dirección es aquí?

Una mujer entrada en años y algo en libras, miró el papel y luego el callejón.

—Eso parece. Sí. Acá debe ser porque lo dice la placa. *Mirá.*

Le indicó con el dedo la inscripción oscurecida por la humedad en la que se podía leer «Pasaje de las Flores».

—Gracias, muy amable.

—Con Dios, joven.

Entró en una floristería cercana.

—Perdone —interpeló a una joven de su edad que organizaba un ramo tras el mostrador—. ¿Hay en esta dirección alguna empresa o algún tipo de negocio que lleven españoles?

La chica tomó el papel que le alargaba Melina.

—En el callejón, *¿noesierto?* Sííí. Ahí había una imprenta o algo así que llevaban unos gallegos, pero cerró hace meses…

—¿Meses? ¿Y no hay nadie ahí?

339

—No, señorita. Hace tiempo que eso languidece. Y es un gran local, pero ni lo pusieron en venta ni parece que lo vayan a traspasar. ¿Quería algo de eso? Porque si *buscá* un local para abrir algo yo puedo ayudarla.

No. No podía. Nadie podía. Acababa de sufrir su segunda derrota en este exilio involuntario. Y si la primera había sido dolorosa, esta era devastadora. ¿Qué haría ahora? ¿Regresar al hotel? Sin duda el Vasco la estaría buscando. ¿Ponerse a tiro y volver con él?

Había vuelto a Buenos Aires para encontrar a Ramón. Eso es lo que iba a hacer. Aunque no tuviera ni idea de por dónde empezar.

Llamaría a Ernesto. No. No tan pronto. Buscaría entre los españoles que vivían en la capital. No deberían ser muchos.

—Perdóneme, ¿dónde viven los españoles que están en Buenos Aires?

La joven de la floristería abrió los ojos asombrada.

—Hay muchos. ¿Se refiere usted a lugares donde se reúnan?

Asintió Melina esperanzada.

—Pues en avenida de Mayo, por ejemplo… allí hay cuadras enteras con comercios de gallegos. Telas y esas cosas. Y un par de cafés… Iberia o El Español, no recuerdo bien.

—¿Y está muy lejos?

—Pues depende, señorita. Para pasear, un poco. Pero si toma el colectivo o agarra un tacho, no será demasiado.

Avenida de Mayo. Bar Iberia. Por algún sitio tenía que empezar.

—¿Tiene usted cambio?

Sacó tres billetes de dólar y los colocó sobre el mostrador. La joven los tomó rápidamente y puso sobre la mano de Melina billetes y monedas que no supo identificar.

—Esto es en pesos, señorita. Es mucho dinero, tenga cuidado.

—Gracias. No hay más remedio… ¿Qué dirección tengo que tomar para ir a esa avenida de Mayo?

LVIII

El Vasco, Pascual Echevarría, conducía furioso por la Ruta Nacional 14 camino de Buenos Aires.

No había telefoneado al patrón antes de intentar encontrar a la pelotuda de su sobrina. Una cosa era pasarse un chin en las atenciones y otra muy distinta perderla.

Debía intentar encontrarla en el pajar de Buenos Aires y regresar con ella a toda velocidad. Si era posible que no se enterara Agüeros del incidente, mejor.

El *chafalón* de la gasolinería le había *encarajinado* con tanta duda y tanta *garambaina*. Allí mismo lo habría *achurado* de no mediar la paraguaya, que si es un viejito amable, que no sabe y no vio a la *cuñita* escapar ni con quién.

Bueno, con quién sí.

—Se fue con un gallego, no más. Uno que llevaba un camión no muy grande, como un *bondi,* y agarraron *pal* sur… no sé.

Calculó el Vasco que volvería a la capital y allí se escondería entre los gachupines. ¿Cómo se llamaba el que la despidió? ¿Ese con el que se había *encalabrinado*?

No conocía ella muchos más. El del barco y el boludo gallego que se la había llevado. A saber con qué renta. Con lo que él no tuvo, pudiera ser.

Se sacó de la cabeza la idea de no encontrarla. No podía fracasar, nunca lo hacía.

Lo primero sería ir a Mayo a recorrer las cuadras de los gallegos. Luego llamaría al policía Diosdado y pondría a la huevona en búsqueda.

Melina tardó en alcanzar la avenida de Mayo.

Era una calle ancha, larguísima y recta. Inacabable. El bar Iberia, donde pensaba empezar, estaba en la esquina de Mayo y la avenida de Salta.

Preguntó. Aún estaba lejos y empezaba a encontrarse verdaderamente cansada.

Calle arriba la vida urbana se desplegaba a su alrededor de un modo que resultaría agobiante si no estuviera sumida en emociones más absorbentes. Todo el ruido y el aparente desorden de una gran urbe no eran nada comparado con el estrépito de su interior.

Escuchaba los intercambios de palabras con ese acento musical tan melodioso, los sonidos apagados de los coches en un incesante ir y venir, algunos gritos y los agudos topetazos de las bocinas. Pero nada de eso parecía concernirle. Buscaba un objetivo preciso, alcanzar el Iberia, sin noción de cuál sería el siguiente paso.

No sintió alivio cuando se plantó ante el chaflán que daba entrada al café. Iberia, se leía arriba en grandes letras de plata. ¿Ahora qué?

Entro despacio. Decidida y al tiempo insegura. Miró a todos lados sin saber muy bien cuál sería la dirección correcta. Mesas redondas ocupadas por parroquianos, casi todos hombres, y unos cortinones rojos, pesados, flanqueando los enormes ventanales. Y sí, allí se hablaba español de España.

Algunos de los presentes se quedaron mirando a la joven que acababa de entrar con una maleta y una enorme bolsa al hombro.

Un camarero se acercó a ella.

—¿Desea algo, señorita? Le puedo ofrecer una mesa.

—No sé —respondió sincera—. En realidad, estoy buscando a alguien.

—¿Algún cliente?

—No lo sé. Se llama Ramón Noriega.

—Si es tan amable de esperar, voy a preguntar.

Se retiró tras una levísima reverencia que Melina se tomó como una caballerosa consideración.

En la espera volvió a observar el local y a sus parroquianos.

Hasta ese momento solo había visto hombres, pero en esta segunda mirada se encontró con una mujer en uno de los laterales, al fondo del salón. Había dejado de escribir para mirarla a ella. Y seguía haciéndolo cuando cruzaron sus miradas.

Bajó los ojos Melina. Aquella mujer le volvió a traer a la memoria a doña Lucrecia. Algo mayor, pero le recordó a ella.

Regresó el camarero con noticias.

—Lo siento muchísimo, señorita, pero el caballero no es cliente habitual del café. O al menos no le conoce la propiedad.

Era español. Pulcro en el lenguaje. Quizá demasiado. A Melina le pareció que rozaba lo cursi.

—¿Puedo ayudarla en algo?

Iba a decir que no, pero no quería irse aún. No sabía dónde.

—¿Cuánto cuesta un café?

El camarero se tomó la pregunta como quien escucha a un niño preguntar una obviedad. Sonrió paternal.

—Acaba usted de llegar a Buenos Aires, ¿verdad?

—Pues sí. Se me nota, ¿no?

—Permítame que le invite yo. Sígame.

En el mismo momento en que Melina Fernández se adentraba por primera vez en los salones de café Iberia, el Tucker rojo con listones de madera en las puertas recorría la avenida de Mayo, casi a la altura del 1196. El Vasco conducía despacio, radiografiando casi cada movimiento en las acercas con la precisión con que peina el paisaje el ave de presa.

El tiempo apremiaba y eso requería concentración. Chaqueta basta verde y falda plisada beige, pelo negro, suelto, tez morena, un bolsón en un lado y una maleta de cuadros. Eso buscaba.

A la altura del Iberia detuvo un instante el coche para otear el interior. No la vio allí.

Al fondo, cerca de la barra, el camarero acomodaba a Melina en un asiento corrido tapizado de algo parecido al terciopelo rojo. El lugar le pareció elegante, acogedor. Respiraría.

El Vasco continuó su marcha atento a todos los movimientos en la calle. Quién se paraba, quién aceleraba el paso, quién se encontraba… Nada.

Se acercó a El Español, el otro bar donde se concentraban los gachupines. Los del otro lado. La otra España como decían ellos. O la España auténtica. Si el Iberia era el de los comunistas derrotados en la guerra y obligados a venirse acá, El Español mantenía el pálpito de los vencedores, de la España conquistadora y orgullosa.

Desde el teléfono del local llamó a Diosdado.

—Estoy en un apuro, compadre. *Tenés* que arreglármelo como amigo o como socio.

Le contó el desaguisado y la urgencia. Apremiaba el tiempo. Había que localizarla hoy mismo.

—*Montá* una redada en la avenida de Mayo. Lo que quieras, pero ayúdame. *Sabés* cómo de bien devuelvo los favores.

LIX

—Vine en un barco ayer mismo, el *Magallanes*. Zarpamos de Bilbao hace más de dos semanas. Iba a casa de un tío mío en Asunción, en el Paraguay, pero durante el viaje me di cuenta de que lo que quería de verdad era quedarme en Buenos Aires. Conocí a un chico. Asturiano como yo... Porque soy asturiana, de Mieres, ¿sabe usted? Y si le digo la verdad, lo que quiero es estar con él. Pero me dio una dirección y resulta que allí ya no hay nada.

El camarero del Iberia escuchaba disciplinado y aparentemente atento mientras servía el café a la joven. Le pareció guapa. Y a juzgar por el relato, valiente o insensata. O las dos cosas a un tiempo, que también se daba.

—Y ese joven es el tal Noriega.

—Eso es.

—¿Y dice usted que es de...?

—¿Yo? De Asturias, Mieres del Camín... es un pueblo minero a orillas del río Caudal.

—Permítame un momento, porque me suena mucho ese nombre. Y puede que... Deme un minuto, señorita.

No tardó en regresar el camarero acompañado de un hombretón alto y ancho que no dejó de mirar a Melina a los ojos desde el momento en que la tuvo a la vista. Como si la conociera. O como si la curiosidad le liberara de todo pudor. A ella no le resultó extraño.

—Me dice Fabián —empezó sin presentaciones y en un tono que le recordó al de los mineros en los chigres, los bares de sidra y serrín— que... *yes* de Mieres.

No me irá a hacer la broma del perro y la cadena con que los *foriatos* pretenden ser graciosos cuando se topan con un mierense. «¿*Yes* de Mieres?, *¿tiés perru? ¿Tien caena?*» ¿A quién se le habría ocurrido esa memez? Melina se permitió por un instante bromear consigo misma. No estaba tan mal si había en ella espacio para un juego así.

—De la Güeria de San Xoan. Y criada en La Belonga y Oñón.

—Virgen santísima...

De repente, el hombre pareció afectado por una profunda impresión.

—¿Cómo te llamas?

—Melina Fern...

—Fernández Agüeros. Tú *yes* la *fía* de Pepín el *carpinteru*... Amelia.

Fue entonces ella la que casi se ahoga en el poderoso golpe de mar, o de lo que fuera. Una atmósfera de alucinación lo llenó todo de repente. Perdida, sola, sin futuro ni más presente que la amable compañía de un camarero y la cálida curiosidad de los clientes de un local al que acababa de entrar, se le aparecía de repente su padre, su pasado y el relato instantáneo de su vida entera.

—Sí... soy Amelia, la *fía* de Pepín el *carpinteru*.

El hombre tomó una silla y se sentó frente a Melina. Le pareció que sus ojos se enrojecían.

—Perdona que me siente, mi cría. Las piernas no me sujetan. No lo puedo creer... Mi nombre es Ambrosio Vega y yo luché por la revolución y la República con tu padre. Es más, es más... —y lo añadió lentamente— estaba en la carpintería el día que naciste tú... Nunca lo olvidaré. ¿Vive tu padre?

Melina se pensó la respuesta. No sería cierto un sí sin más.

—Vive. Muy a su pesar.

De súbito, como impulsado por un deseo incontrolable, el hombre alzó la copa de un cliente sentado en la mesa de al lado, se puso en pie y se dirigió en voz alta a toda la concurrencia.

—Compañeras y compañeros. Escuchad con atención, por favor, escuchad con atención. Está aquí con nosotros alguien muy querido para mí. Es quizá quien en este lugar y ahora representa a la siguiente generación de quienes batallamos a sangre y fuego por la democracia y la revolución que nos fueron arrebatadas en España. La casualidad o el destino, cualquiera sabe, han querido que hoy aquí haya entrado la hija de quien para muchos como yo en nuestra tierra asturiana encarna lo mejor y más comprometido del republicanismo militante. Os pido un brindis por Amelia Fernández Agüeros, la hija de Pepín el *carpinteru* de Mieres. El hombre que lo dio todo por su fe socialista y a quien, salvo la vida y su familia, todo lo demás le fue también arrebatado por el régimen fascista.

»¡Por Pepín! ¡Viva la República!»

Un coro unánime, como una única garganta enardecida, respondió con un estruendoso viva al brindis de Ambrosio.

Melina, desconcertada, no sabía hacia dónde mirar. Decenas de ojos la escrutaban.

Al fondo del salón, la mujer que la observaba cuando entró en el Iberia, morena, pelo rizado, el rostro cansado y rasgos de tristeza en la expresión, inclinó la cabeza hacia ella en señal de respeto.

Le devolvió el saludo.

—Me alegro mucho de haberla invitado, señorita Melina. Al parecer es usted una especie de institución en su tierra.

—Mi padre, Fabián, mi padre.

¿Dónde estaría? ¿Cómo estaría hoy este Pepín cuyo nombre se vitoreaba en el exilio, cuyo mérito revolucionario llegaba hasta estos confines de la tierra?

El hombre que la negó desde el día de su alumbramiento era un héroe para el mundo. Al menos para esta España del fracaso y el exilio. Ella se sentía orgullosa, claro que sí. Pero de ese orgullo no sacaba fuerza interior, sino añoranza de lo que pudo haber sido y no fue. Nunca vio a su padre como lo que probablemente había sido, un luchador entregado y dispuesto al sacrificio, quizá porque lo sacrificado fue su familia. Ese papel lo encarnó para Melina doña Lucrecia. O Elvirín, o hasta tía Lita y, junto a ella, su madre, Chayo. Mujeres. Siempre mujeres. Los hombres de su vida o no estaban o se empeñaban en imponer el camino a seguir.

Volvió a mirar a la clienta del fondo. Le hubiera gustado tanto tener allí a doña Lucrecia. Tal vez esa dama distinguida y triste que acababa de brindar con ella sin palabras fuera una de esas de las que le hablaba la maestra, esas mujeres que cambiaron las leyes, que creyeron en la igualdad y que el final de la guerra mandó al exilio mientras los vencedores enterraban su obra y arruinaban su vida.

La observó un rato mientras escribía. Lo hacía deteniéndose de vez en cuando, como si pensara. Volvía a escribir y volvía a perder la mirada.

—¿Tienes dónde dormir, *mocina*?

Ambrosio se ofreció a abrirle su casa al menos durante un tiempo. Le ayudaría a buscar al tal Ramón y, mientras, algo de trabajo podría encontrarle.

Le llevaba la maleta a un furgón en la parte trasera del Iberia cuando un enjambre de luces de policía empezaba a arremolinarse en la confluencia de Mayo y Salta.

Algunos uniformados entraban en el café.

A Melina le pareció ver el rostro tenso y escrutador del vasco Pascual Echevarría, pero lo descartó de inmediato. ¿Qué iba a hacer allí a esa hora quien probablemente estaría ya respondiendo ante Ludivino del imperdonable descuido de haber perdido a su sobrina?

LX

Por Mieres corrió la noticia de que la hija de Pepín el Carpinteru había llegado a Buenos Aires.

—Vega *encontrose a la tu fía* en el café de los republicanos allá en la capital de Argentina. Eso *diz,* y no hay quien pueda *quita-y* la razón. *Túvola* en su casa y todo.

La confidencia le llegó a Pepín apenas unos días después del suceso. Debió alguien tratarlo en conferencia telefónica, con algún detalle del brindis y la euforia.

Fiel a su carácter, Pepín prefirió no comentar que el destino de su hija no era la Argentina de Perón, sino el Paraguay de los generalotes.

—Tu hija embarcó para la Argentina y luego se marchó a Paraguay, ¿verdad?

—Sí. Bien lo sabes —le recordó Chayo cuando Pepín llegó a casa con la noticia por delante.

—Pues parece que Buenos Aires le prestó más que el Paraguay. Porque por lo visto se ha quedado allí. Al menos un tiempo, según cuentan...

—¿Cuentan? ¿Quién cuenta?

—Ambrosio Vega. Le recuerdas, ¿no? Comunista. Grandón. *Tuvo* conmigo mucho tiempo en el sindicato… Se marchó a Argentina y allí montó su negocio y formó por lo visto una familia. Bueno, pues hace unos días encontró a Melina en el café donde se reúnen siempre los republicanos.

No podía ser. Estaba con Ludivino. Pararía un día antes de viajar a Asunción.

—Eso creí yo también —respondió Pepín—. Pero me dijeron que estaba sola con el equipaje y que se fue con él a su casa.

Buscó Chayo la última carta de su hija. Dos días hacía que la habían recibido.

—Mira… aquí *diz* que llegará a Buenos Aires y después irá en coche a Paraguay, con alguien que Ludivino mandará para allá. No creo que se entretuvieran a tomar café.

—¿Qué pasó entonces?

El camino recto para disipar la ansiedad era el teléfono. Lo tomaron.

Buscaron en Telefónica a Emilia, la amiga de su hija.

Eternos minutos de demora y, por fin, al otro lado de la línea, en la otra cara del mundo, Ludivino.

—La *tu fía* se enamoriscó de un mozo en el barco y se fue con él. No la perdimos, se escapó. Y te juro por lo que más quiero, que sois vosotros, que la sigo buscando por Buenos Aires. Tengo allí a mi gente y darán con ella tarde o temprano.

Se atropellaba Chayo en la conversación, quería certezas, se ahogaba en una angustia que no calmaban las imprecisiones de su hermano.

—Pero, vamos a ver, tú mandas a alguien a por la cría, alguno de confianza para que cuide de ella y se le escapa.

Es que no lo entiendo... ¿Qué cuidado es ese, qué clase de persona mandaste *pola* mi *fía*?

No trajo la conversación la tranquilidad que esperaban. Quedó Ludivino en enviar telegrama nada más localizarla.

La duda prendió en ellos como lo hace con las verdades a medias. Mejor no saber nada que vivir en incertidumbre. De no haber tropezado con Ambrosio y extender este al mundo el relato del encuentro, estarían tranquilos, confiados en que la próxima carta daría cuenta de su estado y de sus vicisitudes, tan dispuesta ella a contar detalles. Ahora, mientras llegaba, arañarían la preocupación o el recelo.

—O no.

Para Pepín, que desde el incendio apenas trabajaba y parecía vivir de prestado, callado, hosco y gris, no dejaba de ser un alivio que su hija —lo era después de todo— no se refugiara en el abrigo de Ludivino. Que se quedara él con sus putas y sus manejos. Aspiraba a algo más curioso su hija.

—Con cualquiera va a estar mejor que con tu hermano.

—Yo le pedí que se la llevara para sacarla de *esti pozu*. Mi hermano pagó el pasaje y me prometió que allí junto a él se abriría camino de la mejor forma posible.

—¿Fue cosa tuya que Melina se fuera para allá?

—No, fue cosa de ella. Ella decidió porque ya *ye* una mujer. Pero a Ludivino le pedí que le tendiera la mano...

Pasaron tres, cinco días, una semana. No hubo telegrama ni conferencia de Asunción. La mañana después del séptimo día, como si se tratase de un edicto bíblico, acabó la zozobra.

El sobre, enmarcado de bandas azules y blancas, llevaba matasello de Buenos Aires y llegaba por avión.

Carta de Melina. Remite, Café Iberia.

Chayo recordó aquella a los Reyes Magos de hace años. Cuando el inocente deseo de su hija dispuso en ella una voluntad que no se torció hasta conseguirlo. Ahora era ella quien aliviaría a su madre.

Queridos padres, espero que al recibo de la presente os encontréis bien. Yo bien, gracias a Dios y a la suerte.

No os podéis imaginar las cosas que han sucedido desde que os escribí la última carta. Cosas buenas y cosas malas. No estoy en el Paraguay con el tío Ludivino. Os escribo desde Buenos Aires, la capital de Argentina. Y, como os digo, me encuentro bien. He decidido empezar aquí mi nueva vida. No quiero ir al Paraguay. Aquí tengo trabajo y me tratan muy bien. Me ha adoptado como si fuera su hija un compañero del sindicato de padre, Ambrosio, que estaba en la carpintería de Entrearroyos el día que yo nací, cuando preparabais el asalto a Oviedo para la revolución. Me ha preguntado cómo estás y yo le he dicho que bien, porque nuestras cosas para bien y para mal solo nos conciernen a nosotros mismos. Pero si quieres que le dé otras razones, lo haré como gustes. Madre, no te preocupes por mí, aquí he encontrado un sitio y tengo la esperanza de encontrar también a alguien con quien formar una familia. Os añoro, y a Manolín, y a la tía Lita y a los *güelos*. Aunque llevo poco tiempo fuera, la distancia pesa muchísimo. Menos mal que aquí los españoles nos reunimos muy a menudo, porque estar juntos, contarnos cosas y ayudarnos nos hace sentir menos añoranza. Somos como una gran familia. Hay muchas personas buenas e inteligentes que tuvieron que salir de España por defender unas ideas como las de padre, o incluso menos radicales, como dicen aquí. La mayoría son hombres, pero hay algunas mujeres bravas que están aquí por defender la República y que me recuerdan mucho a doña Lucrecia. La siento muy cerca aquí. Yo no marché de casa por defender unas ideas, pero esas ideas a mí sí me representan porque son las mías. Algún día me gustaría hablar con padre de estas cosas, como de muchas otras que nunca hemos hablado. Pienso mucho en eso. Yo no soy parte del exilio político en el que están todas estas personas, pero me siento cerca de ellas porque salí de España para respirar un aire más libre y tener más posibilidades de desarrollo como mujer. Eso es lo que quiero. Eso es lo que hago aquí. Y por eso no fui al Paraguay. No sé, padre, si tienes o no razón, pero lo que vi nada más llegar aquí, la forma en que me trató el hombre que vino a buscarme, las pocas cosas que me contó de la vida en el Paraguay y los negocios del tío Ludivino, me dieron miedo. Y por eso no fui. Sé que me busca porque han preguntado por mí a algunas personas que conozco, pero no quiero ir con él. Lamento disgustarte, madre, pero si me pongo a pensar en la vida allí y contemplo lo que aquí tengo delante, estoy segura de que mi futuro pasa por abrirme camino desde Argentina. Y volver a España cuando pueda ser la mujer y la persona que siempre quise. Siento haceros disgustar, pero creedme, me encuentro bien y tengo ilusiones.

Leyó Chayo en voz alta ante Pepín, su hermana Lita y el pequeño Manolín. Seguro que a Melina le hubiera gustado ver cómo se detenía en los puntos, hacía inflexiones, hasta impostaba el tono según lo escrito. Como cuando interpretaba las historias de las novelas como si estuviera sobre el escenario.

Se ponía hoy en el corazón de su hija. De otra forma, también su padre.

—Brava. Valiente la Negrona.

Lita lo miró sorprendida. Chayo bajaba la vista como sopesando lo que acababa de saber. La levantó al escuchar a Pepín.

—¿Esperabas otra cosa? —preguntó.

—Nunca esperé nada.

—No me dirás ahora que no *ye fía* tuya.

Cansado, viviendo casi de prestado, amargado por la sucesión de fracasos en que se había convertido su vida, Pepín Fernández sintió por primera vez en mucho tiempo que tenía algo por lo que sentirse orgulloso. Como si una flecha de luz lo atravesara un instante, solo una fracción milésima de segundo, después sonrió con ganas antes de decir.

—No sé cómo pude dudarlo alguna vez.

No era amor, no podía sentirlo. Por tanto, tampoco culpa. Pero la carta le puso ante alguien que, al menos, tenía entidad, cuajo. O eso parecía.

—¿Vais a hablar con vuestro hermano?

Lita encogió los hombros. Chayo se mostró determinada.

—Claro. Y después decidiremos qué pasa con Melina.

—¿Qué ha de pasar? —preguntó el padre.

—Que no puede hacer de su vida lo que le dé la gana sin contar con nosotros.

—Chayo —intervino Lita—, que *tien* veinte años, que más cría eras tú cuando te casaste con *esti*.

—No *ye* el *casu*. Me lo pidieron y yo quería. Melina ahora nos dejó mal a todos ante nuestra familia. Algo tendremos que hacer.

—Dejarla, Chayo. Que sea libre. Por una vez estoy de acuerdo con el padre. Melina es brava. Y le ha costado. Bien lo sabes.

LXI

—¿Me contarás de verdad alguna vez qué pasó?

Ludivino Agüeros fumaba un habano al abrigo de la enorme mesa de caoba de su despacho de la calle Palma, la arteria de Asunción en la que desembocan avenidas e intereses y se cocinan negocios.

De pie ante él, el vasco Pascual Echevarría, diezmado su prestigio por el incidente de la sobrina del patrón, no rehuía, pero tampoco lo contaba todo.

—Lo que le dije, patrón. Se me escapó por la ventolera de un Romeo.

—De madrugada, en un camión y luego escondida. Claro.

Volvió a la pregunta que más le había repetido.

—¿Qué le hiciste, Vasco? Te lo he preguntado mil veces y las mismas me mientes. No creo que no te acercaras a ella y te insinuaras, o algo peor, sobre todo con algún cóctel de esos tuyos, un clericó pasado de vino… Te pasaste con ella, ¿no es cierto? Trataste a mi sobrina como si fuera esa mercancía que pruebas y saboreas o rechazas.

—No, patrón. Esa es una barrera que no puedo atravesar. No soy un *collón* que no se aguante los apretones.

—Algún día lo sabré, porque algún día hablará conmigo o con su familia y me llegará la verdad. Lo que dices o lo que creo. Y no dudes, indio, que si me has mentido, si hiciste que mi sobrina te tuviera miedo y pensara de mí o de mi gente lo que eso podría hacerle pensar, lo pagarás. Te debo mucho, eres para mí casi como un hijo. Pero el «casi» es una frontera. Y las cosas de familia o de raza, al menos en España, pesan más que cualquier otra necesidad.

El Vasco salió del despacho del patrón revenido e inquieto. No podía entregarse así. El error, pasable o hasta de aplauso en otra circunstancia, le podía costar caro. El empleo o, peor aún, el nombre. A uno no lo *sancochan* como un *yuyo* desde un *laburo* así si no es por deslealtad o torpeza. Y esa medalla no puede anotarse en su hoja.

¿Qué hacer? Encontrar a la sobrinita, hablarle a la cara, ponerse machote en el aviso y si la cosa se complicaba mucho, sacarla de en medio.

No era su vida o la de ella, pero se le parecía.

No dieron con Amelia en la redada del Iberia aquella noche, ni sus amigos policías consiguieron pista alguna en las madrigueras de los gachupines rojos. Tampoco donde los otros, pero por ahí era más difícil que cayera.

Quizá no mirasen bien, todo es posible. No tenía Diosdado grandes barras siguiéndole entusiasmadas. Por eso debía planificar algún viaje allí, buscar algún motivo. O quién sabe si encontrar otro comisionado más eficaz o menos ocupado.

En Chacarita podría estar la solución.

Encaminó el coche al barrio hasta detenerse en una de las casas próximas al río, las baratas, las que había que limpiar y vaciar en cada crecida porque el río las tomaba como suyas.

El Tucker torpedo rojo con listones de madera siempre levantaba polvareda entre los *mitais* de Chacarita. Lujo y brillo. Tentación.

—*Mirá, mirá* —avisaba uno vigilante, y el remolino de niños de ojos abiertos en desordenado enjambre comenzaba un revoloteo inquieto alrededor del automóvil.

—*Mirá* pero sin tocar —avisaba el Vasco.

Dejó el auto a la sombra del infantil cortejo no sin cierta reserva por la seguridad de los listones lacados, y se asomó a la ventana abierta del chamizo.

Allí nadie vivía, es decir, no desplegaban la rutina cotidiana de la vida en ciclos: dormir, comer, esperar, coger… La de esa casa era la vida de los encuentros en peligro, las citas para verse y fumar o planear.

Era un hogar compartido por la familia de los pillos.

—¿Está la madre superiora? —preguntó el Vasco asomando el cuello a la oscuridad de la ventana.

Un frufrú de telas en movimiento llegó desde dentro. Velas encendidas que cambiaban de sitio. Alguien se acercó al que inquiría.

—Por aquí anda. ¿Quién lo pregunta?

—Soy el Vasco. Dile que quiero verla.

—¿Qué se le ofrece, indio?

—Nada. Busco.

—*Pos esperá.*

Encendió uno de sus cigarrillos americanos con filtro. Los tratos con el hampa requieren ojo y paciencia. Atención y saber esperar. Y ambas eran parte de su trabajo.

—Sabes que no me gusta que interrumpan mis sesiones.

Era una india canosa, delgada y pulcra, vestida con una túnica blanca y adornada con colgantes de muchos colores. Olía a cera antigua.

—Supuse que estaba a punto de terminar.

—Supusiste…

—Voy al grano: necesito los servicios de Gabrielito.

—¿Es señor, enemigo o milico el que *querés mondiear*?

—*Cuñita*.

—Fácil, entonces.

—Antes hay que encontrarla.

—¿Dónde?

—En Buenos Aires.

Enrojecía el sol en su caída las aguas pardas del Paraguay cuando el Vasco, saliendo de la Chacarita, comenzó a ver inusuales motitas pardas en algunos rincones. Eran milicos, soldados. Antes no estaban ahí. En Mariscal López, junto a la plaza Uruguaya, se cruzó la primera columna de carros y algún ómnibus. Movimiento militar. Ojo. Una pareja de uniformados custodiaba la catedral metropolitana.

Encaminó el coche al despacho de don Ludivino. Aquello no era una maniobra militar.

—No sé nada, Pascual. Lo más prudente es esperar. Algo se estaba rumiando, pero sin calendario. Estate tranquilo, porque si hay algo es de Epifanio y el Rubio. Y eso no nos traerá mal, al contrario.

LXII

—¡Golpe de Estado en el Paraguay! *¡La Razón! ¡La Prensa!* ¡Asonada en el Paraguay!

A la puerta del Café Iberia, un joven voceaba los titulares de los diarios a la venta.

Melina leyó por primera vez nombres como Stroessner o Chaves o Romero Pereira. El primero había derrocado al segundo con ayuda del tercero. O por lo menos lo intentaba. Algunas crónicas ponían en valor la cercanía de los golpistas del Paraguay con el gobierno de Perón en Argentina.

Pensó en Ludivino y su suerte en ese momento. Lo había hecho muchas veces en las últimas semanas. Y siempre sentía el impulso de llegar a él y contarle lo que había sucedido.

Hablar las cosas es bueno, soltarlas, porque dentro se te pudren y dañan.

Alguno se le había ofrecido como correo. «Chasque» decía un uruguayo vecino de Ambrosio. Pero quería ser ella, mirarle a la cara y preguntar.

Había mediado Vega para que Melina encontrara trabajo en el restaurante de un español cerca de avenida Independencia. Limpiaba los útiles una vez se usaban, y no le estaba permitido acercarse a los fogones.

A veces contemplaba el fuego y lo que allí bullía con una melancolía que no distaba mucho de la que la niña sentía en la carpintería de Entrearroyos cuando veía trajinar a su padre. Claro que si allí lo que aguardaba era el afecto, aquí soñaba con la posibilidad de hacer lo que más le gustaba en el mundo: cocinar.

Se confesaba con Cristina, una uruguaya con la que hacía turnos de limpieza.

—En España estuve aprendiendo a cocinar con una guisandera. Son mujeres que hacen comidas para fiestas o celebraciones. Mujeres solas que consiguen salir adelante con eso. Además, conocen las plantas y saben de sus propiedades medicinales.

—*Andá* vos —celebraba Cristina—, que hermosa fusión: sabores ricos y sustancias curativas. ¿Guisanderas decís que se llama?

—Guisanderas, sí. Mujeres valientes y sabias.

Cristina cocía unas empanadas deliciosas. Un día la invitó a su apartamento a probarlas.

No eran como las españolas. Aquí la masa era un hojaldre más tosco y grueso, pero más sabroso, como si su papel en la representación hubiera de tener más peso. Podrían ser horneadas o fritas.

Le hizo Cristina con maíz un plato sencillo pero muy sabroso, el locro, guiso de vegetales al que se añadía carne de cerdo o de ternera.

Le devolvió Amelia desde el maíz unos tortos con picadillo de chorizo que le supieron a gloria.

En sus horas libres, las empleadas del restaurante de Serafín Almendros dedicaban su ocio a lo que no podían hacer en el trabajo.

—*Tenés* una mano finísima para el guiso, querida —le decía a menudo Cristina.

Pero la rueda cambió el día en que Almendros se dejó convencer por Melina y su amiga para cocinar una fabada asturiana. En el restaurante cocinaban español. Tortilla de patata, callos o alubias. Con la fabada no habían tenido suerte. Hasta entonces.

Melina dejó de contemplar nostálgica los fogones.

Y de la mano de Cristina siguió atesorando recetas y palabras. Chinchulines, bife, empanadas, el locro del primer día.

Sus tortos asturianos se convirtieron en la atracción culinaria del barrio. Su fabada impulsó la excelencia del bar de Almendros.

—Y el compango de aquí, sabrosísimo.

No había conseguido dar con Ramón.

Alguna vez pensó si no habría sido un sueño y su memoria estuviera confundida. Podría ser. Madre a veces se levantaba irritada con padre porque soñaba que se había ido y les había dejado solos. Como si fuera cierto. Los sueños son a veces más reales que los recuerdos.

Pero sabía que no. No lo había soñado. Ramón Noriega tocaba la armónica, tenía los ojos azul claro y una sonrisa para guardar siempre. Y le había conmovido hasta la entraña como nunca hizo nadie.

En ningún sueño podría ella construir algo así.

Se sentía bien en Buenos Aires. Y no solo por la ensoñación de reencontrarse con Ramón. Veía más futuro que en España y, salvo la conversación pendiente con Ludivino, no sentía ninguna suerte de deseo o compromiso con el plan inicial de ir al Paraguay.

Ambrosio Vega le seguía ofreciendo su casa, pero ya estaba pensando en instalarse por su cuenta. No era fácil, claro. Mujer y sola. Poca garantía para las rentas.

La tarde en que el chico de los periódicos voceaba lo de los generalotes en el Paraguay decidió hablarle a la mujer morena que pensaba y escribía algunas tardes siempre en el mismo rincón del Café Iberia.

Nunca preguntó quién era.

Hoy le hablaría a ella. Estaba en su mesa, como siempre.

Melina plegó el diario después de asomarse a los titulares y se encaminó hacia donde la dama escribía. La dama escribía. Le sonrió cuando la vio acercarse. No pareció incómoda, más bien al contrario.

—Buenas tardes, señora —saludó Melina.

—Buenas tardes, muchacha. ¿Venías a verme?

—Si no le molesta…

—No, no. Por favor. Siéntate.

Septiembre en Buenos Aires es frío a la caída del sol, pero esa tarde el ambiente era agradable. Dentro del Iberia se escuchaba el sordo e impersonal rumor de las conversaciones superpuestas, donde no hay un tono más alto que otro porque las palabras se rompen en el aire cerca de donde surgieron, como mueren las burbujas, una vez han servido a su objetivo.

—Me recuerda usted a una maestra que yo tuve, doña Lucrecia.

Labios finos, nariz afilada, ojos algo juntos, pero inteligentes y vivaces, la mujer sonrió ante la confidencia. Le había interesado esa muchacha desde el día que la vio entrar sola y perdida en el Iberia.

—La verdad —continuó Melina— no sé muy bien por qué, pero creo que usted y ella están de alguna forma conectadas.

—Puede ser. Algunas enseñanzas he impartido. O por lo menos lo he intentado. Y confío en haber sembrado, como veo que ella hizo en ti.

—Sí, mucho. Puede que haya también otra razón. Si usted está aquí, escribiendo y casi siempre sola es porque, como ella, tuvo que dejar su tierra. A mi maestra la mandaron a Canarias. Usted ha tenido que venir hasta aquí.

—Demasiado lejos, ¿verdad? Estuve un tiempo en Europa y ahora quiero volver. Si puedo, a España, claro. No es el país que soñé, ha retrocedido en todo lo que alumbramos y se avanzó, pero es mi patria. Y siempre imagino que desde allí se podrá hacer algo por cambiar las cosas.

El regreso como anhelo. Debe de ser duro vivir todos los días añorando tu tierra, tu gente. Y peor aún, como ella acababa de decir, viendo cómo lo avanzado quedaba en las entrelíneas de la Historia, o en su escorial.

—Mi padre lo intentó, ¿sabe usted? Y vive aún con la frustración de haberlo perdido todo por eso.

—Conozco esa sensación, créeme. Yo pensaba que el siglo veinte iba a ser el de la mujer, el de empezar a quitarnos miedos y a luchar de verdad por la emancipación. Pero no será en España, al menos de momento.

—Habla usted como doña Lucrecia. Y como mi tía Lita, que no fue a la escuela más que lo justo pero me decía siempre que tenía que decidir y hacer por mí misma, sin que me guiara un hombre, que los hombres hacían las guerras que las mujeres sufrían. Y así todo.

—Quiero creer que todas las mujeres pensamos lo mismo, pero unas nos atrevemos y otras no.

—Eso define a mi madre… siempre sometida a la voluntad de mi padre, que pagó por su revolución un precio que fuimos nosotras. Es… no sé… muy curioso cómo muchos hombres que se dicen igualitarios, socialistas como mi padre, o comunistas, valoran el compromiso y la militancia de las mujeres, iguales que ellos en derechos, pero en casa actúan de otra forma. Yo barría, hacía la comida y los recados. De emancipación, nada.

—Eso no solo os pasó a vosotras. Esa contradicción la llevan todos los hombres por muy avanzados que se manifiesten.

La mujer respiró hondo, como buscando energía para continuar. Melina tuvo la intuición de estar ante alguien de dimensiones extraordinarias.

—Yo fui, junto a mi compañera Victoria, la primera diputada en Cortes de la historia de España.

Continuó sin detenerse, como queriendo rebasar el impacto que esas palabras acababan de causar en Melina. No era ese su objetivo.

—Y en aquel Parlamento de la República defendí el derecho de la mujer no solo a ser elegida, sino a votar. Resolver la contradicción entre un derecho pasivo, ser elegida, y uno activo, votar. Pero hasta entre los más progresistas, los más liberales, había hombres —todo eran hombres menos Victoria y yo— que no creían que las mujeres tuviéramos esa capacidad, ese derecho. Y no era, como Victoria, porque creyeran que las mujeres españolas estaban demasiado influidas por la Iglesia y votarían a la derecha, no. Son hombres que aún no habían resuelto el debate sobre si las mujeres tenemos o no alma o disponemos de un cerebro como el de los hombres y no somos más que recipientes para la procreación.

Silencio. Unos segundos. Como buscando las palabras justas para continuar, o para concluir.

—Pero todo eso fue hace más de veinte años, en otro país, en otro régimen. Antes de esa guerra que nos robó todo. Sigo creyendo que este es nuestro siglo, pero, al menos en España, habrá que seguir esperando. O trabajar despacio y con paciencia.

En ese momento sintió Melina un deseo intenso, una añoranza difícil de medir, de la presencia de doña Lucrecia. La historia de esta mujer singular no le resultaba del todo ajena. Había nombrado a Victoria al hablar de dos mujeres elegidas diputadas durante la República, antes de que ella naciera. Algo le había contado la maestra, y estaba empezando a recordarlo.

Quedaron las dos en silencio. Verdaderamente conmocionada Melina.

—No sé ni su nombre, pero es posible que doña Lucrecia me hablara de usted. Guardo en la memoria una frase que nunca olvidaré y ella me repetía… ¿Puedo decírsela?

—Claro, hazlo.

Alzó la voz sin dejar de mirarla, segura de que despertaría en ella alguna reacción:

—«Hacer la revolución que estamos soñando» —y tras un silencio, el de la certeza, por fin, de estar ante quien estaba—. Clara Campoamor.

La mujer sonrió nerviosa, como azorada. Desde luego, no incómoda.

—No fue exactamente así, pero esa era la idea de aquel discurso ante los estudiantes.

—Es usted Clara Campoamor. Estoy hablando con Clara Campoamor.

—Me temo que sí, jovencita.

Se dejó llevar por el impulso Melina.

—¿Puedo besarla?

Lo hizo. Abrazó a Clara como si lo hiciera a doña Lucrecia y a todas las mujeres que llevaban años desbrozando un camino de libertad sufriendo incomprensión y negativas, injusticias y condenas; a las mujeres que se atrevían a avanzar solas y a tomar de la mano a otras muchas convencidas de la incuestionable verdad de sus principios. El mundo estaba lejos de ser justo para ellas, pero gracias a mujeres como Clara sabían por dónde había que avanzar.

La besó en la mejilla con toda la gratitud que su corazón podía almacenar.

—¿Le puedo decir una cosa, doña Clara?

—No creo que pueda impedirlo.

—Conocerla es lo mejor que me ha pasado en muchos muchos años. Espero que sea usted feliz y el mundo le reconozca lo que ha hecho y está haciendo.

Suspiró Clara.

—La política es muy desagradecida. Y nuestra lucha más aún. Nos ponen etiquetas, nos catalogan, nos desprecian. Puede que en toda nuestra vida no veamos el mundo por el que luchamos y en que creemos, pero no por eso hay que dejar de hacerlo.

Esa noche, en el sereno silencio de su dormitorio, Melina encontró en su cuaderno otra frase de doña Clara que su maestra le había dictado:

«La mujer antigua se transforma y surge en ella la nueva mujer. Suyo es el porvenir en igualdad de condiciones con el hombre, ni endiosada ni humillada.»

LXIII

Volvió a encontrarse con doña Clara en el Iberia, Melina la vio más triste.

Seguía con sus notas, sus artículos y sus semblanzas.

—Mira, Melina, que hermosas palabras de Concepción Arenal voy a incluir en su biografía. Me he acordado de ti: «Soltera, casada o viuda, tiene la mujer deberes que cumplir, derechos que reclamar, dignidad que no depende de nadie». Y tú no la habías leído cuando me hablaste así.

—Es lo que me decía mi tía Lita.

—Magnífica influencia.

Pero la melancolía de su expresión se había acentuado.

—¿Está usted bien, doña Clara?

—Nunca se está bien lejos del lugar al que uno pertenece, pero sí, dentro de lo que cabe. Solo que mi confianza en el regreso a España se va debilitando. Hay un proceso por masonería que podría complicarme mucho la vida allí, y lo tengo difícil para volver.

Si duele el exilio, más debe doler la certidumbre de que este no acabará jamás.

Aún no pensaba Melina en el regreso.

Quedaba encontrar a Ramón, presente siempre.

A veces trataba de apartarlo de la memoria equívoca de las sensaciones del barco. Era una parte ínfima de una relación que nunca llegó a serlo de verdad. Ramón era un sueño, una historia imaginada, y sin embargo se asentaba en su interior como lo hacen las verdades vividas. Tras él había llegado a Buenos Aires. Rechazó su locura de quedarse con él cuando atracó el Magallanes y él había sido el clavo al que se aferró cuando Echevarría descarriló todo.

El recuerdo convertido en esperanza.

Querida doña Lucrecia:

Espero que al recibo de la presente se encuentre bien como yo. Desde hace algún tiempo vivo en la Argentina. El viaje en el que me regaló el encuentro inesperado con usted en Canarias fue mucho más accidentado de lo que preveía. No entraré en detalles porque lo que quiero contarle es mucho más importante que esos sucesos que desembocaron en el cambio de planes, pero le diré que, en el momento de elegir, de tomar una decisión trascendente sobre mi vida, opté por quedarme en Argentina. Ahora celebro la decisión, aunque fuera un poco forzada.

Pero, a lo que voy. ¿Por dónde empezar? Lo primero será agradecerle todo lo que ha sembrado en mí, todo lo que me enseñó durante tantos años y ha hecho de mí una mujer libre que aspira a serlo cada vez más. Ya lo hice personalmente y lo reitero en esta carta que no me cabe duda va a suponer para usted un regalo de emoción y creo que también de orgullo. Porque gracias a usted en Argentina he conocido y he trabado amistad con doña Clara Campoamor. Sí, ha leído bien, doña Lucrecia, doña Clara es compañera de conversaciones y confidencias. Qué digo compañera, maestra que, como usted, me concede valor por el solo hecho de estar cerca.

Le conté que usted me había descubierto su pensamiento y ella lo celebró y le manda saludos y gratitud. Me ha hablado de doña Victoria Kent y hemos repasado su vocación de cambio y lo frustrante que resulta ver cómo lo que la mujer avanzó durante la República se detuvo o enterró con el régimen que aún gobierna España. Con ella también he aprendido lo duro que es el exilio, algo que usted conoce bien, me imagino.

Es muy agradable conversar con tanta gente que tiene ideas que usted y yo compartimos y están aquí por defenderlas. Ahora entiendo mejor a mi padre, aunque siga sin comprender por qué me negó desde que nací y cómo ha sido posible que no fuera capaz de atender las necesidades que tenía de saberme querida o al menos considerada o aprobada por él. Estoy segura de que si supiera cuánto he sufrido y sufro por eso no seguiría en esa actitud. Porque aquí he descubierto el valor de las renuncias, la generosidad de quienes luchan por un mundo en el que todos seamos más libres. Incluso el precio altísimo que hay que pagar por ello... aunque ese precio, doña Lucrecia, hayamos sido nosotros, su familia.

Doña Clara, doña Victoria y todos los hombres y mujeres que tuvieron que salir de España o los que fueron encarcelados o asesinados, todos han perdido la vida en una u otra medida por defender sus ideas de justicia.

Como usted, qué le voy a contar. Supongo que lo que queda cuando uno se ha dejado tanto en la lucha es el reconocimiento y, en el horizonte, haber plantado la semilla para que en el futuro el mundo sea mejor y las mujeres gocemos de los mismos derechos que los hombres. Como dice doña Clara, no endiosadas, pero tampoco humilladas.

Por lo demás, aquí he tenido la gran fortuna de encontrar una ocupación que me gusta.

Trabajo en la cocina de un restaurante, imagínese. Nada me puede hacer más feliz. Disfruto mucho trabajando y eso me anima a seguir creciendo, como persona y como mujer. Como usted decía a menudo la suerte es tan esquiva que no hay que dejar de trabajársela nunca, no sea que nos venga a saludar cuando no estemos atentos.

Confío en ella también para encontrar a alguien que se ha colado en mi vida de repente y parecería que para siempre. Un mozo que conocí en el barco, asturiano como yo, pero del Oriente. Es músico y tiene muchos sueños. Guapo también, de verdad. Y muy atento. Me da un poco de vergüenza confesarle que sentí como un desagarro cuando me despedí de él al llegar a la Argentina, como si me arrancaran algo mío, aunque solo nos habíamos visto en el barco un puñado de veces. Me gustó que fuera atento y agradable, y me pareció muy respetuoso, sin darse importancia ni pretender llevarme de la mano. Bueno, sí. Lo hizo una vez que bailamos en la cubierta sin música. Y me sentí feliz.

Me he propuesto encontrarle. A él y un poco a mí misma, aunque esto último es menos complicado, me parece.

Tengo heridas que vienen de antaño, como usted sabe muy bien, pero también estoy aprendiendo a hacer mías las de los demás, a saber que las soluciones a las injusticias nunca están en el trabajo de uno solo, aunque la conciencia sea individual.

Lo que sí es mío son los sueños, doña Lucrecia. Y seguro que no le sorprende, pero el mío ahora es encontrar a Ramón, que así se llama, ahorrar y aprender lo suficiente como para regresar a España y montar mi restaurante. Y, si puedo, emprender lo que usted o doña Clara o doña Victoria quisieron y no pudieron hacer. Como me dijo la señora, trabajar en la revolución, aunque nosotros no vayamos a verla.

Gracias, doña Lucrecia. Gracias siempre.

Suya,

Melina

LXIV

El joven escondía la erre y alargaba las vocales del mismo modo que Melina recordaba que hacía aquel medio vasco que envió Ludivino a por ella.

Se le acercó preguntando por un lugar no muy caro en que hospedarse esa noche en Buenos Aires.

—Llevo poco tiempo aquí y no conozco mucho la ciudad. Quizá si pregunta a alguien de aquí o que tenga algún colmado o algún otro negocio por la zona pueda ayudarle.

—¿Es usted española?

—Se nota, ¿verdad? —admitió Melina pese a no sentirse cómoda con la presencia ni la conversación.

No respondió, pero mantuvo el examen a sus facciones y su figura con un inusitado descaro.

—¿*Sos* la sobrina de don Ludivino Agüeros? —preguntó al fin Gabrielito, el chasque de la Chacarita, y el interrogante quedó en el aire y el ánimo de Melina como un presagio de algo peligroso.

—¿Qué quiere usted?

—¿Hablo con Amelia, su sobrina o no?

—¿Qué quiere?

—Entiendo que sí, *entós* la respondo. Que tenga cuidado, que sepa guardar secretos, porque hay algunos que al revelarse estallan como granadas de mano y alcanzan también a quien la lanzó. ¿Entendió?

Guardar secretos. Sabía hacerlo. Aprendió de pequeña a reservarse los buenos y los malos. Solo contó uno malo una vez, y la revelación dividió su familia durante un largo tiempo y sacó de su vida a Nolo Carrizón. Desafió al chantajista.

—¿Qué secreto le han dicho que tengo que guardar?

—El que usted sabe porque lo tiene a medias con el indio Pascual.

—¿Que no diga nada a mi tío ni a mi familia me está usted diciendo?

—No se equivocó ni un *jeme, cuñita*.

Le pareció tan lejano aquello, tan fuera de lugar la amenaza, tan de caricatura de un hampa ridículo y ramplón, que estuvo a punto de mandar a paseo al emisario. Optó por cerrar el caso ya. Si se podía, para siempre.

—Dígale al Vasco que descuide, que Melina Agüeros no dirá nada con tal de tampoco saber nada de él ni de lo que representa. ¿Estamos de acuerdo?

—No podemos estarlo más, doña Agüeros. Vaya con Dios.

Nunca más volvió a saber del Vasco. Tampoco de Ludivino. Supuso que arreglaría las deudas de la carpintería con su padre. Solo supuso, porque desapareció de su vida y nadie volvió a traerlo por mucho que en algún pliegue de su mochila de lealtades se hubiera quedado a vivir algo levemente parecido a una pendiente con quien cuando pudo ayudó a su familia. O eso parecía.

Con los meses, mientras seguía acariciando el sueño de regresar para tener su restaurante, comenzó a enviar dinero a casa. Se normalizó un diálogo por cartas o giros que mantuvo su ánimo conectado a su tierra y a su madre. En cierta forma también a la ensoñación de entenderse con Pepín, a quien había empezado a ver de otra forma, a vislumbrar al menos lo que buscaba sacrificando a su propia familia.

Una tarde rozó con los dedos en reencuentro con Ramón.

Fue en un textil de Rivadavia, cerca de avenida de Mayo, no muy lejos del Español. Casa Pancho, se llamaba. Cumpliendo una rutina que mantuvo con la disciplina de los ritos religiosos, entró por enésima vez a preguntar por él en un local. No recordaba haber pasado por allí pese a no estar muy lejos del Iberia.

Se dirigió al encargado para el ruego de siempre, ha visto usted o conoce a este joven, Ramón Noriega, que suscitaba siempre la misma respuesta, no, no sabemos quién es, no estuvo aquí, lo siento, señorita. Pese a lo cual nunca había dejado de hacerlo.

Llevaba apuntado el nombre y aquella primera dirección que él le había escrito.

Hasta ese día en que la vida volvió a darle otro quiebro a Melina.

—Sí —le informó inesperadamente un hombre de la misma edad aproximada que Ramón, con entradas en el pelo y una expresión agradable que en ese momento le pareció la de él.

—¿Perdón? —contestó incrédula tras la primera respuesta positiva en meses—. ¿Conoce usted a Ramón Noriega… y su tío Pan…?

—Cómo no, es mi primo Ramón. Ha estado aquí hasta hace muy poquito. El tío Pancho es mi padre.

Enmudeció Melina. ¿Por qué los golpes limitan siempre algún sentido, o todos?

—¿Hoy? ¿Ha estado hoy hasta hace muy poquito?

Empezaba Melina a ser presa de la ansiedad. Hervía por dentro como si se le fuese a licuar el corazón.

—No, no qué va.

El muchacho tenía el mismo acento del Oriente que Ramón. No mentía.

—No, hoy no. Marchó hace una semana.

—¿Adónde?

Tanto interés de una desconocida intrigó a su interlocutor. ¿Podría ser?

—A ver, señorita, si vamos a tener aquí un novelón como los de la radio. ¿No será usted la asturiana del barco?

—¿Adónde marchó? —reclamó Melina ansiosa, quizá sin escuchar la pregunta.

—A España, mozuca, a España. Aún debe de estar en el barco que lo regresa allá. Murió un hermano y tuvo que volver a atender no sé qué cosas.

—¿Y volverá?

—¿Quién puede saberlo?

Melina sintió el peso de una verdad que le alejaba de él de forma definitiva. Se disipó la duda que había mantenido la esperanza. La incertidumbre que jugaba a favor tornó en verdad amarga cuando dejó de serlo.

—Así que eres la chica guapa que lo enamoró en el barco y se fue a Paraguay. Que sepas que siempre habló de ti. Que nunca dejó de tener la esperanza de encontrarte.

Pero ya no escuchó Melina la confesión.

Abandonó la tienda sin despedirse, sumida de nuevo en una tormenta interior que la sacó del camino trazado que empezaba a ver seguro y luminoso.

El principio

Respira hondo para armarse de valor.

Lo necesita.

Esta vez no lo perderá, ya no.

Por un momento calcula las dimensiones del terremoto que va a provocar. El dolor de Adrián, eso lo primero, claro. La quería de verdad, y había hecho todo lo que tenía a su alcance, o aún más, para que Melina fuera la mujer más feliz de la tierra y lo amara sin límites ni condiciones. La dejó ser libre, la sostuvo en la adversidad, la consoló al regreso de aquel viaje que cambió su vida. Había sido el hombre paciente y entregado a una mujer singular y de carácter, alguien extraño en su tiempo y a menudo difícil de entender. Él lo hizo. Melina lo tomó como el mejor compañero de viaje posible.

Así era, y así seguía siendo.

Pero el inesperado fogonazo de la aparición de Ramón Noriega frente a la puerta de su casa lo ha desarmado todo.

La única vez en su vida que había sentido el pellizco candente de cercanía, ansiedad y profunda admiración que identificamos con amor, había sido en el barco que la llevó a Argentina.

Perdió dos veces lo que no tuvo: cuando se separaron en el puerto y cuando llegó tarde al lugar donde la había estado esperando.

No iba a haber una tercera, aunque el precio fuera el daño a Adrián y la herida de vergüenza a su familia, sobre todo a padre, que iba por primera vez a llevarla del brazo a algún sitio.

Una boda sin novia, un hombre humillado, una historia para devorar en el cruel comadreo de las cotillas. Un pueblo entero chascarrilleando sobre el plantón al novio de la hija del carpintero.

Da igual.

Ya no va a perder más.

Vuela sobre los escalones de la buhardilla de Oñón que conocía tan bien como los de La Belonga. Al milímetro, con bayeta y de rodillas.

Ahora los roza apenas, remangándose el vestido y sin miedo a tropezar. Atenta y segura, como acuden los ganadores a la batalla.

Rebasa el estupor de su padre ante la aparición y corre calle abajo hacia donde sabe que Ramón Noriega se está dirigiendo.

O imagina. Pero acaba de apostar su vida a un número, y solo puede confiar en la suerte.

No piensa, solo siente: prisa, ansiedad, miedo… clac, clac, clac, la novia de blanco corre como loca con los tacones protestando a cada paso, a cada paso a punto de desprenderse. Clac, clac, clac, clac.

Respiración feroz, casi violenta. Dolor en las piernas, en los pies, herida en el centro del pecho, donde el corazón ha perdido completamente sus ritmos naturales.

Si su razón le avisó de que apenas lo conocía, que solo había soñado la vida con él, que podía engañarse y haber tomado la peor decisión de su vida, lo hace sin éxito alguno.

Corre, Melina, clac, clac... Corre, Melina.

En la iglesia de San Juan, los hombres miran impacientes los relojes y las mujeres unas a otras de reojo. Don Heliodoro, el cura, plantado frente al altar, intentaba disimular su incomodidad. Adrián, el pobre, no sabe qué pensar.

La carrera de Melina se detiene cerca del destino, la estación de tren que llaman del Vasco.

No se equivocó. Ramón está entrando, apenas a veinte metros de donde ella ya no puede más.

Sofocada, agitada, sucio el vestido, sin un tacón, pero tocando el cielo con los dedos, Melina grita su nombre.

—¡Ramón!

Una sola vez, solo una.

LXV

—Y aunque no quise el regresoooo, siempre se vuelve al primer amor… nananana… volver, con la frente marchita… que veinte años no es nada…

Melina acompañaba a Gardel, cuyo tango crujía en el tocadiscos portátil que había traído a la cocina. Aquel «Volver» había cantado durante años su historia.

Las canciones que nos llenan son las que hablan de nosotros mismos, las que se han hecho para contar nuestra vida.

El restaurante Melina, en el centro de Oviedo, junto a la plaza de la Escandalera, recibía hoy una visita notable. Muy especial.

Melina Fernández volvió a repasar su libro de notas.

«No someterse es un extravagante y carísimo ejercicio.»

Cantaba don Carlos: pero el viajero que huye tarde o temprano detiene su andar…

—Volveeeerr… con la frente marchita, lalala… ¡Juanitooo!

—Dígame, señora.

—¿Ha habido algún problema con la veintiuno?

385

—No… ehh.

—¿Por qué han devuelto entonces el solomillo?

—Lo querían más pasado.

—¿Quién tomo la comanda?

—Josefina.

—Dile que venga.

—Sí, señora.

Todo el mundo andaba nervioso y revuelto. En sala y en cocina. En uno de los reservados iba a comer hoy una de las personas más populares y queridas de esa España en la que agonizaba el franquismo. Arrastraba esos días Melina la herida a su vanidad de no haber recibido la esperada primera estrella Michelin. Había que reconocer que Arzak tenía más recorrido, eso sí.

En su casa, ese jueves, acogerían a Ana del Río, la veterana estrella española que triunfaba en Hollywood.

Amiga de Sinatra o supuesta novia de Tony Curtis, estaba en España para rodar con Fernando Rey.

Revuelo de prensa en el exterior. Curiosos, y policía atenta por si la pasión desataba violencias. O era excusa para la protesta, que también podía ser. La Del Río no era precisamente una estrella adicta al régimen.

Un avión desde Madrid, y mesa para cuatro.

—Tengo ganas de verte, vieja bruja. Y que me des de comer, que dicen que lo haces muy bien.

Hablaron dos días atrás, cuando Ana llegó a casa. No lo habían hecho en meses, después del último crucero de la estrella que, con el tiempo, le había cogido afición al mar. El lugar perfecto para esconderse, o hasta morir, porque si lo haces bien nunca te encontrarán, decía.

La rutina diaria de Melina no se había movido con la visita.

Sentada ante su mesa de madera justo a la entrada de la cocina, pegada a la puerta que batía constantemente con entradas y salidas a la sala, anotaba incidencias y revisaba menús.

No salía un solo plato sin que lo viera. Ni un solo servicio sin su supervisión.

Ramón permanecía en la sala. Cada uno con su papel, en su sitio. Todos los días y en todos los turnos. Salvo los lunes, cierre por descanso del personal.

La primera mujer que aspiraba a la primera estrella de la guía Michelin en España en el primer restaurante con apartado para menú macrobiótico.

—Ya están aquí, Melina.

Ramón, de negro hasta la corbata, asomaba por la puerta anunciando la llegada de Ana.

Voces en el exterior, el chasquido metálico de los *flashes,* y algún ole y viva la madre que te parió. A sus sesenta, Ana era una especie de diosa carnal de belleza sorprendentemente inmaculada.

—Dime dónde tienes el cuadro que está envejeciendo por ti, condenada hiperbórea.

Melina rio.

—Bienvenida a mi casa más allá del viento.

Y abrió los brazos para fundirse con aquella mujer a la que apenas había visto un puñado de veces, pero que había sido su confidente y refugio durante años. Cartas, llamadas telefónicas, hasta telegramas en momentos de ansiedad: Ana siempre había estado allí desde que volvieron a contactar. Ella en Brasil o Costa Rica, ya no recordaba. Melina en Buenos Aires.

Después, toda su vida.

—Qué cuadro ni qué niño muerto —respondió Ana divertida—. Mucho dormir sola y hombres lejos. La disciplina del bien de amores, ya sabes… Los que se consumen y se hacen a un lado.

Recorrió con la vista la entrada al restaurante, el fondo, la medida decoración, el aire limpio…

—Un lugar a tu altura, querida.

Revuelo entre los clientes, aunque solo uno se levantó a saludarla.

—Vamos.

Melina guio a la comitiva hasta el cuartito que habían reservado para Ana y su séquito, entre el cual no había ninguna otra estrella.

—He venido con lo justo. Secretaria, vestuario y producción. No podía arriesgarme a que alguien te llamara más la atención que yo.

Gardel seguía de fondo, a lo lejos, tras las puertas de la cocina, pero perceptible.

—Vaya —observó Ana—, te traes Buenos Aires a casa.

—Me gusta escuchar mi vida, ya sabes.

—No te podías fiar de él. Era francés.

—¿Lo conociste?

—No hacía falta.

Gozaban ambas de reencontrar complicidad.

Melina hizo un gesto y alguien paró la música. En el apartado, una mesa redonda y cinco cubiertos.

—Ellas comerán aparte, si no te parece mal. Te quiero toda para mí.

—Pide algo, y en unos minutos estoy contigo.

—Hola, Ana. —Ramón acababa de entrar.

—¡Ramón!, ¡querido!, qué guapo estás…

—Hay que dejar solo dos cubiertos —ordenó Melina mientras salía.

—Igual, ¿no? No para… —le dijo la actriz a Ramón con un guiño.

—Es su vida, Ana, ya lo sabes. Siéntate, por favor.

Ramón lo hizo frente a ella. Una camarera vestida de negro aguardaba de pie.

—¿Qué desea la señora?

—Un Martini, muchas gracias.

—Muchas gracias.

Miró Ana a Ramón sin hablar.

El secreto está en rodearte de personas que te hagan sonreír el corazón, que aparten las nubes con su presencia, que abran claros de luz en tu cielo. Ramón lo había hecho con Melina.

No lo recordaba del barco, pero siempre le pareció simpático y apuesto. Y la historia de aquella novia corriendo calle abajo para recuperarle a él, al amor de su vida, años después, era una impagable imagen de romántica locura. Algún día habría que contar algo así en una película.

—Estáis bien, ¿verdad?

—En la pelea, ya sabes. Y deseando que esto acabe ya.

—¿Esto?

—El Régimen, esta maldita secuela eterna de la guerra. Nos va bien, pero tenemos ganas de que todo cambie. Que los chavales vivan en otra España, ya sabes.

—¿Cómo están?

—Espléndidos: Manuel tiene ya diez y Clara pilla en dos días los cinco.

—¿Y Pepín?

—Por aquí anda. Solo desde que murió Chayo, pero se le puede hablar. Yo creo que los nietos le dieron vida. ¿Sabes? A veces Melina tiene no sé si celos o qué tipo de melancolía cuando ve cómo su padre abraza a los críos, con qué orgullo habla de Clara y lo lista que es, cómo mira a Manuel. Ya sabes que ella no tuvo nada de eso hasta muchos años después... Y no sé yo...

—Alguna vez oí que tener hijos es en realidad el paso previo para lo verdaderamente importante, que es ser abuelo.

—Será.

Dos camareras retiraban de la mesa los cubiertos de sobra.

—Por el otro lado, por favor.

Ramón advirtió a una de ellas que salía por detrás de Ana, casi rozándola.

Se levantó cuando entró Melina.

—Todo en su sitio. Vigílame un poco los emplatados —ordenó ella—... Sí, ya sé, no habrá problema. Por si acaso.

Sonrisa de afirmación, beso en los labios.

—Disfrutad.

Las dos lo miraron salir. Calladas. Como esperando a hablar cuando estuviese fuera.

—No te equivocaste, Melina.

—No, pero me dan los siete males cuando recuerdo aquella carrera calle abajo a buscarle a la estación de tren. Pude no haber llegado o hasta no haber ido él allí. Pero allí estaba.

—Ya he firmado esa escena para mi próxima película. Quiero ser la novia que corre loca de amor hacia el hombre que no quiere volver a perder. Casi hasta humillarse.

Negó Melina sin dejar de sonreír.

—Ni humillada ni endiosada, querida. El amor no te quita dignidad ni te rebaja. Al contrario.

LXVI

—Melina, nunca me explicaste por qué dejaste Buenos Aires, querida, con lo bien que estabas y la cantidad de tangos que te sabías.

Probablemente tampoco ella lo sabría.

La excusa fue el golpe militar y la incertidumbre en que aquello descolocaba a todos, en particular a los exiliados del franquismo civil heredero de aquella guerra que los sacó de su país y arruinó sus esperanzas.

Podía haber seguido. Hasta asentaba allí un futuro de afectos con algunos chicos que cantaban al hablar, porteños de palabra fácil y tonos musicales que siempre terminaban las frases como regalándolas. Enormemente seductores.

—Como dices tú, cambiaste de ruta. Pero ¿por qué?

Melina fijó los ojos en los de su amiga Ana. ¿Por qué? A veces, cuando los dolores son inevitables y las tragedias rebasan nuestra capacidad de acción, nos dejamos llevar sin preguntas, sin añadir a la tragedia el esfuerzo de entender.

—No sé si realmente tengo una respuesta. Me fui cuando creí que debía hacerlo, pero no estoy segura de que eso fuera realmente así, porque durante todo el viaje de vuelta sentí que me estaba dejando llevar.

—¿Como si huyeras?

Hizo memoria.

Era un regreso triste, como lo son los viajes incompletos.

Tormentas. En el mar. Sacudidas intensas que obligaban a los pasajeros a permanecer en los camarotes al abrigo de inclemencias muy superiores a lo que la mayoría había conocido jamás. En su interior, golpes de inseguridad y esa angustia que apenas la había abandonado desde que supo que Ramón había vuelto a España.

—Señorita, le ruego que regrese a su localidad, o camarote, porque es peligroso estar en cubierta.

Los mareos y la ansiedad le hacían buscar el aire fresco de la cubierta, pese al riesgo que trataba de evitar la tripulación del barco.

—Voy, muchas gracias.

—Por favor, no queremos lamentar un accidente.

Los últimos días de calma le dieron pie a pensar en lo que llevaba en la maleta y lo que haría al llegar a casa.

No volvía de vacío. Había aprendido a desenvolverse sola y convertido la cocina en un oficio, creía más en sí misma y los miedos ya no la atenazaban. Había llegado a quererse y a vivir sobreponiéndose a la huella de inseguridad que el desprecio de su padre le dejó.

¿Era suficiente?, ¿iba o venía?, ¿retrocedía o avanzaba?

Regresaba enamorada de un desconocido. Un disparate, un delirio quizá. Pero soñaba con volver a encontrarle.

—Creo que, en el fondo, hice lo que quería, Ana. Llegué a Buenos Aires para buscar a un hombre. Cuando ya fue imposible, lo que quedaba era una vida por delante que no había formado nunca parte de mis planes.

—Pero una ensoñación de amor no podía condicionarte.

—Y no lo hizo. No regresé a España a por Ramón. Pero al no estar él allí había una razón menos. Y las que me fui construyendo no detenían la nostalgia. Quizá regresé cuando creí que me había armado lo suficiente para hacer lo que quería aquí, progresar yo y contribuir a que mi país fuera un poco mejor.

—Mas rico sí lo has hecho, señora Melina.

El pote de castañas le pareció sublime a la estrella. Suave, delicado, regalando un lejano y perceptible sabor dulzón a la consistente palabrería del pote clásico.

—Esto es oro, chata —bromeó Ana.

—Sabes que eso del rey Jaime y la moza que le sirvió horchata es una leyenda que no se ha podido demostrar...

—Ni idea, pero es tan bonito que una moza le sirva a un rey y este, medieval además, le diga que es oro y la llame chata... Este plato es una *delicatessen* disfrazada, Melina mía.

—Fue lo primero que aprendí con las guisanderas. Y lo primero que practiqué a mi regreso, cuando decidí que haría de la cocina mi vida.

Adela, recuerda, la recibió como dicen que Fray Luis de León comenzó su clase en Salamanca después de tres años en manos de la Inquisición más por disputas entre órdenes religiosas que por desviación doctrinal. Fue casi como un «decíamos ayer».

—Hoy *nun* tengo castañas para pelar, pero cortarás chorizo y *morciella*.

La guisandera supo que era ella antes de girarse, sonreír y abrazarla con toda la fuerza de que era capaz. Melina se dejó querer y quiso, apoyó la cabeza en su hombro y confesó:

—Te he echado mucho de menos, bruja. Mucho.

La estancia seguía igual, olía a menta hervida y a canela, y la llenaba la poderosa sensación de naturaleza en efervescencia. Aquello era una sala del hospital del bosque.

—Hay cada vez más guisanderas, mi niña. *Vas* tener competencia y *habrás dir* rápida si *quiés* progresar.

—No soy sabia como tú. No tengo el arte ni ese saber viejo de las plantas. Seguiré aprendiendo de ti si me dejas.

—No lo creerás, guaja, pero eso que hierve ahí es el nacimiento de un pote de castañas. A ver si *ties valor pa facelu tú sola*.

Lo hizo.

—Yo solita. Con intuición y algo de esa magia que le tienes que poner a esto de la cocina.

—Te quedó de fábula —apostilló Ana—. Te dio las llaves de su casa y sus clientes y a partir de ahí empezaste a medrar y terminaste montando un restaurante después de robarle a la pobre mujer su talento. Ya te estoy viendo.

—Fui con ella a alguna comida más. Ayudaba a cocinar y a servir. Un día le sugerí que nos juntáramos las guisanderas. Le pareció una locura, pero lo conseguimos. ¿Podrás creer que la Guardia Civil nos obligó a disolvernos porque pensó que era una reunión política?

—Un poco lo era, ¿no? Mujeres solas, profesionales, libres, uff... Os aplicarían la peligrosidad social.

—Casi. Ahora me río, pero resultó tan ridículamente patético. Y pasamos miedo. Aquellas pobres mujeres, reunidas para tratar de aprender unas de otras, de organizarnos, de... trabajar mejor juntas, teniendo que responder ante los guardias de nuestras afiliaciones políticas. Manda narices. Claro, yo era hija de quien era... Y me llevaron al cuartelillo.

A casa llegó la noticia por boca de Manolín.

—Detuvieron a Melina por *reunise pa facer política*.

—¿A Melina? —preguntaron Chayo y Pepín casi al unísono.

—Está en el cuartelillo. *Mandáronme que vos* lo dijera.

Por segunda vez en su vida, Pepín Fernández cruzó el umbral del cuartelillo de Mieres. Lo acompañó Chayo, no fuera a ser que volvieran a dejarlo dentro.

—Buenas tardes. Venía a interesarme por Amelia Fernández Agüeros, creo que está detenida desde esta mañana.

—Un momento, por favor. ¿Usted es su representante legal?

—No, señor, soy su padre. Y ella su madre.

No había pasado tanto tiempo desde su detención, pero el ambiente parecía distinto. A De Silva lo relevaron después de que varios de sus hombres dispararan contra una manifestación de mineros y mataran a dos picadores y un *guaje*.

El nuevo comandante era más discreto. O menos combativo, a saber.

No sintió Pepín que les estuvieran fiscalizando como si llevaran la culpa cosida en la ropa.

—Sí, aquí está. Por contravenir la ley de Responsabilidades Políticas y celebrar una reunión sin autorización. Creo que hay una multa pendiente... de... a ver. Sí, quinientas pesetas.

—¿Quinientas pesetas de multa?

—Sí, señor, es la sanción que se aplica en estos casos.

—¿Y si no tengo ese dinero?

—Pues lo que hace la gente es buscarse un abogado.

—Claro —intervino Chayo—, para pagar al abogado y también ese dinero.

El guardia se encogió de hombros.

—¿Hay posibilidad de hablar con ella?

—Me han dicho que son sus padres, ¿no? Espere un momento.

Entró en un despacho. Tardó poco en salir.

—Que me siga la madre.

Ana escuchaba fascinada el relato. ¿Qué clase de tragicómica realidad vivía un país en el que se detenía a un grupo de cocineras de aldea por hablar de lo suyo?

—Le dije a mi madre que cogieran dinero de mi habitación y pagaran lo que hubiera que pagar.

—La cocina como profesión de riesgo, qué barbaridad.

—Todo ha sido, todo sigue siendo un riesgo por aquí, Ana. Por fortuna en el restaurante de Oviedo donde había empezado a trabajar de pinche —otra vez pinche— no me lo tuvieron en cuenta. O no se enteraron. Y las guisanderas se olvidaron de volver a reunirse.

LXVII

Se habían sentado frente a frente en la mesa del reservado. Melina con una cinta roja ordenando su melena negra y Ana el pelo recogido en un moño sobre la cabeza. Se miraron un largo rato sin hablar. Lo habían hecho más veces. Como desafiándose a ver quién retiraba antes la vista o se reía primero. Recurrente juego infantil.

Un rostro moreno, de perfiles ondulados y sonrisa a punto, siempre a punto, frente a la sofisticada elegancia de líneas angulosas, pestañas larguísimas y maquillaje calculadamente irregular. Dos mujeres distintas e iguales, como todas, inseguras y vulnerables, pero orgullosas y, por fin, decididas.

Rio primero Melina.

—Floja.

—Falsa.

Celebraron ambas tomándose las manos.

—Siempre supe que triunfarías —se adelantó Melina.

—Eso te iba a decir yo —protestó Ana.

«Es todo más difícil: ser libre, quererte, salir adelante y aprender si además eres mujer», le escribía a Ana poco después de llegar a Buenos Aires.

«Cambié de ruta, o, mejor dicho, me cambiaron, querida Ana, y el comienzo de una vida apoyada en la seguridad de una familia, lejana, pero familia al fin, terminó en un hostal en medio de ninguna parte, sola y camino de una ciudad que no conocía y en la que solo pensé porque allí había dejado al único hombre que me importó nunca. Qué razón tienes con lo de la familia. La mía, empezando por mi padre, no ha hecho más que darme golpes y descorazonarme. Bueno, eso no, que corazón aún me queda. De todas formas, el haber terminado aquí, sola, empezando una vida inesperada, me ha hecho más fuerte, creo yo. Ya no tengo miedo a una soledad que estoy siendo capaz de disfrutar, ni ansío afectos que no tendré nunca. Vivo lo que tengo, queriendo ser cada vez más lo que soy.»

—Recuerdo aquella primera carta, Melina. Me hizo mucha ilusión. Quería saber de ti, de cómo te había ido. Porque me enamoraste, tu ingenua inteligencia, tu desparpajo, tu generosidad, tus ganas…

—Sí, algo así me dijiste en la respuesta.

—Te colaste en mi vida de forma que no podía ya sacarte. No te iba a pedir, como Ramón, que te vinieras conmigo, pero si el beso de despedida hubiera sido menos casto, yo creo que te engancho por la cintura y te secuestro.

—Me dijiste que no querías perder más piezas de valor.

—¿Eso dije? Qué poco elegante…

—No me perdiste, me ganaste.

En su primera carta, divertida, brillante, inesperadamente optimista, Ana le contó cómo el productor de la película francesa que estaban rodando en Brasil se quedó prendado de ella. «Era feo como el culo de un mono, pero simpatiquísimo y muy amigo de los martinis, incluso de invitar a ellos. Me sobrevoló durante semanas, y me resistí, pero al final terminó aterrizándome una noche sin luces en las pistas ni en mi cerebro. Y no lo creerás, pero me gustó. Disfruté mucho. Más aun sabiendo, como sucedió, que al día siguiente regresaría a París y *au revoir,* que quiere decir adiós en su idioma.»

De vuelta a Madrid, Ana había conseguido hacer una función de teatro y un papel discreto en otra película.

Le contó a su amiga Melina en la siguiente carta la reaparición del francés. «Me llamó dos meses después de haber regresado para proponerme hacer una película en Estados Unidos. Vino a por mí y todo, y viajamos a Hollywood en avión. Repetimos. Maravilloso, aunque no entraré en detalles.»

—Y ahí empezó todo.

—Tuve suerte, Melina. Como ya te conté, en este oficio la suerte es muy importante. Que estés en el momento justo en el lugar adecuado. Rodé un papel secundario, pero hice contactos. Y debí de trabajar bien, porque aún no había terminado aquello cuando de la productora me sugirieron participar en otra película. Y luego otra… y así lo que tú ya sabes.

Le interrumpió Melina.

—Y la decepción con el tipo aquel que te pidió llevarte a la cama si querías el papel.

—Sí, es verdad, te lo conté en una de las cartas.

—Me lo dijiste por teléfono, que me llamaste llorando al Iberia y por casualidad me pillaste allí.

—Lo pasé mal, sí, porque pensé que ese iba a ser el único camino para salir adelante, y eso era una humillación. Una cosa es irte tú a la cama con un productor aunque sea feo como el francés, y otra que tengas que pasar por ese fielato para poder trabajar. Y no creas, me costó seguir después de aquel no.

—Regresaste a España.

—Y volvieron a llamarme. Y ya me quedé allí. Yo creo que antes de que tú volvieras. Por eso no nos encontramos.

—Y tuvimos que seguir hablando en la distancia.

Respira profundamente, casi suspirando Ana del Río. Se siente segura y en calma, que es un tesoro al que desde hace tiempo tiene poco acceso. El reservado es amplio y de tonos claros, con una decoración sobria, minimalista, casi inexistente, como la de cualquier local en el que se pretenda centrar la atención en lo que se sirve y disfruta, sin distracciones ornamentales.

Todo en armonía.

—Eres perfecta, Melina.

—No, no lo soy. Aprendí hace tiempo a hacer lo que hay que hacer, a vivir sin pedir permiso y procurando no arrepentirme. Disfrutar cuando las cosas salen bien y aprender cuando salen mal.

—O sea, perfecta, coño, y no me lo discutas…

Se abrió paso en la intimidad de un espacio que estaban empezando a poblar de evocaciones, la estela apresurada y sobria de las camareras con bebidas y unos aguacates rellenos que había pedido Melina.

—Son de Navidad, pero Viri en la cocina los hace extraordinarios.

—Y aquí estamos celebrando que ha llegado una estrella, como al portal de Belén —sentenció Ana—; o sea, maravilloso.

Melina pidió a una de las chicas que trajera media de alcachofas con papada de cerdo y trufa. Y en un leve siseo, acercándose a ella:

—Pero dile a Marcos que no se pase con el jengibre, que la última vez casi lo arruina.

LXVIII

Pepín Fernández se tomó el regreso de Melina como la recomposición de parte de su universo dislocado.

Nunca se sintió cómodo con su marcha. Aunque, a decir verdad, en aquella época no andaba precisamente sobrepasado de sensaciones.

El incendio impune de la carpintería le dejó sin esperanzas. La actitud posterior de Ludivino, que en principio se plantó ante las deudas que el desastre dejaba en el aire como inacabables pavesas incandescentes, le privó de capacidad de reacción.

La decisión de Melina de darle la espalda fue para su cuñado una afrenta que abundó en esa distancia. Finalmente medió Chayo y alguna advertencia que él no llegó a conocer para que se hiciera cargo de ellas.

Nunca volvió a aparecer en sus vidas.

Tardó tiempo en volver a encontrar trabajo. Mientras, Chayo limpió escaleras y barrió alcobas hasta que empezó a llegar algo de dinero de Argentina.

Fue alivio, pero no solución.

De nuevo ante el cepillo, en un almacén de maderas cerca de la general, rechazó la tentación de volver al sindicalismo ilegal.

—Perdí mucho, y a *esti* caudillo no hay quien lo mueva ya. Suerte, compañeros.

Tener a todos en casa, y al frente una Melina que venía brava y con ganas, mucho más lista que las mozas de su quinta, le procuró cierta sensación de tranquilidad.

Tampoco fue a por ella a la estación, como hicieron Manolín, Chayo y Lita. Pero la esperó en casa la tarde en que el tren la trajo de vuelta.

—Recuerdo aquel día como si fuera ayer mismo, Ana. Ayer mismo. Volvía de Bilbao, y el destino jugaba conmigo a repetir lo ya vivido, pero al revés.

—*Déjà vu* en negativo, cariño.

—Quizá… No había más remedio, solo se llegaba en tren por ahí, la verdad.

—Sigue. Bájate del tren ya que me estoy cansando de tanto barco y tanta vía…

—Allí estaba madre, más delgada, tía Lita con la misma alegría en la cara de siempre, o más. Y a su lado… a su lado, Ana, un *guaje* enorme, tanto que me hizo dudar al principio. Pero no, era Manolín, mi hermano, que había crecido como si su cuerpo no tuviera límites.

Los cuatro se abrazaron en el andén.

No había nadie más en la estación. Ni en la villa. Ni en el mundo.

Solo Jesús, el jefe de estación, contempló el espectáculo con la distancia que da la visión cotidiana de las des-

405

pedidas y los encuentros, y la sabiduría de quien conoce lo que en cada una de ellas se sufre o se goza.

—¿El del chaval cantante? —interrumpió Ana.

—Víctor Manuel, sí. Y no es un chaval cantante, querida. No es porque sea de Mieres, pero es el mejor de los cantautores que hay. No lo pueden ver por rojo, pero casi lo mandan a Eurovisión.

—Ay, hija, cómo te picas con los de tu pueblo. ¿Cómo no voy a saber quién es?

—No me pico. Te cuento por si lo de estar en el firmamento te ciega para lo de aquí.

—Hoy no hay nada más que tú.

Prosiguió Melina.

—Lo que te decía: casi dos años de distancia entre el recorrido de ida y el de vuelta. Un chico que se había hecho grande y una madre y una tía que no paraban de chacharear de todo y de nada. Qué diferencia entre la partida y el regreso.

—Y tu padre en casa esperándote.

Asintió Melina con algo que su amiga interpretó como entusiasmo.

—Sonrió al verme. Lo abracé. Yo a él, no él a mí. Pero al menos se dejó. Bienvenida a tu casa, Negrona, me dijo. Pero lo hizo con ojos chispeantes, no con la sombra que siempre vi en su rostro al pronunciar aquel nombre.

—Negrona. Un mismo nombre puede querer decir una cosa y la contraria según cómo y cuándo se diga.

—Yo creo que las cosas habían cambiado, que él apreció que yo decidiera mi propio camino cuando llegué a América.

—Y, claro, cuando te detienen… ya tienes el certificado de lucha roja.

—Lo pasó mal. Creo que sí.

Melina elevó la vista al techo de la sala. Ana atisbó el delicado movimiento de una lágrima rodando mejilla abajo.

—No tuve mucho más que eso… entonces. Pero aprecié lo que me dio. Y me di cuenta de que había aprendido, precisamente gracias a su ausencia, a valorar las muestras de cariño cuando llegaban. Por eso nunca he eludido un *te quiero*.

—Te quiero.

—Y yo a ti, vieja bruja.

LXIX

El tiempo había corrido en las direcciones previsibles en otros de los universos que había dejado Melina abiertos.

Sabía de sus amigas y sus ennoviamientos por las cartas que intercambiaron, pero no calculó tanto aislamiento. Casi monacal.

—Entregadas a sus hombres como si fueran monjas de clausura.

—Pero sin contacto carnal, por supuesto. No vayamos a pecar.

—Desde luego que no. Pero no sería por falta de ganas.

—De ellos.

—También de ellas, Ana querida. También de ellas. ¿Sabes quién fue la única con la que pude salir algún día al cine o a tomar algo?

—Doña Pilar, la del «Cara al sol».

—Peor... Mari Luz.

—¿Esa no era la de la Mariquita Pérez de mírame y no me toques?

—Literalmente.

Había estudiado mecanografía y secretariado y trabajaba en las oficinas de la mina donde su padre llevaba años de ingeniero.

Se encontraron en el Parque Jovellanos dos semanas después de su regreso.

—¡Melina! ¡Melina Fernández!

Le chocó, claro, que una aguda voz femenina añadiera su apellido a la llamada. Compañera de la escuela, seguro.

—Aquí, Melina.

Había cambiado, pero no tanto como para no reconocerla.

—¡Mari Luz!

Saludo cariñoso, aunque medido. Había más curiosidad que entusiasmo, afecto más de costumbre que de confianza. Pero se apreciaban.

—Me dijeron que estabas por América…

—Sí. He vuelto hace muy poco. ¿Tú qué tal?

—Pues mira, trabajando.

—¿De verdad?

—Sí. Y muy contenta. En la mina, de secretaria, llevando papeles, organizando citas y todo eso.

—Qué bien.

—¿Y tú?

—Aprendí a cocinar y ahora pretendo trabajar aquí en alguna cocina y, si puedo, montar mi restaurante.

—¿Tuyo? Si no es con un hombre que te ponga el dinero y te firme los papeles… ya sabes cómo son estas cosas.

—Sí, pero por soñar...

—Por soñar —añadió Mari Luz acaso con un punto de melancólica esperanza.

Melina había cambiado mientras estuvo fuera. España no. Lo que habían conseguido doña Clara, Victoria Kent, Concepción Arenal, Emilia Pardo Bazán y otras mujeres que alentaron e impulsaron avances seguía muerto o enterrado.

No había forma de desempolvarlo. Al menos en la dimensión en que ellas y muchas otras lo habían puesto en marcha.

—Pero me equivoqué. Entonces lo entendí mal, Ana. Porque sí había una forma.

—Que es lo que has hecho.

—Educo a mis hijos en el ejemplo. Lo hacemos Ramón y yo. Lo que queremos que sean lo somos ante ellos. Y en aquella España, y en esta que aún está por liberar, la acción es el ejemplo.

—Vive como quieres que se viva en el mundo que sueñas.

—Exacto. Y me lo propuse. Salí con Mari Luz al Pombo, al Esperanza, al Jovellanos o a pasear junto al Caudal. Mujeres solas, disfrutando, exhibiendo su independencia casi con obscenidad. Éramos las chicas raras... boyeras nos llegaron a llamar. Pero los chicos nos buscaban y teníamos éxito.

—Vaya con la Mari Luz de mírame y no me toques.

—Era de las nuestras, Ana. Todavía lo sigue siendo. Trabajaba, tenía su independencia y su criterio y el valor para soportar el estigma que eso suponía.

Melina viajaba todos los días a Oviedo en la línea que salía de Mieres a las siete y media de la mañana.

Había encontrado trabajo en un restaurante de la capital. Lunes libre. Los demás días, cocina, limpiar y apurar lo más rápido posible para no tener que esperar una hora el autobús.

Una serena rutina se instaló en su vida.

En la España que dormitaba cada vez menos alejada de un mundo a punto de entrar en tiempos de feliz desarrollo, superadas las guerras para siempre, corriendo la tecnología a velocidades impensables, Melina se acomodó a una vida sin sobresaltos.

Hasta que llegó la *huelgona*. La huelga del silencio, la llamaron también, porque ese fue el arma de los mineros.

Durante dos meses pararon las minas para protestar por las condiciones de trabajo.

España crecía, pero la mina no parecía invitada a la fiesta.

La cuenca se movilizó. Pararon empresas, negocios, comercios.

—Nos comprometimos. Todos. Ya no era solo el ejemplo. Podíamos hacer algo más, teníamos la calle para actuar. En paz, en silencio, pero teníamos un arma colectiva. Lo recuerdo con nostalgia y temor. Porque después nos dieron duro. Pero había que estar.

—Tu padre, claro, orgulloso de su hija sindicalista…

—Pues no. Fíjate, no. Me lo reprochó. Me dijo que nunca le gustó que las mujeres, las suyas al menos, se metieran en política. Y tampoco entonces. Una cosa era ser brava o que te encerraran por reunirte con cocineras y otra plantar cara al Régimen apoyando una huelga minera.

Se detuvo Melina en el relato.

En aquella barricada conoció a Adrián. Era uno de los más activos propagandistas de la huelga.

—¿Un minero?

—No, un sindicalista. Clandestino, claro.

Aguantaron juntos el chaparrón represivo. A él lo detuvieron, ella se libró. La suerte. De nuevo la suerte.

En la cercanía, en la confianza, en el respeto mutuo y un pálpito cercano a la admiración, se gestó un noviazgo que brotó casi sin hacerse notar.

Nunca olvidó a Ramón, pero lo sepultó cada vez que el roce, una caricia o el contacto de la piel de Adrián le erizaban la suya.

—Nos queremos casar, madre.

—*Quies* casarte con un sindicalista… *nun* tuviste suficiente con el de casa.

Pepín reía, con gesto pretendidamente malicioso, de ingenua travesura infantil. La calma le sentaba bien, celebraba Melina.

No llegó a seis meses cuando fijaron fecha para la boda.

Lo enamoró de él el admirado respeto y la libertad con que ejercía y dejaba vivir el noviazgo, en perfecta coherencia lo que decía y lo que hacía. No llegó nunca a sentir aquella conmoción de las horas pasadas con Ramón y las noches soñadas junto a él, pero escogió al que creía mejor compañero de viaje posible.

—Uno de los nuestros, Ana. De verdad.

—¿Qué fue de él?

Negó Melina mientras se revolvía en la silla.

—Nunca me perdonó la humillación. Y tampoco se lo reproché. De hecho, arrastré la culpa mucho tiempo. Está en Madrid, o en algún otro sitio. No sé ya.

Más silencio. Más pesado. Denso, como de añoranza, pensó Ana. O no.

Justo en ese momento, en ese preciso instante, como una conjura del tiempo y sus misterios, entró Ramón en el apartado y en la vida que ambas estaban rememorando.

LXX

—Llegas a tiempo, Ramón —admitió burlona Ana.

—¿A tiempo de qué? ¿De recoger la mesa?

—No, querido. De salvar a Melina.

—¿De ti?

—No, por Dios. No todavía. Me gusta verte como un príncipe azul que aparece el día exacto en el momento oportuno…

—¿Qué queréis?

Melina le aclaró que no estaban en el presente, sino en la reconstrucción casi al detalle de la vida que habían casi compartido desde la distancia.

—Ah… qué hacía frente a la buhardilla en la casa de Oñón el día de la boda.

—Lo has pillado, amigo.

Ramón tomó asiento entre las dos.

—¿Me permitís?

—Me preocupa que dejes la sala al descubierto.

—A mí no. Por favor, Melina, deja de ser perfecta por un momento. No se va a caer el techo ni perder cliente alguno por tener a Ramón solo para nosotras ahora.

La sobremesa estaba siendo larga, larguísima. Toda una vida. Melina empezaba a inquietarse.

—Simplemente averigüé dónde vivía su familia y pensé en empezar por ahí. No fue difícil. Casualidad, si quieres. El destino, yo qué sé. Una prima mía, Milia, trabajaba en la lechería que su padre tenía en Mieres. Tu amiga me había dicho en el barco que era de allí. No até cabos hasta que un día ella me habló de lo mal que iban las cosas en la vaquería y que seguramente tendrían que cerrar. ¿Mieres? Melina. Había conseguido quitármela de la cabeza, pero regresó. Ayudó que supiera que también ella me había estado buscando.

En un viaje a España su primo Pancho le contó que aquella chica guapa del barco se presentó en el almacén cuando ya estaba de vuelta.

—Y vaya si era guapa la moza.

—¿Y dices que llevaba en la mano la nota que yo le dejé?

—Tal cual, Ramón. Tal cual.

Melina y Ramón se miraron. Ana detectó complicidad. Melina se relajaba.

—Ella regresó de América. Viven en Oñón, lo que no sé es donde —le contó Milia.

Tardó en atreverse a ir.

Lo empezó a rumiar cuando fracasó un intento de Milia por juntarles por sorpresa.

—La he invitado a la boda de mi hermana Luisa.

—¿Cuándo es?

—En julio, en un par de meses.

Fue ella la que no acudió. Ramón decidió buscarla.

Las dos primeras veces no consiguió dar con la buhardilla.

A la tercera, le hablaron de una carpintería quemada y un antiguo sindicalista cuya hija había estado en América. Alguien le escribió en un papel la dirección. Como él a Melina. Lo interpretó como un augurio de fortuna. Y así se plantó aquel día frente a su portal.

Si aquel era el número correcto, llegaba a tiempo para algo. No sabía qué, pero algo estaba a punto de suceder. Gente endomingada, caras de fiesta, mujeres señalando a una ventana entre cuchicheos.

Un hombre fumaba un cigarrillo frente al portal. Parecía nervioso.

Le cruzó un rayo de inquietud. Irracional. Inesperado. Fuera de lugar. No. El pálpito era de fortuna. Y lo que barruntaba no se la traería.

Volvió a mirar a la ventana. Un visillo blanco la cegaba parcialmente. Pero no le impidió ver la fugaz retirada de una figura femenina tras él.

Se acercó al hombre que fumaba.

—Disculpe, ¿hay alguna fiesta o algo?

Pepín Fernández lo miró extrañado. Más que preguntar, el joven parecía estar implorando a juzgar por el tono nervioso de sus palabras.

—Sí. La boda de mi hija. ¿Quiere usted algo?

—Y… cómo… ¿cómo se llama su hija?

—¿Le importa por alguna razón, *guaje*?

—Curiosidad, solo.

—Amelia Fernández, ¿satisfecho?

—¿Melina Fernández, la que estuvo en Paraguay y en Argentina?

—¿Y usted cómo lo sabe?

—No importa. Muchas gracias.

Y echó a andar a paso rápido. Jugó con él la fortuna.

—Oiga —gritó el carpintero—, ¿quién es usted?

—Nadie, ya nadie...

LXXI

El almuerzo con Ana del Río se prolongó más allá de lo razonable, pero surtió el efecto de una inesperada terapia.

Revisar tu vida desde la mirada franca de alguien que te ama puede ser un camino para iluminarla. También lo contrario, pero aquí hubo luz.

—Me alegro de que las cosas hayan ido bien.

—Yo también por ti.

—No sé si lo merecemos, querida Melina, pero peleamos, tuvimos suerte, creímos, y salió.

Volvieron a abrazarse a la puerta del restaurante. Anochecía sobre un Oviedo recio y majestuoso.

—Prométeme algo, Melina.

—Si puedo.

—No, debes. Que siempre mantendrás esta fuerza, esta alegría, esta confianza, aunque fracasemos.

—Más aún si lo hacemos, querida.

Más *flashes,* preguntas al aire sin respuesta, un coche atravesando la ciudad adormecida, y en Ramón y Melina la percepción de una vida razonablemente dichosa.

—Vaya fotonovela de comida, cariño.

—Ana, Ramón. La conoces poco, pero sabe escudriñar como nadie y tira como pocas de la lengua.

La miró él siguiendo el capricho de la memoria que inesperadamente le llevó de nuevo al barco. Al día en que creyó poder retenerla junto a él nada más llegar a su destino.

Volvía a Buenos Aires.

—Por favor. Quédate conmigo.

Aquel silencio de Melina entonces le había llegado como un destello de intuición equivocada que le armó del coraje necesario para besarla. Ella aceptó, más como despedida que como afirmación, y por un momento sintió Ramón que en la contienda salía victorioso.

En realidad, la estaba perdiendo.

Se despegó Melina suavemente. No pronunció palabra, le habló con los ojos mientras negaba lento. Era un adiós. A lo lejos escuchó al hombre alto que andaba buscándola, y en el momento en que ella le daba la espalda introdujo en el bolsillo el papel que había escrito con su dirección. No quiso verla alejarse.

—¡Bienvenido, chaval!

No esperaba que su primo Pancho acudiera al puerto a recibirle. Ganas de verte, le explicó. También alguna reserva, porque no estaban seguros de que tuviera la dirección correcta de la casa o del almacén: se habían mudado semanas atrás a un textil con vivienda en el primer piso.

—¿Ya no vale la dirección que me disteis? —preguntó alarmado.

—No, pero no te preocupes, hombre. Para eso he venido a buscarte.

Melina tenía la dirección equivocada y no había forma de hacérselo saber.

Buscó a Consuelo, que solo pudo confirmar lo que él ya sabía. Amén de un nombre, Ludivino, y una ciudad, Asunción, no poseía más del destino de Melina.

Se propuso viajar a Asunción, pero antes de encontrar tiempo llegó noticia de la muerte de su hermano Gerardo y hubo de partir para España.

Lo que él planeó como un paréntesis de su travesía americana, volvería, claro que volvería a Buenos Aires, quedó en un ambiguo «algún día» ante la urgencia de ocuparse del negocio de Gerardo. Llevó más tiempo del previsto, exigió más energía de la calculada la carnicería de Madrid, y la necesidad alumbró la forzada virtud —hacer de aquella esta siempre es un ejercicio impuesto— de recomponer el sueño de juventud y buscar otro camino.

Renunció también a Melina, porque la evocación de aquel pellizco en alta mar dolía como duelen las quimeras cuando lanzan sus llamas hacia dentro y no dejan de ser imposibles.

Hasta que supo de su regreso.

Puede que ella ni se acordase, pero si había estado buscándole… Quién sabe. Se propuso hacerlo él.

—¿Dónde estás? —preguntó Melina devolviéndole al presente—. ¿Tiene que preocuparme esa mirada perdida?

Fijó sus ojos en ella. Seguía siendo hermosa. Morena, maquillada con la precisa elegancia de la discreción, reclamándole desde el negro vivo y brillante de su mirada, le recordó la Melina de sus fantasías. Esas en las que nunca soñó lo que llegaron a construir, lo que ahora tenían.

—Te quiero.

—Algo te pasa —respondió ella fingiendo alarma—. Lo de Ana te ha trastornado.

—Nos buscamos los dos, y al final nos encontramos en el peor momento.

—Ah, es eso. Estás ahí.

Volvió a ver a la chica del barco vestida de novia con un zapato en la mano, respirando ansiosa y diciendo su nombre.

LXXII

Dolió. Dolió como duele a los niños la ausencia del regalo que esperaban. Qué estúpida pretensión la suya, confiar en que aquella muchacha que lo encandiló no lo hubiera olvidado. Ya lo había hecho él, ¿por qué esperar otra cosa?

Se reprocho a sí mismo su infantil ingenuidad. Tanto esfuerzo para terminar invitado sin querer a una boda que en sus sueños imaginó fuera la suya.

Se encaminó a la estación rumiando su estupidez. Extrajo la armónica del bolsillo y se regaló unas notas de *blues,* armonías desordenadas y tristes que sacan al aire, como globos que se pierden, aquello que nos aflige, y lo elevan lejos hasta perderlo. La música cura.

Pero ¿quién está enfermo? El tren como metáfora. Fin de viaje, comienzo del nuevo. Ya está. Adiós.

—¡Ramón!

Todo en un instante se pueda dar la vuelta. O ponerse del revés. ¿Cómo somos tan engreídos para creer que algo es permanente? No hay paraíso ni infierno con las puertas cerradas al tiempo.

Allí estaba ella. Enarcó las cejas para ver mejor, como hacen los perros cuando ladean la cabeza.

Primero susurró su nombre.

—Melina.

Después elevó el tono empujado por el asombro.

—¡Melina! —y añadió aún escéptico—. ¿Eres la chica del barco?

Aquella novia de vestido astroso, zapato en mano, sudorosa y respirando con ansiedad no parecía la mujer que llegó a poblar sus fantasías.

Se acercó. Ella, inmóvil, no dejaba de mirarlo. Y afirmar con la cabeza, sí, soy yo. Yo.

Le pareció una escena imposible, como si la realidad hubiera mudado de lugar o se pusiera a hablar el lenguaje de los sueños.

—¿Qué has hecho, muchacha?

A su lado, no se atrevió siguiera a tocarla.

A lo lejos llegaban corriendo a la estación un adolescente acalorado y alto, y algo más atrás, el hombre con quien había hablado al pie de la casa y que dijo ser el padre de Melina.

—Buscarte —respondió ella aún con la respiración agitada—. Tirar mi vida por la borda para no volver a perderte.

—Estás loca…

—No, Ramón. No. Vivo. Y trato de quererme.

Eran dos extraños que se habían soñado tanto como para creer que llevaban media vida juntos. A veces las mentiras levantan edificios que son reales. La separación en Buenos Aires no fue tal, porque dio paso a la firme esperanza de un reencuentro que por fin se producía. Acaso en la peor de las circunstancias posibles, pero estaban frente a frente otra vez.

—¿Qué haces, Melina? Te están esperando en San Juan.

Su hermano Manolín, adolescente, sudoroso, pero sin mácula en el traje y el pelo engominado, la tomó del brazo casi con violencia.

—¿Te has vuelto loca?

Se zafó ella de un vigoroso tirón. Llegó Pepín.

—¿*Tas* boba o qué, Negrona? ¿Qué *ye* esta comedia? ¿Quién es este caballero?

Llegó más gente, un remolino ansioso y desconcertado rodeó a Melina y a Ramón.

—No me voy a casar, padre —sentenció con la vista fijada en Ramón—. No voy a casarme hoy.

Un latigazo de culpa acompañó en Melina el fulgor dichoso de esas palabras. Determinación y culpa. Libertad frente a compromiso. Nunca faltó a ninguno ni se dejó arrebatar aquella. Realmente elegía entre la verdad y la mentira. Sobre la segunda, el compromiso, con la primera, el riesgo. Y sin ser muy consciente eligió arriesgarse.

El precio a pagar fue la incomprensión, el desprecio y esa culpa que encendió Adrián cuando se enfrentó al escándalo. No habría hecho falta porque la llevaba Melina dentro, pero la disparó.

—Nunca te lo podré perdonar. Nunca. No es la humillación, ni el desprecio, ni quedar como el bobo al que dejan plantado un día como este. Eso no importa, dura poco. Es tu deslealtad, tu mentira. Que ni siquiera me insinuaras lo que tenías dentro, que lo de ese hombre estaba aún pendiente.

No pudo responder que no lo sabía porque habría sido mentirle. Simplemente había creído poder vivir con ello cada vez más enterrado, cada vez más borroso en su memoria. Hasta el día en que fue imposible.

—Lo siento, Adrián. Lo siento de veras. Tampoco sé cómo viviré con esa culpa, pero supe que si no lo hacía perdía las riendas de mi vida.

—Qué egoísta, Melina. Qué egoísta.

Fueron las últimas palabras que pronunció ante ella.

Luego llegó la tormenta de los murmullos, los reproches. Algún destello de admiración y envidia, pero atenuado ante el torrente de lodo de un escándalo que llegó hasta los periódicos. En aquella España anestesiada y cómodamente convencional, el gesto de Melina fue anotado como la extravagancia de una muchacha inmadura.

Ella siempre creyó que fue un acto supremo de independencia.

LXXIII

La estación del Vasco se convirtió en su territorio fetiche.

La partida de ella, el reencuentro de los dos... La estación encarnaba con lealtad de siervo la metáfora del tren como comienzo y como destino. Mientras haya trenes habrá principio y fin.

A veces se encontraban en Oviedo. Ella volvió al restaurante y unas cuantas veces cocinó para él.

—La carne podría estar mejor cortada —protestaba Ramón medio en serio medio en broma.

—Pasa tú y se lo dices a Melchor...

—No, no quiero líos, que los artistas de la cocina sois gente de piel finísima.

Volvió a encontrarse con Milia en el primer viaje que hicieron a Colombres, cuando él quiso presentarle a su gente. Quedaba ella con la prima y él en casa de la familia. Sin casarse, no había licencia ni manera de dormir juntos.

Pasearon por Llanes, conoció las cuadras, ordeñó junto a su amiga. Probó Melina la textura suave y espesa de la leche por hervir, de su grasa hizo mantequilla, aprendió el secreto verdadero de los tortos de maíz, más limpios y ligeros que los de Buenos Aires, y Milia la aleccionó en la materia y factura del mejor arroz con leche que un ser humano hubiera probado jamás.

Mejor aún que los que ella sabía hacer.

Y superior al de Adela, la guisandera. Aseveración que esta se tomó casi como una afrenta.

—Serán las vacas de Oriente. Pero la magia de aquí *nun se la pon nadie.*

En la playa de La Franca descubrió Melina otra delicia.

—Te invito a desayunar —propuso Ramón empuñando un destornillador.

—¿Apretándome los tornillos?

Como si no hubiera escuchado, se acercó a las rocas que acababa de liberar la marea y despegó dos lapas.

—Toma. Cómetelas. Saca una con la concha de otra. Están riquísimas.

Crudas. Vivas. Textura suave y un gusto natural a mar y sal en su justa medida.

—Riquísimas. *Llámpares* se llaman también.

Arrancando a Pepín un permiso con desgana, la llevó unos días a Madrid.

Le recordó a Melina Buenos Aires en estrecho y bullicioso. Solo una gran avenida, ancha y larga, que llevaba el nombre del Generalísimo, le evocó la gran ciudad porteña.

—Algún día deberíamos volver a Buenos Aires, Melina.

—Con el alma marchita…

Suspiró él. Sonrió ella.

—No precisamente. Pero me gusta pensar que recorremos juntos aquellos lugares donde nos buscamos.

—O donde nos perdimos.

Comieron en Lhardy, un cocido que Melina decidió aprender a hacer. Le mostró Botín, en Atocha se estrenó con el bocadillo de calamares de El Brillante...

—Un leonés, como los arrieros maragatos que desde siempre traían en cuatro o cinco días el pescado fresco a Madrid —explicaba Ramón.

En la carnicería de Gerardo conoció al hijo que aprendía el oficio de su tío Ramón.

—El corte de la carne —explicaba ufano ante el maestro y su novia— es esencial para disfrutarla de verdad. De eso depende que te salga bien o mal.

Lo había aprendido Melina en Argentina, celosos como son ellos de la pureza del corte y el rito del asado. Pero fue junto a Ramón donde conoció el arte y adquirió trazas de poder practicarlo con soltura.

Algo más, en aquel viaje.

—Quédate conmigo.

El cálculo y la promesa eran que ella quedaría en Madrid en casa de una amiga de Mari Luz. Ramón había decidido que no. Quizás ella también.

—Así me lo pediste en el barco.

—Ahora también, para que no me niegues dos veces.

Melina nunca se había sentido del todo libre con un hombre. Jugó con un amante en Buenos Aires, lo intentó entregándose decidida a Adrián. Llevaba dentro el plomo del miedo: al embarazo, al abandono, a ser usada, a perder algo impreciso como la dignidad o quién sabe qué clase de respeto. La mujer, decían, era siempre la que tenía que perder.

Cambiar eso era casi tan difícil o más que las leyes. Hay prejuicios y complejos que se te agarran al alma y son como tatuajes, no se van jamás por mucho que trates de quitártelos.

Pero nada de eso le pesó entonces. No hubo miedos ni barreras junto a Ramón, frente a él, entre sus brazos, sintiendo el peso de su cuerpo, jugando, riendo, gozando en la brillante oscuridad de una primera noche de libertad total, de entrega sin miedos, sin prejuicios. Sin vergüenza por desnudarse o jadear, sin miedo a compartir placer y lágrimas de gozo. Disfrutando, hilando conscientes y felices el lazo invisible que ata a los amantes cuando lo convierten en un propósito.

Se sucedieron las cartas, los encuentros, buscaron lugares para seguir amándose.

Y decidieron poner en común lo que les ilusionaba, que es la forma de medir cómo de profundas son las alianzas que el cariño fija. Si además de amarse y disfrutar, soñaban en la misma dirección, es que las cosas iban bien.

—El restaurante, Ramón. Hay que ponerse ya en marcha.

Pero antes, había algo pendiente. Escribió entonces a su amiga:

No sabes, Ana, cómo de plena me siento junto a Ramón. Lo que empezó navegando contracorriente después del trauma de la boda que arruiné ha terminado siendo una alianza imbatible entre dos seres que se respetan, se aman y confían. Para ti haré una comparación que apenas me permito a mí misma: es como lo de Adrián, pero más intenso y con una complicidad que jamás soñé ni con él ni con nadie. Nos reímos, jugamos, nos consultamos, me cuenta sus problemas, yo lo míos. No sé, es como algo fuera de tiempo en un mundo en que los hombres mandan y las mujeres obedecemos. Se puede, querida, amar y ser amada sin imponer ni imponerse. No lo sabía. Lo imaginé y lo soñaba, como se sueña alcanzar aquello por lo que lucharon mujeres como doña Clara, o mi tía Lita, que ahí sigue dale que te pego con lo de los hombres y eso que ella llama «machismo social», pero ejercerlo y cultivarlo junto a alguien como Ramón es una delicia de feliz esperanza. Me estoy poniendo cursi, sí, ya te estoy viendo hasta cuando lo escribo, pero es lo que siento y si no te lo digo a ti no sé a quién contárselo. Bueno, alguna amiga me queda. Como Mari Luz, con la que todavía me río recordando lo de la muñeca que no podíamos tocar. Y que aún tiene, por cierto, y a la que por fin me ha dejado acercarme.

He visto tu última película. Eres una maldita bruja. ¿Cómo se puede estar tan fina y tan guapa con la pila de años que yo sé que tienes? ¿Y besar así? Por cierto, abres un poquito la boca al besarle, ¿no? ¿Vas con todo o simplemente finges? Porque lo haces exactamente igual que yo con Ramón, y en nosotros no hay teatro. Ya me contarás. Y puede que yo te dé detalles de los juegos con él. O no, que te morirás de envidia.

Soy muy feliz, querida Ana. Mucho.

Trátate bien y disfruta, que te quiero.

PD: Lo dejo para el final, con la única intención de que termines la carta gritando: nos vamos a casar y te quiero conmigo ese día.

LXXIV

En junio volvieron a repicar las campanas en San Juan.

—No te escapes esta vez —bromeaba Lita mientras preparaba con Chayo el agasajo para los invitados.

Ya no saldría desde la buhardilla de Oñón. Habían alquilado un piso más amplio en la calle Doce de Octubre.

Abajo volvía a aguardar Pepín, de nuevo nervioso, de nuevo dispuesto a ejercer de padre y padrino. Los años y la vitalidad contagiosa de su hija habían limado hasta casi enmudecer las aristas de la relación que nunca quiso. A veces se preguntaba por qué tanto empeño en abonar el desafecto. Hoy se sentía dichoso. Cómodo en esa representación teatral de llevarla a un altar para él vacío. Salvo por el retablo, claro. En aquel retablo de la iglesia de San Juan había trabajado en la carpintería de Esteban Recio con el mimo y la pulcritud del artesano que aspira aún a serlo.

Frente a él se casaba su hija.

Al menos lo intentaría por segunda vez, se dijo sonriéndose a sí mismo.

Le gustaba Ramón, le pareció más hecho que «el *otru*». No se lo había dicho a ella.

La vio bajar radiante, hermosa. Un velo cubría su rostro, su vestido blanco, largo, cerrado en el cuello con un broche de reflejos dorados, le otorgaba a ojos de Pepín la elegante majestad de las diosas consagradas.

—*Tas* guapísima, Melia.

—Gracias, padre.

Abrió Pepín la puerta del coche de alquiler, brillante, negro, ostentoso, y ayudó a su hija a plegar el vestido y acomodarse dentro.

En las escalinatas de San Juan, Ramón aguardaba.

Vítores, aplausos, alguna foto. Vio los ojos llorosos de Milia, el aplauso de las hermanas de Ramón, con ellas la viuda de Gerardo. Vecinos, amigos, un bullicio de fiesta al que acompañaba en lo alto un sol de junio tibio y acogedor.

Y Ana. Escondida tras unas enormes gafas de sol y una pamela anaranjada que cubría casi dos cuerpos más allá, Ana del Río aplaudía con el entusiasmo de una chiquilla alborotada.

¿Por qué no habría venido antes a casa? ¿Querría sorprenderla en la misma iglesia? Sin duda arriesgaba, porque ya era persona tan conocida como poco amiga de dejarse tocar, pero allí estaba, entre la gente, en primera fila como si fuera una vecina más, atenta al espectáculo.

Pepín Fernández asistió a la ceremonia sereno y contento, pero con la forzada compostura del extraño. Ni se persignó ni obedeció a la liturgia.

Abandonó el templo al acabar la boda. Esquinado bajo el pórtico para ocultarse, asistió expectante al recorrido triunfal de los novios bajo la lluvia de arroz y deseos de ventura.

Vio cómo se abrazaban Melina y la actriz, cómo recibía encantada los besos de la familia de Ramón, de los tíos de El Regatu, de los primos Fernández.

La sintió cerca, dentro, casi como nunca.

Se dejó llevar y un llanto suave le inundó los ojos.

—Padre.

Melina se había acercado. No la vio venir.

—Mi cría.

Le abarcó ella con sus brazos cansados y apretó por todos los años en que él había estado ausente. Lo hizo él también. El abrazo fueron todos los abrazos. Por un momento ni hubo boda ni celebración alguna a la que atendieran los sentidos.

Solo el abrazo. Y un beso delicado, como temeroso, de Pepín en la palpitante mejilla de Melina.

Se apartó suavemente, con lágrimas en los ojos.

—Que seas feliz, Negrona.

Volvió ella a abrazarle. Y susurró a su oído, sonriendo como sonríen a veces las palabras:

—No me gusta que me llames así, Carpinteru.

—Alguna vez *tien* que ser la última, muchacha.

Nunca se habían abrazado los dos.

Nunca Pepín Fernández hasta ese día había besado a su hija.

LXXV

—Voy a llamar a mi padre, a ver qué tal con los críos.

Tardó Pepín en coger el teléfono.

—¡Ya era hora, Melina! ¡Esto *ye* un sindiós!

—¿Qué pasó?

—*La tu fía,* que me *fizo leé-y* no sé cuántos cuentos *pa* luego no dormirse con ninguno.

—Te engañó. Los cuentos se le leen por la noche, no en la siesta. Pero está bien... mejor que se entretenga así.

Pepín había terminado viviendo con ellos tras la muerte de Rosario.

Chayo Agüeros murió un año después de la boda en San Juan.

Se la llevó un cáncer que no hubo manera de detener.

El funeral fue para Melina un ejercicio de evocación de lo que había sido su vida. De mujeres y hombres que estuvieron siempre y admiraba. Elvirín, la tratanta, una anciana doña Flora, Adela, el luto incontenible de su tía Lita. Hasta Eliseo Martín, el médico, ya mayor, caminando apenas sobre un bastón con cabeza de perro, elegante, acudió junto al hombre al que había salvado la vida dos veces.

Todo estuvo presente subrayando la ausencia. Como la memoria de los años duros, del sacrificio y lo perdido. Se llevaba consigo el olor del laurel y las primeras recetas. Y los libros. Se propuso Melina hacer lo mismo con sus hijos, leerles, interpretar, cuando fueran creciendo.

Y cumplió.

Pepín lo vivió todo aturdido, sin creerse lo que estaba pasando.

—Llévame a casa, Melina.

Decidieron alojarlo en su vida.

Poco después, Ramón Noriega dejaba la carnicería y firmaba un crédito para empezar el restaurante.

Pepín Fernández descansó la pena en sus hijos. Sobre todo en Melina. Manolín, hecho a la mina, vigoroso, pero menos firme que su hermana, estuvo a punto de escapar por la cloaca del alcohol, como su padre años atrás. Siempre dijo que había encontrado la firmeza en el ejemplo de fortaleza de Melina.

—Estos críos *tan mu consentíos.*

—Tú, padre, que les maleducas.

—Yo no tengo que *educalos,* son sus padres. O sea, tú y tu Ramón.

Le daban la vida. Una razón para una lucha que ya era personal, sin rencores, sin reproches a una historia que lo había derrotado pero que había dejado de doler hace mucho tiempo.

Hasta que un día todo volvió y se revolvió. De la manera menos esperada posible.

—Joder, Melina. —Un Ramón en estado parcial de alarma se dirigía a su mujer nada más colgar el teléfono—. Que viene Franco a comer.

—Estás de broma.

—Me temo que no.

Imposible. No podía ser. Ni debía. Había que negarse. En redondo.

—No podemos, Ramón. No podemos recibirle aquí… así. Es como si Videla quisiera ir al Iberia. Imposible.

—Han llamado para reservar una mesa, Melina. ¿Podía decirle que no?

—Debías decirle que no.

—Ah, claro. No, mire no queremos que venga aquí porque no somos franquistas, más bien al contrario, de modo que es *persona non grata* en el restaurante. Decirle eso, ¿no?

—Pues es la verdad.

—Piensa un poco, Amelia, coño. No podemos negarnos.

—Sí podemos. Claro que podemos.

—Y después qué… que nos señalen, y nos cierren, o todo lo que venga.

—Pues volvemos a empezar. Pero yo no puedo recibir aquí al dictador. ¿Qué clase de demócrata o republicana soy? ¿Y las protestas?, ¿y la represión? Por favor, Ramón. Y mi padre, qué dirá mi padre…

—Tiene la nota para mañana. A las dos y cuarto, en el reservado grande. Tres personas. No, cuatro.

Melina cerró la oficina de un portazo.

Cómo gestionar esto. A sus casi cuarenta años se enfrentaba a un dilema aparentemente sencillo que no lo era tanto. Su dignidad y su compromiso le exigían no ceder. No, y aguantar las consecuencias. El sentido práctico, la responsabilidad sobre el negocio y quienes de él dependían, empezando por su propia familia, invitaban al pragmatismo.

Tenía razón Ramón. Aun a riesgo de que señalaran la acogida de la hija de Pepín el Carpinteru al mismísimo dictador en su negocio, no podía negarse.

Alguien llamó a la mañana siguiente identificándose como representante de El Pardo.

—Muy buenos días, señora Agüeros, el Caudillo tiene mucho interés en conocer su restaurante. Como sabe, pasa estos días por Asturias en la pesca del salmón. Ya hicimos una reserva previa gracias a la atención de su amable esposo, don Ramón Noriega. Confío en que todo esté en orden. Le llamaba para confirmar su visita acompañada de tres personas más, entre ellos el excelentísimo señor alcalde de Oviedo.

—Todo en orden. En efecto. Aquí le esperamos —respiró hondo y añadió, al tiempo que se arrepentía de hacerlo—. Se sentirá como en su casa.

LXXVI

La llegada fue relativamente discreta. Apenas un camarógrafo, supuso Ramón que del NODO, y un par de periodistas y algún fotógrafo.

Todos quedaron en la puerta.

Media docena de personas rodeaban al general, pero solo dos, el alcalde y el gobernador civil de Oviedo, lo acompañaron en el saludo a Melina y a Ramón.

—Mi general —explicaba el alcalde—. Este es don Ramón Noriega y ella su esposa, doña Amelia Fernández. Son los propietarios del restaurante. Ella es una magnífica cocinera, como usted sabe.

—Y espero comprobar hoy mismo —afirmó con voz puntiaguda y tono convencional.

—Gracias, Excelencia —respondió Ramón.

Melina se había limitado a inclinar la cabeza. Hoy era una ventaja ser mujer y escudarse en él.

Les guio Ramón hasta el reservado. Algunos de los comensales se pusieron en pie. Siéntense, siéntense, indicó él con un gesto de la mano.

Se acomodaron junto al dictador un asesor, militar también, y las dos autoridades civiles, el gobernador y el alcalde, Manuel Álvarez. Viejo conocido, por cierto, de Pepín Fernández.

—¿Desean algún refresco los señores? ¿Excelencia? —ofreció Melina.

—Lo que usted nos recomiende. —El alcalde Álvarez había adoptado el papel de anfitrión—. ¿Le parece, señor?

Asintió Franco sin quitar la vista de Melina.

Inesperadamente, disparó.

—Usted es hija de un conocido republicano de Mieres, ¿verdad, doña Amelia?

Quedó desconcertada, sin saber muy bien qué responder.

—Sí, sí. Mi padre es José Fernández, el carpintero.

—Si lo llego a saber, no vengo.

Gobernador y alcalde, incómodos en sus sillas. Se revolvió también el militar que los acompañaba.

—Perdone, su Excelencia, no entiendo —tanteó Melina.

—Un chiste, una broma, señora. Discúlpeme si la he molestado.

Los otros tres parecieron respirar con alivio.

Apenas un instante, fracciones de segundo. Porque en ese momento, sin que nadie pudiera cambiar la situación o detener el tiempo para ponerlo en razón, entró por la puerta más cercana a la cocina Pepín Fernández.

Palideció Melina. ¿Qué era esto? ¿Quién le había dicho algo o avisado?

Por un instante todos miraron al dictador. Franco, aparentemente insensible, observó al recién llegado. Habló el gobernador civil.

—¿Se cuela la gente siempre así en su restaurante, doña Amelia? Esto no es un juego, ni esta visita una broma.

—Discúlpenme, por favor, señores.

Y fue a tomar del brazo a su padre, pero este se desprendió igual que había hecho ella con su hermano el día que se reencontró con Ramón tras la carrera de la boda que no fue.

—Soy Pepín Fernández, el padre de Amelia. Y cuando me han dicho en la puerta que estaba su Excelencia —lo pronunció lentamente, casi burlón—, me ha parecido pertinente venir a saludarle.

El militar se puso en pie, un hombre de paisano hacía su entrada en el reservado llevándose una mano al bolsillo de la chaqueta. El gobernador y el alcalde se habían incorporado entre asombrados y espantados.

—Tranquilos, tranquilos —calmó Franco sin alterarse—. ¿Quiere usted que le invitemos a comer?

—Padre, por favor, sal. —Melina estaba de verdad preocupada.

—¿Y no aceptar su invitación?

—No le ha invitado, señor Fernández —se apresuró a aclarar Álvarez—, y mejor será que haga caso a su hija y olvidemos todos —miró a Melina— este desagradable incidente.

—No tengo problema en sentarme con el caballero si a él tampoco le molesta —sentenció Franco.

La situación se tensó de una forma extraña. Silencio. Estupor. Pasmo. ¿Qué era esto?, pensó Melina.

—Añada un cubierto más, doña Amelia —dictó Franco.

—Excelencia —medió el gobernador civil—, me parece una decisión arriesgada y, por tanto, fuera de lugar. No es una persona con la que usted ni alguno de los presentes pudiéramos entendernos y disfrutar la comida, más bien al contrario.

—¿Cómo sabe usted que a mí no me pica la curiosidad por hablar con él? Fuimos enemigos, y ya somos viejos. ¿Por qué no pueden hablar dos viejos adversarios?

—Porque él, señor —intervino el alcalde—, sigue siendo un enemigo de España.

—¿Es usted un enemigo de España, don José?

—De la suya sí —respondió Pepín sin que le temblara la voz—. No de la de mis nietos.

—¿Ve, alcalde? Solo de la mía. Siéntense, por favor. Y dejen en paz a don José. Doña Amelia, otro cubierto, por favor.

—No, muchas gracias —declinó Pepín—. Solo quería conocerle, verle la cara, mirarle a los ojos. El general gallego ante mí.

—Algunos me decían cosas peores.

Nadie movía un músculo. Nadie reaccionaba. Melina, paralizada, esperaba el momento del fin con una ansiedad abrasadora.

—Yo también. Le maldije muchas veces.

—Normal, perdió usted la guerra —y añadió tras una inspiración a modo de pausa—. Debe ser duro que te derroten.

—Es peor ver que tu país se convierte en una dictadura.

El pulso parecía subir, pero el general esbozó una sonrisa. Ni impostada, como las que había dedicado a quie-

441

nes lo saludaban en el restaurante, ni galante, como la que intentó regalar a Melina. Pareció sincera.

—Por eso nos alzamos en armas, Pepín Fernández. Por eso nos alzamos. Para evitar que España se convirtiera en una dictadura comunista.

—Permítame, general...

—Le estoy permitiendo. Mucho más que a cualquiera. A estos señores solo les falta darme patadas por debajo de la mesa para que le eche ya.

—Permítame, general..., fue un golpe de Estado contra un régimen democrático y un Gobierno recién salido de las urnas.

—Me ofende usted, pero se lo admito. Ahora niégueme que ustedes querían, como en el treinta y cuatro, llevar a cabo una revolución comunista, una dictadura comunista. España sería hoy satélite de Moscú, caballero.

—Un país socialista. Democrático.

—Como Rusia, sí, claro. Y como Cuba, donde ya sabe usted que viven mucho mejor que nosotros. Son más libres y más felices. De hecho, se han inventado un telón de acero para preservar su felicidad y que no entremos los demás a destruirla.

Ironizaba el dictador sin pasión, en una exposición casi monocorde. Pero Pepín lo notaba molesto. Cada vez más.

Franco se estaba cabreando delante de él.

Era tan extraño e irreal lo que estaba viviendo que por un momento pensó que se despertaría de un sueño; o algo peor, que de un momento a otro entraría alguien para esposarle y llevárselo detenido.

—Desde hace más de treinta años este no es un país libre. No puedo decir lo que pienso, ni votar a quien quiera… Ni siquiera sé si ahora me van a detener.

Franco lo miró con una beatífica expresión de paternalismo.

—Yo nunca he perseguido a las personas por sus ideas, salvo que sean contrarias a Dios o a España. O si se pretende, como hace el comunismo, imponer sus ideas a la gente, y llevar al mundo a la marginalidad y la pobreza. Yo estoy seguro de que si no nos hubiéramos levantado España sería un satélite de Rusia, una dictadura de sóviets, como lo es toda esa Europa alrededor de Moscú. Y mire dónde estamos hoy: una potencia europea, con una industria que compite en el mundo; nos respetan, nos visitan, nos admiran. Y algún día entraremos en Europa, en el Mercado Común donde de hecho ya hacemos negocios desde hace tiempo. Tenemos sanidad para todos, pensión para los jubilados…

—¿Sobre cuántos muertos, general? ¿Sobre cuántas voluntades? ¿Se puede de verdad crear algo sin opciones para opinar, sin saber qué piensan los que no piensan como vosotros?

Veía en Franco a un viejo consumido. Conservaba la altivez propia de quien lleva tiempo siendo adulado, pero en sus ojos no encontró Pepín sino cansancio. El dictador observaba a ese rojo valiente con una mezcla de admiración y lástima. Sin rencor aparente.

—Nosotros ya estamos fuera. Los que nos matamos por dos mundos somos viejos y las heridas ya no nos sangran…

—A mí sí —le cortó Pepín.

—Está usted aquí hablando conmigo. Hace cuarenta años nos estábamos pegando tiros.

—Tiene a presos políticos en la cárcel...

—Porque ellos quieren. Conspiran contra el régimen de paz que hemos conseguido. Los que no lo hacen están libres. Usted está libre.

—Su problema es que no tiene idea de lo que es la libertad porque ni la ejerce ni dejan que los demás lo hagan. Un país no es un cuartel.

—Claro que no. Pero funciona mejor organizado y con disciplina.

Se miraron un largo rato. Franco parecía un jubilado inofensivo. Pepín quería irse ya. Entre irritado y triste. Quizá no debió entrar al reservado.

—¿Puedo decirle algo que llevo años pensando, que pensé siempre?

—Nadie se lo va a impedir. Aunque no sea demasiado cortés.

Sonrió Pepín Fernández. Volvió a detenerse en lo extraño de la situación. En cómo un día puede suceder lo imposible y tienes antes ti la oportunidad de hacer aquello que tanto hubieras deseado. No era el momento, claro. Y el tiempo ya había pasado.

—Hace años le hubiera matado con mis propias manos.

—Yo con mi pistola. Estamos en paz.

—¿No teme que pueda hacerlo?

—¿Me teme usted a mí?

No. No le temía. Tampoco le odiaba.

Las heridas seguían ahí, pero la sangre ya no era caliente. ¿Cómo decía Carrizón? ¿La sangre era como tinta, pero roja y tibia? Pues eso, tinta con la que se había escrito una historia ya cerrada. Al menos para ellos.

—Siempre será un asesino, general.

—¿Cómo se atreve? —gritaron casi al unísono el alcalde y el gobernador.

De nuevo sonrió Franco. Aparentemente inalterable.

—Cirujano —respondió—. Cirujano. Los dos abren. Pero uno para matar y otro para curar.

—Usted mataba, general. Conmigo casi lo consigue. Durante y después de la guerra. Y ahora, si me lo permiten, preferiría salir.

Se levantó también Franco, que le tendió la mano a modo de despedida. Recordó Pepín las palizas de los regulares, las muletas que fabricó para los mutilados de la revuelta de octubre, los hachazos en las costillas para quitarle aquella maldita bala, los años de la clandestinidad y el hambre; le volvieron el dolor y el odio como relámpagos de tormenta desde su columna vertebral. Lo rechazó.

—No puedo, general. Pero créame que aprecio el gesto y la conversación. Buenas tardes, señores. Buen viaje de regreso.

LXXVII

Pepín Fernández murió en la Navidad de 1982.

Vivió para celebrar la victoria electoral del Partido Socialista.

No volvió la República, pero sí su esperanza.

Se le apagó a Melina en los brazos más sereno y, sí, quizá más feliz de lo que nunca le había visto.

—Tenéis mucha suerte, chicos. Mucha —rompió el silencio él.

Desconcierto. ¿Estupor? Quizá.

—¿Cómo puedes hablar así cuando acabamos de enterrar a mi padre? —Melina no entendió a qué venía.

—Precisamente por eso, Melina. Porque guardarán lo mejor de su memoria, lo que recibieron y lo que él soñó. Porque la España que van a vivir se parece mucho más a la que él quería que a la que vivió su madre, y también su padre y, desde luego, su abuelo.

Tenía razón. Melina no se lo concedió al menos de viva voz, pero estaba en lo cierto. Quizás ese era el día para pensar en ello.

—Y va a ser así porque Pepín Fernández y todos los que como él quisieron una España mejor fueron quienes sembraron lo que estamos recogiendo ya.

Melina pensó en Clara Campoamor, cómo olvidarla, en Concepción Arenal, en doña Victoria, en las mujeres valientes que habían cambiado la historia desde el privilegio de hacerlo con las leyes, aunque el tiempo hubiera retrocedido y sus logros volvieran a esperar años más propicios. Pero también se acordó de todas aquellas que, como doña Lucrecia, Flora, Elvirín o Adela, incluso Chayo a su manera, o Lita, fueron, eran y serán ejemplo desde la vida anónima, desde el esfuerzo cotidiano de poner a la mujer en su sitio, «ni endiosada ni humillada».

Aunque ellas mismas no pudieran disfrutarlo.

Cerró los ojos y dejó caer la cabeza en el respaldo del asiento.

Estaba cansada, muy cansada.

Había venido al mundo cuando no debía. Pero consiguió hacer suyo un tiempo que no le correspondía. Y acaso también seguir abriendo camino.

Agradecimientos

Esta novela brota de las anotaciones manuscritas de Lucrecia Fernández sobre sus recuerdos de infancia. Su marido, Juan Ramón Lucas Rodríguez, las agrupó y mecanografió con la idea de escribir una novela que se llamaría *Los ojos de Crecia*.

Muchas veces me asomé a ellas con curiosidad y emoción. Ahí había materia para una novela que yo me sentía incapaz de escribir. Primero, porque no había terminado jamás una novela y no me atrevía a hacerlo. Pero, sobre todo, por el miedo a resucitar fantasmas y enfrentarme a demonios personales y familiares. Pero, como le dice Vargas Llosa al joven escritor, «la autenticidad del novelista consiste en aceptar sus propios demonios y en servirlos a la medida de sus fuerzas». A la tercera, y estimulada —de nuevo— por Palmira Márquez, me puse a ello.

Y *Melina* es el resultado.

Gracias Lucrecia y Juan Ramón, por regalar a su hijo la materia para esculpir esta obra. Melina no es Crecia, pero si no hubierais recogido su aventura vital, no habría existido.

Sandra Ibarra volvió a estar tras todo lo que escribo, porque sigue mostrándome un camino de confianza y excelencia que sin ella no solo no transitaría sino que sería incapaz de ver.

Ana, Juan y Mercedes, mis hijos, siguen llevando el orgullo de sangre y asturianía que aquí ha quedado para siempre. Ana, culta y artista, me ha dado indicaciones utilísimas a medida que avanzaba el manuscrito y Mercedes me ofreció la primera impresión sobre algunos de los capítulos más emotivos y difíciles. A Juan le tocará poner la voz.

Poco antes de la publicación de esta novela, el Principado de Asturias me ha nombrado Hijo Adoptivo. No puedo estar más orgulloso por semejante distinción y feliz por su coincidencia con el nacimiento de *Melina*. Le prometí al Presidente Adrián Barbón en Oviedo que mi tercera novela sería asturiana. Jamás imaginé que lo fuera tanto y llegara en un momento tan especial.

Gracias, en fin, a Fernando Paz, Marina Mena y todo el equipo de Contraluz, Anaya, por la confianza y el estímulo. Y a Palmira, siempre ahí, en el tajo y animando. Como Miguel Munárriz que, además, supervisó el «asturianu» presente en la novela.

Ojalá esta obra alcance la altura que todos los aquí citados merecen.

Juan Ramón Lucas Fernández, periodista de larga trayectoria profesional en radio, televisión y prensa, es autor de dos novelas, *La maldición de la Casa Grande* y *Agua de luna*, y los ensayos *Inmunofitness, la salud también se entrena, Diario de vida* y *Hablemos sobre felicidad.*

En sus más de cuarenta años de trayectoria profesional, ha sido galardonado con dos Premios Ondas, uno de ellos a toda su trayectoria, un Premio de la Academia de Televisión como Mejor Presentador, y varias Antenas de Oro y de Plata por los programas de radio que ha puesto en marcha.

En su última etapa en la radio dirigió y presentó el programa *La Brújula* en Onda Cero.

Actualmente produce y dirige programas y series de televisión y su productora, 21× 21, está tras alguno de los pódcast de referencia como *Así funciona esto* o *Cambiar sin cambiar.*

Forma parte del Patronato de la Fundación Sandra Ibarra de Solidaridad Frente al Cáncer de la que, además, es Secretario General.